西北有高楼

王才兴 著

百花洲文艺出版社
BAIHUAZHOU LITERATURE AND ART PRESS

图书在版编目（CIP）数据

西北有高楼 / 王才兴著. -- 南昌：百花洲文艺出版社，2021.12

ISBN 978-7-5500-3666-6

Ⅰ.①西… Ⅱ.①王… Ⅲ.①短篇小说–小说集–中国–当代 Ⅳ.①I247.7

中国版本图书馆 CIP 数据核字（2021）第 269072 号

西北有高楼

王才兴　著

出 版 人	章华荣	
责任编辑	郝玮刚	
封面设计	肖景然	
装帧设计	书香力扬	
出版发行	百花洲文艺出版社	
社　　址	南昌市红谷滩区世贸路 898 号博能中心 A 座 20 楼	
邮　　编	330038	
经　　销	全国新华书店	
印　　刷	成都兴怡包装装潢有限公司	
开　　本	880mm×1230mm　1/32	印张　8.375
版　　次	2022 年 2 月第 1 版第 1 次印刷	
字　　数	209 千字	
书　　号	ISBN 978-7-5500-3666-6	
定　　价	45.00 元	

赣版权登字　05-2021-469

版权所有，侵权必究

网址　http://www.bhzwy.com

图书若有印装错误，影响阅读，可向承印厂联系调换。

写出人性深处的微光

卢一萍

我与王才兴先生未曾谋面，受朋友之约，为他的小说集《西北有高楼》作序，很是忐忑。好在读过他的文章，当是文友——但毕竟没有私谊，仅是两人的隔空相望。这样也好，可算作他的一个读者，能凭文本来谈些对他小说的印象。所以，写下这些话，是不能视作序的，仅算是彼此认识、相互鼓励的一种方式。

《西北有高楼》是一部短篇小说集，收录了《乡村邮递员》《无相》《空相》《离相》《花箭》《沧浪之水》《情事》《人咬狗》《远行客》等16篇小说。时间跨度始自20世纪六七十年代，直至而今当下，从作家的履历可知，这基本是他自童年到中年的漫长时光里，对这个人世，或者说这个时代的感受。这些篇章撷取江南太湖平原的一批小人物的人生断面，呈现了人世的风雨沧桑、人生的命运遭际，文字质朴，细节描写、心理描写丰润而细腻。其题材涉及年少者成长的孤独与惆怅、年老者情欲的谵妄与挣扎、个体生存的艰辛与烦恼、理想爱情的迷茫与坚守、不同姓族间的紧张关系与矛盾的最后消弭、悟出禅理的人旁观陷入欲望者的疯狂与坠落、自然环境恶化对个体生命的侵蚀，以及道德的缺失影响行为抉择的乖张……可谓取材广泛，篇篇不同，值得品读。

从王才兴先生简单的履历可知，这个20世纪60年代出生的作家主要生活在江苏无锡，一直在基层工作，现在是无锡市某街道的一名正科级调研员。可能是毕业于苏州大学中文系的原因，他一直笔耕不辍；也可能是从小爱好文学，才希望考入中文系，立志要做一名作家的。从他给朋友写的书评可以窥之，他是个读书人，所以才会把书籍视作"冬日暖阳，夏日穿堂风"；才会认为"文学：是救赎，更是精神圣地"——他一直希望自己的人生通过文学化茧成蝶。总之，可以感觉到，他一直在进行小说、散文和文学评论的写作，有作品在《人民日报》《光明日报》《文学报》《散文选刊》等报刊发表，出版过散文集《桑梓有灵》。

如果说他的散文更多的是在回望故乡，书写乡愁，那么他的这部小说集就是在回望人生，书写乡土。他字里行间吴地吴乡的气息是很浓的，其所弥漫的吴山吴水、吴风吴月、吴地乡音给人印象尤深。

极少有作家的写作能摆脱故乡的影响，王才兴先生亦然。所以，这部小说里的"吴音"就成了他写作的一种特质，这也符合小说的本质要求。

可以说，小说的虚构首先是从语言开始的。如果我们认真解剖一部好的小说就会发现：其中无论是作者使用的叙述语言还是其中的人物语言，都是独具特点和与众不同的——它们不太像公众的、社会的，而纯粹是独一的。因为它是属于作家自己的，而不可能属于任何别的人。作家的"语言方式"根本就不可能复制。这里的"语言虚构"，指的是说话的方式、腔调，就是说，小说的语言就像小说的故事和人物一样，不是追求简单的"生活的真实"。

小说有一个重要的功能就是塑造人物形象，王才兴先生的小说在这方面下了不小的功夫。《乡村邮递员》写了歪头兴元和阔嘴春晓父子两人，两人都让人过目难忘：一个自私狭隘，爱打小算盘；一个喜欢占小便宜，吃白食。他们目光短浅、行为猥琐，缺乏抱负理想，但如果设身处地换位思考，在他们逼仄的生存空间里，在还为饥寒忧心的背景下，他们的所作所为其实又是合理的，达到了小说家用虚构反映真实的目的。作品从一个侧面反映了小人物的生存状态，引发读者对历史隐痛的关注、反省与谛想。《西北有高楼》中的大学生芷璇，毕业后在夹缝中求生，生活憋屈。她的人生有点扭曲，甚至活得没有尊严，但芷璇的遭遇，包括《黑车司机》中的于师傅，《沧浪之水》中的罗嘉懿，无不真实地反映了生活现实，期待人们对当下教育、校外培训机构、农民拆迁诸多问题进行严肃地思考。

评论家谢有顺曾经讲过，小说的存在其实是为了保存历史中最生动、最有血肉的那段生活，以及生活中的细节。作者长期生活在江南乡村，熟谙那里的人与事。江南多水，河网密布，有着悠久的鱼文化历史。作者在《情事》《人咬狗》两篇小说中，生动地描写了与鱼有关的诸多细节，如叉鱼、网鱼、钓鱼、食鱼等方面的场景。这些描写既复原和保留了人们对鱼文化的记忆，也为小说提供了鲜明的地域特色。

小说作为一种虚构的文学形式，虚构性是渗透在所有方面的。而细节的虚构尤为重要。小说的细节很多时候来自作家自身的经历。这些经历可能很普通，但一旦将其升华为文学的力量，就能成为人类对某个方面感受和认知的象征。

英国小说家普里切特认为短篇小说的核心是细节，而非情节。以细节来推动叙事，完全不同于以情节为主体的文本。小说集《西北有高楼》的诸多篇目中，有许多生动的细节描写和心理刻画。如《乡村邮递员》中，"歪头兴元从床底搬出一只旧瓮头。他撕去裹在瓮头上的塑料纸，小心翼翼掏出两条凤凰牌香烟，双手反复摸捏着外壳，还凑上鼻子闻一闻……一路上他心里在嘀咕，香烟会不会发霉?"这寥寥数言，生动地描摹出了歪头兴元将托人花大价钱买来的两条香烟送给村支记时的心理活动，他既不舍，又担忧香烟变质。人物形象便呼之欲出，跃然纸上。还有阔嘴春晓吃了黄锦标家中饭后回去，"遇见熟人他大声喧嚷：刚刚去黄锦标家送取款单!"不经意的一句谎言，活脱脱写出了他自私、势利、狡黠的一面。又如《花箭》中的主人公丁鸿德"开始注重起自己的行头打扮。出门时他将头发梳得溜顺，穿上四角笔挺的西装、油光锃亮的皮鞋。"这些细节描写真实细腻地描摹了丁鸿德老枝发新芽、旧貌换新颜的精神状态，既为他陷入情欲的谵妄作渲染，又推动情节向前发展。

优秀的小说家，都十分注重小说的结尾。结尾一笔，全篇改观。好的结尾，不仅能深化文本的主旨，还能让人突发奇想，峰回路转，从心理上满足读者的审美愉悦，起到四两拨千斤的作用，像莫泊桑的《项链》、契诃夫的《万卡》、欧·亨利的《麦琪的礼物》的结尾，都堪称典范。王才兴先生对此深有领会，并运用自如。

一是结局突兀，出其不意，超乎想象。如《黑车司机》，写的是一个异乡人（于师傅）在外打工、立足生存的艰难。于师傅求"我"解决儿子上学的困难。"我"出于同情，帮他解决了，不想最后"校长笑眯眯地告诉我，小孩的班主任向他汇报，那小孩不是于师傅家的，是另一个女人的……"这样的结尾，出人意料，留给读者一份遐思的同时，也增强了小说的文学性。社会的复杂、人性的多面，都会引发作家的表达欲望。如《远行客》中，乔光耀的人生起伏跌宕，既有偶然性，又有必然性。最后当他风光地当上物业公司经理、人生顺风顺水迈上巅峰时，结尾却是"母子俩千里迢迢从延安赶来，寻夫找父。乔光耀一时失措，惊恐万状。他浑然不知，迎接他的是朗朗乾坤，还是狂风骤雨？"乔光耀又一次跌入深谷。是嘲讽，还是鞭挞？着实引人沉思。

二是结尾看似荒诞不经、违逆现实，实则有其必然的合理性。如《人咬狗》这篇小说中的德明因长期饮食被污染的河道中的鱼类，患了偏头疼。长期的痛苦折磨，使他变得暴躁、乖戾、虚妄，最后他对准小狗，狠狠地咬了一口，想通过将毒素转嫁到小狗身上使自己得到治愈。看似可笑、滑稽、荒诞，实则饱含辛酸与泪水，迫使读者去思考人与自然、人与环境、人与动物的关系。又如《无相》中，吴老太送了一幅说是很值钱的古画给凌半仙，让他去调查儿子的生意和隐私，但凌半仙告诉给吴老太的，却是调查结果的反面。而吴老太给凌半仙的古画，经检测是一幅赝品。真真假假，假假真真，假作真时真亦假。荒诞中有庄重，玩笑中有严肃。

三是结尾留空白，使小说文字更显含蓄内敛。在《西北有高楼》中，当吴老头说出他的真实意图后，芷璇面临新的人生选择。文章没有直接道出其选择为何，只一句："芷璇缓缓步出疗养院，眼前的一切仿佛都变得模模糊糊，无以捉摸。"给了读者足够的想象余地。

一个有责任感的作家，内心会对这个世界充满敬畏。王才兴先生敬畏自然、敬畏人事、敬畏生命……正因为作家怀有敬畏之心，《西北有高楼》中的人与事才会有沉重感、沧桑感、历史感。

最后，我想说的是，小说是平民的史诗，《西北有高楼》状写的都是底层百姓。作家通过对小人物的聚焦，倾注了珍贵的悲悯情怀，并依赖文字的温度，写出幽暗人性深处的微光，用以照亮个体生命的逼仄空间，从而给予人以生存的勇气。

是为序。

2022 年 1 月 25 日于成都花源

（卢一萍，作家，代表作有长篇小说《白山》、小说集《帕米尔情歌》《银绳般的雪》《天堂湾》、长篇非虚构《八千湘女上天山》《祭奠阿里》，曾任成都军区文艺创作室副主任。）

目　录

乡村邮递员

歪 头 兴 元

凌兴元是光明大队的邮递员，负责大队的送信、发报纸。在他眼里，世间万物大概小的都是精华，都是珍品。他所在的大队是全乡最小的大队，1000 多人，8 个生产小队，2.1 平方公里面积。大队区域小，人口少，自然显出它的妙处。凌兴元常把自己与八一大队的邮递员作比较：他 8 个小队兜一圈只需花半天工夫；而八一大队有 17 个小队，面积 4.3 平方公里，邮递员绕大队走一圈上半天来不及，还得搭上大半个下午。按公社规定，大队每天给邮递员记一个工分。同样一个工分，凌兴元只需走一半的路，付出一半的劳动。

凌兴元当上邮递员与他的歪头有关。他 39 岁时被查出患了肿瘤，手术是在县人民医院动的。虽说肿瘤是良性的，但病魔不长眼，生得实在可恶，鸡蛋大的肉瘤长在颈椎与神经的粘连处。医生剜除时，不小心触伤了神经，留下了后遗症，他的头颅就一直斜摆着，始终没直起来过。那年夏天大队召开莳秧现场会，大队干部都到田间去观摩。凌兴元始终落在莳秧队伍的最末端。他弯腰立在水田里，两只手在身前插秧，头颅眼睛却始终朝着左前方，动作缓慢，样子很滑稽。当时的大队书记是钱松林的前任王书记。王书记和凌兴元同在一个村，自小一起玩耍，很要好，好到互相摸屁股的程度，用村里的话形容他俩是"赤卵好兄弟"。王书记见凌兴元歪斜着头吃力地劳作，念他的旧情动了恻隐之心，不久便安排他当邮递员。

歪头兴元今年59岁，送信已经20年。前些天钱书记见到他，笑吟吟地对他说："老凌，你几十年风里来雨里去，恪守职责，功德已圆满，明年可以回家享清福了。"歪头兴元脸上挤出笑，头颅眼睛向着左前方，对钱书记说："谢谢，谢谢钱书记关心。"

钱书记掉转身刚走，歪头兴元脸一阴，显出不悦的神色。他心里清楚，上面有规定，邮递员做到60岁就要换人。书记的话分明在提早同他打招呼，暗示他到龄要腾出位子由别人来接替。他心里嘀咕：我没有脸皮厚到占着茅坑赖着不走的地步。但转而想自己20个春夏秋冬，风里雨里送了半辈子的信，对邮递员活计产生了感情。要是真退下来闲着，心里虚得要发慌。

歪头兴元的小儿子凌春晓明年将初中毕业。他学习成绩差，考高中肯定没指望。春晓今年14岁，身子还没有发育，个子矮小，身单力薄，要是让他下地干农活，有点为难他。歪头兴元心疼儿子，正为工作的事犯着愁，心想要是春晓能进乡镇企业上班，活儿轻，收入厚，该多好！可歪头兴元一没熟人，二没靠山，谁能帮他进企业?！那天钱书记对他说的话一下子使他开了窍，邮递员虽说不是金饭碗银饭碗，要是他退后让儿子接替邮递员的位子，那至少也是现成的铁饭碗。但不知道钱书记会不会同意。他心里没有一点谱，感觉很茫然。钱书记毕竟不同于王书记，自己和他没交情。他一向认为王书记和他关系铁，铁得胜过自家的亲兄弟。

歪头兴元和王书记不但自小有交情，而且还一同经受了阶级斗争的淬炼。有段时光，王书记每晚招呼歪头兴元去他家喝茶扯老空。村里社员买不起茶叶，平时喝的是大麦茶、竹叶茶，甚至还是白开水。只有王书记家喝的是地道的茶叶水。王书记家的茶是好茶，本地产的碧螺春。歪头兴元初次喝王书记家的茶，感觉有一股苦涩涩的味道。他很心痛，王书记花大价钱买来的茶叶竟是这滋味。喝过几次后感觉却不同，微微的苦味之后滋生出一股甜润润、甘滋滋的味。王书记将开水徐徐斟入玻璃杯，根根嫩芽舒展得像小姑娘绽出的笑颜，杯里的茶水变得绿莹莹，一缕馨香袅袅升起。两人边聊天边品茶。茶过三巡，王书记切入正题询问他：最近有什么阶级斗争新动向？歪头兴元便一五一十向他汇报白天的见闻。

那时时兴抓阶级斗争，王书记要掌握斗争的动向。歪头兴元领会了王书记的心思，王书记的心思就成了他的心思，也变成了他的责任和义务。歪头兴元成了有心人，每天送信进村入巷时，他最关注的是村里社员的举动。有次他去何典巷小队送信，遇见社员老姜。老姜性子耿直，一见他滔滔不绝地炫耀，说自己刚从集市上回来，捉了一头8斤重的苗猪。那苗猪猪毛发亮，食量大，长势旺，估计不到半年就可以出售。说者无心，听者却有意。歪头兴元知道他全家有4人，前一阵刚出售一头肉猪，栏里还养着一头。按规定他家一年只能养两头猪，新捉回的苗猪分明是超标。歪头兴元向王书记作汇报，王书记让治保主任去老姜家查实。之后王书记便在高音喇叭里疾呼：全队社员同志们，超养牲畜属于资本主义的尾巴，全体村民必须团结起来，坚决杜绝和铲除资本主义的尾巴。大队将开批斗会，犯错误的社员要上台作深刻的检讨，接受群众的批判……老姜胆子小，书记的话吓得他瑟瑟发抖，隔天就悄悄提着猪苗去卖掉了。

大队有一半的社员是竹篾匠，会做竹篮、竹匾、篾席和竹筛，会私下做了竹器去集市出卖。这更是资本主义的尾巴。歪头兴元胸中装着王书记的心思，每天在村庄转悠。只要发现谁家门口晒着新刨出的竹丝，他便猜知该家一定在偷做竹器。王书记得了消息，便派治保主任去抄家，将竹刀、毛竹、竹器一并没收并充公，主人还得在会上挨批斗。时间一长，社员都隐隐猜到是歪头兴元在告密，都说歪头兴元像奸细，潜伏在群众中。于是社员在背后都不叫他歪头，叫他"歪嘴"——歪嘴和尚不干正经事……

歪头兴元想，要是王书记还在书记的位子上，那该多好！他时常忆念他和王书记亲密的时光。回忆虽美好，但毕竟王书记已是过时的老白酒，现在没法帮上忙。儿子工作的事，他必须直面眼前的现实。路上遇见钱书记，他壮壮胆，运足气，掏出憋在心底的话："钱书记，我家春晓为人诚实，手脚麻利，明年他初中将毕业，请你帮帮忙让他接替我的班。"钱书记反剪着双手，板着国字脸，盯着歪头兴元看，盯半晌，舌头含混咕噜出一句："我一人的话不算数，要班子集体商量再定论。"

歪头兴元是个明白人，他清楚邮递员不下地、不沾泥、不用做苦活，一年三百六十工分，它的好处人人都明白。再说钱书记有七大姑八大姨，说不定都想争这岗位。他埋怨自己想问题不周全，做事太粗心，太冒失，太失礼，这等重要的事，竟在路上干涩涩地提出。歪头兴元的猜测不久得到了应验，邮递员工作着实很热俏。村民都在传，邮递员有了接替的人选——大队副主任的儿子将接替歪头兴元的班。还有一个版本在流传，说是乡里人武部长的儿子也想做邮递员。他一听，泄了气，好几天显出萎靡失意、闷闷不乐的样子。世上的事历来都是官帮官、吏护吏，他要与干部竞争等于鸡蛋碰石头，肯定没戏唱。但想想又不对劲，俗话说：龙生龙，凤生凤，老鼠的儿子掘壁洞。我是邮递员，邮递员的儿子顶班做邮递员，子承父业，这是天经地义的事。想到此歪头兴元一下子壮了气，直了理，好像自己的歪头也一下子直了起来。他给自己打着气：要沉得住，不气馁，春晓的事有一分的希望，就得作百分百的努力。

歪头兴元提着两只老母鸡、两条凤凰牌香烟上了钱书记的门。母鸡是自家养的，当天还生下一枚鸡蛋。春晓娘心疼，将母鸡拿去送人情她实在舍不得。歪头兴元斥责她头发长见识短，只图眼前不考虑长远。为了儿子的饭碗，他必须豁出去。一条凤凰牌香烟6元2毛钱，两条12元4毛钱。歪头兴元平时也吸烟，他只抽8分钱一包的生产牌香烟。凤凰牌香烟价格贵不论，还是市场的紧俏品，要用购烟券才买得到。前年春节上海的小舅子回家过年，曾带回一包凤凰牌香烟。烟的外壳印着两条金闪闪的凤凰。小舅子攥着凤凰牌香烟很威风，很炫耀，抽出一支递给他。他点燃后嗞嗞吸了一大口，那烟味道委实不一般，不仅劲道足，满屋子还有一股香喷喷、甜润润的香精味。歪头兴元托了上海的小舅子，小舅子又托他的老丈人，小舅子的老丈人在上海牌手表厂做师傅，师傅又托了他徒弟，徒弟的父亲是上海烟草公司的经理，七转八弯，弯弯转转才买到这两条烟。

乡村的夜晚很黑，望不见脚底的路。好在歪头兴元条条泥路都熟悉，他一脚高一脚低凭着感觉走到书记的家门口。他站在书记家的楼屋前，"笃笃笃"轻轻敲着门，但没人应答。既来之则安之，他富有耐心，"笃笃笃"继续敲，敲了一遍又一遍，屋内就是没动静。他猜摸书记已上了楼，于是歪仰着脖子朝二楼呼喊："钱书记，钱书记，开开门。我是送信的老凌。"夜深人寂，他不敢恣意扯开嗓子喊，只得两手捂嘴呈喇叭形，瓮声瓮气喊了老半天。终于二楼亮出电灯光，窗户里透出半截女人的头颅。她朝窗下淡淡地说："钱书记已困觉，有事明天去他办公室谈。"歪头兴元听出说话人是书记的老婆。他感到一阵沮丧，低沉着歪头，怏怏悻悻地像一只瘟鸡。他踏着茫茫的夜色走上归家的路，来时的兴奋和热望全成了泡影。一阵秋风吹来，夹着丝丝的凉意，他冷不丁打了个寒战。

歪头兴元骨子里有一股捶不扁打不烂的韧劲，就像他的歪脖子僵硬而顽强。他不达目的不罢休。趁春晓学校放忙假，他携他一起去送信。歪头兴元打开樟木箱，翻出春晓雪白的的确良衬衣、青色的卡其布裤子，让他赶快穿上。他见春晓头发蓬乱像茅柴，随手伸出五指将他头发捋捋顺。着上新装的春晓面貌不一般，既精神，又机灵。两人从邮局取了信件和报纸，一个村庄挨一个村庄轮流兜着转。正值秋收大忙，春晓不必像往日一样干农活，跟随父亲一路逛，满身透出一股新鲜劲，东张张，西望望，一会蹦，一会跳，好像是在秋游。见他的欢欣劲，歪头兴元似乎觉得儿子天生是块邮递员的料。

路过大队办公室，他特地领儿子去见钱书记。钱书记跷着二郎腿在通电话。他静静候在办公室门口等。电话足足通了 10 分钟。好不容易钱书记搁下电话机，他便拽着儿子进了门。他让儿子叫钱书记叔叔。春晓一点不见生，一声"叔叔好"喊得又响又脆亮。随后歪头兴元向钱书记推介，这是他儿子凌春晓，明年初中将毕业。今天他带他来送信，让儿子熟悉熟悉路线，培养培养兴趣。钱书记斜睨着眼，朝歪头兴元投去一瞥清寂的目光，然后将眼光聚焦在春晓身上。钱书记的眼睛像只探照灯，对春晓从头到脚扫一遍，喉咙里挤出"哦哦哦"几声。歪头兴元见后很知足，钱书记一点没敷衍，看得很上心，很留神。他的目的达到了——他要让钱书记留下先入为主的印象，就像当初自己娶老婆，生米煮成饭，煮熟的鸭子跑不了。

春节过后，离歪头兴元退休的日子一天天临近。钱书记的嘴巴捂得严，严严实实像一堵墙，接班之事不透露一丁点风声，歪头兴元感觉就像黎明前的黑夜静悄悄。越是没风声，歪头兴元心里就越急，急得似猴子见了香蕉够不着，抓耳挠腮干瞪眼。他几次想张口向钱书记探口风，问虚实，但是都没成，一是找不到合适的机会；二是他心里虚，怯势势，生怕钱书记当面回绝他。

阴历初二是乡里集市肉猪收购日。歪头兴元猪栏中养的肉猪已超过 6 个月。他叫上大儿子，用稻草绳将肉猪的四脚绑住，两人一前一后用扁担扛着，吭哧吭哧抬到供销社的收购站。当时的场面够气派，近百头猪嗷嗷叫，密密匝匝躺在收购站的砖场上。猪多人多，一片嘈杂声。歪头兴元有些懊悔，今天的猪比以往多，自己来晚了！轮到收购员检验他家的猪，已是上午 10 点钟。卖完猪，点了钱，一共 45 元 8 毛钱。他去邮局取了信件和报纸，急吼吼赶回大队去送信。抵达大队办公室，日头已挂在南天门。

歪头兴元抬腕看看表，已是午后 1 点钟。大队四周静悄悄的，他猜想干部大概都在午休。钱书记有一封家信和几份报纸他要送，但钱书记办公室的门关得紧腾腾。他知道备用的钥匙在大队会计处，就向会计要了钥匙，旋开锁，歪着头闯进门。他被眼前的一幕惊懵：他瞥见钱书记斜躺在沙发里，怀里搂着一个如花似玉的女子，两人嗯嗯啊啊在亲嘴，钱书记的手不停地在女子胸前摸捏。歪头兴元一时吓得灵魂出了窍，两腿直哆嗦。他反转身就往门外窜……

隔天，钱书记将歪头兴元唤到办公室。歪头兴元站在书记前，心里忐忐忑忑，手足无措，嘴里呼呼喘着气。钱书记脸上无风也无雨，神情很坦然，笑吟吟对他说："大队班子已讨论决定，同意让春晓接替邮递员的班。"歪头兴元一听，神情从慌乱转为惊诧，又从惊诧转为大喜，慌里慌张向钱书记鞠了三个躬，连声道："谢谢！谢谢！谢谢钱书记！"步出钱书记的办公室，歪头兴元的手心还捏着一把虚汗。

歪头兴元从床底搬出一只旧瓮头。他撕去裹在瓮头上的塑料纸，小心翼翼掏出两条凤凰牌香烟，双手反复摸捏着外壳，还凑上鼻子闻一闻。这两条烟他实在舍不得吸，一直囡在瓮头里。他从鸡笼里捉了两只老母鸡，用红头绳系好。他当夜将香烟和母鸡送往书记家。一路上他心里在嘀咕，香烟会不会发霉了？

阔 嘴 春 晓

春晓脸面上五官搭配不匀称、不和谐，一双小眼睛、一对小耳朵，鼻子小又尖，下面却挂着一张大嘴巴。嘴巴不仅大，而且两片嘴唇肥又厚，给人的感觉很夸张，很滑稽。要是远远一眼瞥见他，未见其眼、其鼻、其耳却先见他的大嘴巴。村里人常拿他的大嘴巴开涮，有人说他像《西游记》里的二师兄猪八戒，整日噘着一张大嘴巴。还有人说他像只愤气癞团，癞团平时躲在阴湿处，嘴巴大又阔。大家在背后都称他为"阔嘴癞团"，后来觉得"阔嘴癞团"四个字喊起来拗口，不顺溜，为顺嘴就直接喊他"阔嘴"。久而久之"阔嘴"的绰号就喊遍。阔嘴春晓八岁时，村里来了一个相面的先生。歪头父亲拉着他来到先生前，让先生给他看面相。先生眯起眼，朝春晓的脸蛋细细端详了半日，神叨叨地说：嗯，这孩子命不错，往后有吃福。有吃福？歪头父亲听后脸上绽出笑容，但心里却生出几分疑虑，家里的日子过得紧巴巴，到了荒春青黄不接时，吃了上顿没下顿，吃了朝顿没夜顿，哪里来的吃福？他将信将疑掏出 2 元钱，付给先生作报酬。

阔嘴春晓当邮递员不到两年，他的面孔就变了样。原先他的脸色像白菜的叶子，白里夹着黄和青，姜巴巴一点没光泽，属于营养不良的那种。现在他的面孔红堂堂，红里洇出黑。红是底色，黑是天天晒太阳的缘故。红与黑在他脸上调配成壮实的小麦色，阳光下忽闪忽闪亮出一薄层釉光。他原先两颊没有肉，皮贴着骨，骨黏着皮；现今他脸上撑满肉，开口时两颊的肉咕噜抖啊抖好像在说话。

晚饭后阔嘴春晓和歪头父亲坐在灯前扯闲话，无意中扯到了春晓的工作。歪头父亲问儿子：当了邮递员，感觉怎么样？阔嘴春晓自在轻松地回答：嗯。好。天底下最好的工作就是当邮递员！儿子随口的话让歪头父亲一时摸不着脑门，莫非儿子学会了油嘴滑舌在讲反话，邮递员怎么成了天底下最好的工作？他笑呵呵望着儿子和气地问道：为啥？你说说道理。阔嘴春晓脸上掠过一丝诡秘的神色，笑嘻嘻地说：邮递员吃百家，像公社干部可以吃派饭。

村里社员都明白啥叫吃派饭，阔嘴春晓的父亲也曾派饭过一次。公社干部要下乡检查工作，预先用电话通知大队。书记接到电话马上去落实，指定一家社员让他准备饭菜招待乡干部。书记的眼光毒，挑选的都是家境富裕且听话的人家。被派饭的社员接到书记的命令如受了圣旨，或杀鸡，或宰鸭，上街买条鱼或称块老豆腐，备上一桌丰盛的菜肴来款待。别看社员老实巴交的样子，好多时候他们都有自己的小九九，往往心里想归想，行动上做归做，是典型的两面派。比如对吃派饭的态度，主人面上笑嘻嘻，高高兴兴去承办；但自己掏腰包来请吃就好像挨了宰，心里憋屈有怨气：自家为啥无事端端要请客？但事后细想想，吃派饭的事也不是一点没名堂，大队干部陪着公社干部上他家吃派饭毕竟是光耀门楣的事，更是面子上添光彩的事——人活脸，树活皮。这样想着心里便有了着落，也有了宽慰……儿子春晓只是小小的邮递员，怎么能和吃派饭搭上边呢？

那日，阔嘴春晓分拣到一张 5 元钱的取款通知单，收款人是隔壁村的凌根妹。阔嘴春晓认得凌根妹，她年纪已过七十，脸上长着一张干瘪的嘴巴——她的嘴又凹又瘪，像糯米粉做的瘪子团，为此村里人都唤她"瘪嘴阿婆"。瘪嘴阿婆的女儿大学毕业后留在省城当中学老师，按月给瘪嘴阿婆寄五元钱的生活费。

上午 10 点半，阔嘴春晓来到瘪嘴阿婆的家。瘪嘴阿婆缩头笼袖坐在门口的竹椅里，夯着眼皮在孵太阳，脚旁趴着一条小黑狗。见来了生人，小黑狗呼地从地上蹿出，汪汪汪，死命朝春晓咬。

畜生，别嚷嚷。瘪嘴阿婆张开眼，严厉地呼斥。黑狗噤了声，摇着尾巴退到瘪嘴阿婆的脚后跟。

阔嘴春晓有点怕黑狗，颤悠着身子靠近瘪嘴阿婆，恭敬地对她说：阿婆，你有取款单，5元。

瘪嘴阿婆一听来了神，赶忙直起身，进屋去取印章。出来时，她顺手捏一只水煮鸡蛋塞到阔嘴春晓的手掌。他接过蛋，盖了戳，将取款单递到她手里。瘪嘴阿婆接过取款单，两手反复地摸捏，心里喜滋滋，脸上绽开花。她一笑，瘪嘴就豁开，龇出几颗孤零零的黄牙。

阔嘴春晓的娘会持家。家里母鸡生了蛋，舍不得煮给家人吃，聚攒后拿到集市去出卖，换取零用钱。阔嘴春晓已几个礼拜没吃到鸡蛋，更别说沾到鱼肉荤腥的滋味。他攥着蛋，嘴里淌口水。没走几步，他蹲下身，将煮蛋往阶沿石敲几敲，鸡蛋壳成了碎片，他捏几捏，揉几揉，迅速剥除鸡蛋壳，然后将蛋囫囵往嘴里塞。他三口两口，馋唾拌着蛋黄，狼吞虎咽将鸡蛋消灭光，打着嗝，惬意地离去。

阔嘴春晓进入发育的年龄，身子一天天拔高，就像田里的稻秧到了拔穗抽节的辰光。可他的肚里油水少，早上啜的两碗薄粥像瓦片扔入河里一会儿就没了影，走着走着，肚子叽咕叽咕闹得欢。他渐渐摸索出肚子叫的规律，去邮局的路上撒一泡尿，送信的路上又是一泡尿。两泡尿之后，他的肚子开始变得空落落，心里就荡空筛空慌得很。他一直埋怨自己的肚子怎么像个无底洞，永远填不饱。空肚在路上走，他不停淌涎水，此时的他像童话中卖火柴的小女孩，眼前浮现出种种的幻想，恍惚闻到喷香的鱼啊肉啊的美味。瘪嘴阿婆心肠好，一只煮蛋表示她的谢意。阔嘴春晓年纪轻，头脑活络心眼杂，吃了瘪嘴阿婆的煮蛋像血液中注入了吗啡，兴奋的细胞一下子被激活，想入非非做起他的春秋梦。他掐着指头在盘算，大队究竟有多少人在外面吃皇粮？北巷小队的黄锦标抗美援朝打过仗，退伍后安排在山西大同煤矿当保卫科长，每月要寄钱给老婆；王家巷的王福初初中毕业考取了农校，毕业后分配到新疆石河子芳草农场当农技员，每月汇钱给家里；毛家桥的毛水生，在上海第三服装厂做工人，每月也要寄汇款单……吃皇粮的人家日子滋润油水足，要是都像瘪嘴阿婆那样款待他，他的日子就像吃派饭的公社干部。

那天阔嘴春晓取了毛水生家的取款单，心里别提有多高兴，好像自己收到了汇款。送信时他没循往日的路线走，而是故意将毛家桥小队放到最后一站。中午 11 点，他抵达毛水生的家。他一眼望见毛水生全家老少热腾腾围在饭桌前吃馄饨。他不提取款单的事，两只眼睛一眼不眨盯住桌上的馄饨，馋唾咕噜咕噜往肚里咽。毛水生老婆看出了端倪，随手从桌上端起一碗热气腾腾的馄饨，热情客气地对他说：小后生，来来来，来得早不如来得巧，尝尝我家的菜肉大馄饨。阔嘴春晓有点难为情，脸上泅出了红云，嘴里却不自觉地道：那我就不客气了，谢谢伯母娘！边说边端过碗和筷，一口一只馄饨就狼吞虎咽起来，一眨眼工夫碗底便朝天。他麻利地用手掌揩一揩唇边的油腻，然后不慌不忙地从邮包里掏出取款单。

江南的初夏，天公的脸像京剧的脸谱一样翻得快，一会儿晴，一会儿阴，一会儿又下起大雨。阔嘴春晓出门时，太阳像个大赤球映得满天通红通红的。从邮局取了信，他走在赶回大队的路上。突然，墨沉沉的乌云翻卷着，从东南方压过来。眼见要下雨，阔嘴春晓发觉自己忘了带雨伞，拔脚狂奔在田埂。根据他以往的经验，这个季节的雨要么阵头大，雨点小，霎时雨散云收，依旧现出黄胖日头（黄梅季节的太阳）来；要么是先细雨，细雨过渡之后再大雨。可这次的雨不同于往常，天空先闪电再打雷，中间没有细雨作过渡，眼睛大的雨点就噼里啪啦劈头盖脸敲打在周边的水田里，也敲打着他的身子，很快他的眼睛、耳朵、鼻子、脸颊就都沾满了雨水。不好了，要是邮件淋湿肯定会被户主骂，还要受父亲的责备。要是让大队钱书记知道更麻烦，准要挨批评，还要被扣工分。他赶忙解下背上的草绿色邮包，将汗衫脱下覆住邮包，捂紧着向家里飞跑。

阔嘴春晓回到家，全身水淋淋、湿漉漉的，像只落汤鸡。他用井水冲了澡，换好衣服便查看邮包。邮包的帆布有点湿。他从邮包取出一叠信，一封封翻查。还好，邮件完好，没淋湿。蓦然间他发现其中一封信的封口已裂开，就像瘪嘴阿婆豁开的嘴。信是黄锦标从山西大同煤矿寄给家人的。看来黄锦标是个马虎人，封口只用几颗饭米粒潦草地抹了几下。饭米粒黏劲小，时间一长便会露出豁口。见了信，春晓心中生出一股怨气。原来，他对黄锦标的家人一直没好感，为他家送了这么多的信件和取款单，他竟一滴油水都没沾到。去年春节前他送取款单去黄锦标家，正好赶上他家杀年猪，一家人喜气洋洋围着喝猪血汤。阔嘴春晓见后心头一热，想，真是赶上了，自己可以摊上一碗猪血汤。他站在一旁盯着他们喝猪血汤就像小时候看小伙伴吃麦芽糖，心里痒痒的，涎水不住淌。嚯咯嚯咯，他们一家人有滋有味地享受着香气四溢的猪血汤。阔嘴春晓盯看了足足有半个时辰，可就是没人招呼他。最后他交上取款单，垂着头，空着肚子讪讪往回走。他心里直嘀咕，这家人真是虱壳里的仙人——小气鬼。

阔嘴春晓望着信呆想，信的豁口似幽幽的黑洞，又像一只光怪陆离的万花筒。信里究竟讲些啥，有啥西洋镜，有没有掖着不可告人的秘密。他想拆信看，却又不敢。父亲交代过，家信属隐私，受法律的保护，任何人都动不得。但敌不住好奇心驱使，又念他家待他的小气样，他一个激灵作了忘乎所以的举动。他躲进自己的小房间，用铅笔刀轻轻将信封拨开，从信壳内抠出一张皱巴巴的信纸，信纸是山西大同煤矿保卫科的信笺。阔嘴春晓贪婪地阅读。信是黄锦标写给老婆的，圆珠笔写的字歪歪斜斜像曲蟮，还有几处错别字。看完信，阔嘴春晓走到灶屋间，从饭镬里粘几颗饭粒，将信重新粘贴封装好。阔嘴春晓大致读懂了信里的意思。黄锦标在向他老婆解释近两月没有给家汇款的原因：他一时头脑发昏犯了生活作风的问题，保卫科长的职务被撤销，矿上还扣他三个月的工资。现在他被安排在地底下掘煤炭。信的末尾他向老婆做检讨，说往后还得好好地做人，珍惜手里的铁饭碗。

阔嘴春晓脸上露出幸灾乐祸的神色。他既兴奋，又解气——信里所说仿佛在为他排解郁积已久的怨气。呸，谁让你家小气，活该！当天他去了北巷小队，贼忒嬉嬉地将信送到黄锦标老婆的手里。

隔几日中午阔嘴春晓送信来到北巷小队，路上遇见黄锦标老婆。他小眼珠骨碌碌一转，笑盈盈上前与她搭讪：伯母娘，怎么好几个月没有收到黄锦标的汇款？真是哪壶不开提哪壶！阔嘴春晓轻轻的一句话，黄锦标老婆听了像额头被蜜蜂蜇一口，脸上一阵红一阵白显出尴尬的神色。但黄锦标老婆脑瓜子灵反应快，马上镇了镇心气，脸上露出笑颜，编一句诓语来搪塞：最近锦标煤矿的生意不景气，一时发不出工资，锦标说待年底发了工资再一并寄回家。阔嘴春晓听后，心里咯咯咯发笑。

黄锦标老婆心里虚，伸手拉阔嘴春晓去她家吃中饭。阔嘴春晓嘴里说不不不，做出半推半就盛情难却的姿态，腿脚却不由自主屁颠屁颠随她走。黄锦标老婆回到家，她儿子在桌上扒饭，桌上摆着两碗菜：一碗蒸茄子，一碗咸菜土豆汤。她赶忙去点灶火，在镬里煎了两只黄闪闪的荷包蛋，盛上满满的一碗饭，热情招待他。阔嘴春晓大口咀嚼荷包蛋，发出吧嗒吧嗒的声响。黄锦标的儿子见状，噘起嘴，睄着眼，显出不屑的神态。

吃罢饭，阔嘴春晓向黄锦标老婆说谢谢。黄锦标老婆拽住阔嘴春晓的手反复叮嘱他："等锦标汇了款，一定请你来我家吃红烧肉。"

阔嘴春晓斜挎着邮包，晃荡晃荡往回走。遇见熟人他大声喧嚷："刚刚去黄锦标家送取款单！"

两斤半

1

　　仲夏的傍晚，通红通红的太阳一寸寸沉坠，西天的赤霞仿佛给万物镀上金色的釉光。一整天的热量堆聚在村庄，小村热得像一只大火炉。炽烈的气流变成轻薄的白雾在腾逸。几家烟囱冒着炊烟，袅袅的稻草味裹着乡场鸡屎、鸭屎、狗屎发出的臭味，酵酿出浓郁的异味充塞在空气里。

　　"两斤半"睡眼惺忪，矮小的身子从破屋中钻出，伸着懒腰，哈欠连连。他揉揉眼帘，细眯的鼠眼溜溜地向四周张望。藏匿水田的蚊子成群结队，张牙舞爪向他家砖场扑来。飞蚊嗡嗡嘤嘤，黑沉沉一片，像日军轰炸的飞机。他蹙着眉，噘着嘴，两颊的肉鼓起来，喉咙口咕噜出一句："狗贼的。"昨夜蚊帐内几只蚊子不停骚扰他，他的手臂、大腿、额头被叮咬出几个殷红的肿块。蒙眬中他不停挠痒，因用力过猛肿块被抓成一个个乌紫的肉疙瘩，一时间瘙痒变成了痛楚。一会痒，一会疼，可恶的蚊子折腾得他一夜没睡实。

"两斤半"踅回屋，径直跑到灶屋间。他从水缸中舀出一勺清水倒入搪瓷脸盆，用半个肥皂头往脸盆四处擦抹，盆内吱吱冒出肥皂泡。他捧了脸盆来到砖场，盆口对准蚊子奋力舞动、旋转。几个回合，他气喘吁吁，浑身滴汗。几十只蚊子被粘住，在盆里肆意蠕动和挣扎。他嘴里念咒"去死，去死"，边说边用大拇指将蚊子一个个摁死。他心里掠过一阵满足和快感，湿黏黏的脸上堆满阴笑。

　　晚霞洇散，薄暮徐降。密密匝匝的蚊子似闻到集结号，劈头盖脸朝他蜂拥而来。面对顽敌，"两斤半"阴着脸，眼瞳中放出凶戾的眼神。他快步走到柴垛前，抽一把稻草安放在砖场南头，用火柴点燃，绚烂的火焰噗地蹿起。他抱来几株新鲜的艾草覆盖住火焰，立地火堆冒出了青烟，苦涩的艾味立刻溅腾，蚊子闻后立地逃逸四散……

　　"两斤半"站在砖场长长舒一口气，悠然地向四处张望。兀然发现，隔壁场上一条大黄狗正紧随着邻居家的黑狗团团转。两狗肩并肩、身偎身，黑狗移步，黄狗紧追。黄狗不住吐出赤红的长舌，曲身舔闻着黑狗的下身……倏地黄狗跳将起来，跃上黑狗的后背急促地扭动起来。他盯住黄狗抽动的下身，呼吸急促，血脉偾张，两颊涨得通红。一时两腿间湿涔涔，滑黏黏。不多时黄狗从黑狗背上跨下，神情惬意，悠悠地走开，黑狗尾随着黄狗而去……"两斤半"眼珠子绽出，咽着涎水，嘴里发出啧啧的声响，久久傻站着，像拧紧的螺栓纹丝不动。

2

夏夜短暂，对"两斤半"却是漫漫长夜，苦撑难熬。他家中两间旧屋早已漏风泄气，仄小的房间像一只滚热的蒸笼。盛大的热浪无际无涯，酷热像发酵的面团不断地膨胀，从床底、墙壁、瓦砾、椽子、桁条前呼后拥挤压他，围剿他；瓦隙中星星月亮的微光在床前晃动；夏虫唧唧地在低吟轻唱。燠热，烦躁，他睡不着，身子不停地在竹床上翻转，搅出吱嘎吱嘎清亮的声响。

"两斤半"迷迷糊糊、似睡似醒，肌体中的痛楚在漆黑中纷呈登场。记事伊始，父母早逝，他只得和奶奶相依为命。周边所有人都作弄他，侮辱他，视他为玩物。因长得矮小，村人赐予他诸多的绰号：侏儒、矮猴子、矮冬瓜、东洋鬼子……上学的路，沉重而漫长。听凭大个子同学的摆布，他似忠实的仆人为他们背书包，左挎一个，右挂一个，手里还拎一个。沉重的书包像蜗牛负着的巨大甲壳，压得他双眼直冒金星。漫长的泥路成了镌刻在他心中无法熨平的沟壑。放学后，去田野割青草，竹篮中渐渐隆起的青草转眼间变魔术似的到了同伴的篮中。薄暮时分，同伴拎着盛满草的竹篮归家，他的竹篮却只有浅浅一层。他只得子身蹲着，继续挥镰割草。炎炎的夏日里，他的裤衩突然被扒走，同伴将裤衩藏匿起来。光着屁股的他局促凄惶，小手按住小鸡鸡，噙着泪哀求，还他裤衩……一时撩动的神经让"两斤半"心头蒙上一层阴翳，人变得幽愤起来。他兀地坐起来，切齿诅咒，诅咒那些该死的"蚊子""蟑螂""臭虫"。

恍恍惚惚中黄狗和黑狗媾合交欢的情景，浮现在"两斤半"

眼前。荷尔蒙作祟，他裤衩间硬邦邦地直竖起来，像撑着一顶小阳伞。先前的不快暂时隐退歇息，莫名的快意在肌体内恣意流淌。他意淫着，眼中溢出莹莹的蓝光，满脸肉疙瘩变得黏黏糊糊。他蹑手蹑脚起身，推门去了屋外。月亮发出清寂的光披洒在村庄，一切都显得朦朦胧胧不甚分明。他走到场角，掏出挺直的家伙，撒了长长的一泡尿，然后将家伙抖几抖塞进裤裆，向村东轻盈走去。

"两斤半"幻想翩翩，脑中晃动着张寡妇丰满的奶子。曾经趁着夜幕，他潜匿在张寡妇后屋浴缸间的柴堆里。张寡妇将铁镬子内的水烧热，准备洗浴。她褪去内衣，露出雪白的肌肤、滚圆的肩膀，两只奶子似糯米粽在胸前胀鼓晃抖，"两斤半"一眼不眨贪婪地盯着，一时狂躁不安，肢体窸窸窣窣掌抖。张寡妇一眼瞥见柴堆里的动静，顺势操起火棍朝柴堆猛抽。"哇——"一声长嚎，"两斤半"向外逃窜。张寡妇回过神，嚷嚷起来："死矮鬼。臭不要脸。不得好死……"

张寡妇家门扉紧闭。"两斤半"踮起脚跟，提着颈脖，将狂跳的心搁在她住屋的窗前。他圆睁着眼，借着稀薄的星光透过窗户窥视。影影绰绰，模糊望见张寡妇斜躺的身影，他隐约看见了张寡妇的粽子奶。窗子严严实实，他似乎没有孔子可钻。他用手指摸捏着窗台，突然感觉到两窗间的底部有一个缝隙。他找来一根细小的木棍，透过缝隙撬拨着窗子的钮配。他反复拨啊，撬啊，始终没有掰开。但他没放弃，不停撬拨着，黑夜中他显得极有耐心……

张寡妇隐约发觉到窗外似乎有动静。她竭力张开眼，见到窗前有个头影在晃动。她心里陡地一阵慌张。她捋捋思绪，第一时间闪出"两斤半"那张恶心的脸。对，是矮子，肯定是他。她悄然爬起，端起床头的尿盆悄无声息地来到窗前，迅疾旋开窗户，将脏水一股脑儿泼出……面对突如其来的袭击，"两斤半"吓得魂灵出了窍。他被尿水淋得全身污秽，像只落汤鸡，鼻翼间充斥恶臭味。他没吭声，咬咬牙，蔫着头，快快地消逝在夜的孤寂中。

3

"两斤半"的真名叫魏力，今年33岁，但个子却永远停留在一米三左右。呱呱落地时，他小得出奇，巴掌大，像一坨肉疙瘩。奶奶将他置入竹篮中，用杆秤提起一称，两斤半重。因实在小，小得有趣，小得好玩，于是村里人喊他"两斤半"，喊着喊着便喊顺了嘴，反而将他的真名给遗忘了。

"两斤半"走在村庄，周围仿佛充斥着异样的眼光，鄙视，嘲笑，甚或厌恶。村人疏离他，他知趣识乖，远远地避开，谨慎地掩护自己敏感而屈辱的自尊。他像一只流浪狗——那狗满身污秽，邋遢肮脏，见了人，眼睛瞟瞟，鼻子嗅嗅，远远站立，不靠人前，它努力不遭人嫌。

"两斤半"的世界实在狭小，几乎没有欢迎他的地方。只有魏东的企业——东方钢窗厂，是他唯一的去处。有事无事他往东方钢窗厂跑。魏东与他沾亲，自小一起长大。魏东枯坐时，"两斤半"陪伴他吹牛聊天、抽烟喝茶。隔三差五，魏东去外地出差会带上他。办好正事，两人去风景区、大商场闲逛，晚上喝个小酒，欢度良宵。魏东忙碌时，"两斤半"很乖巧，默不作声窝在沙发里静坐。有客户上门，"两斤半"似忠实的仆人，手脚麻利地替魏东招待客人。他满脸堆笑，点头哈腰为客人端凳子、泡茶、点香烟。

魏东的车间每月会产生边角的废铁料，几十、几百公斤不等。魏东照顾"两斤半"，半送半卖给他。他喊来三轮车，将废铁拖到收购站变卖，每次有几十、几百元的差价可赚。袋里有了钱，"两斤半"变得逍遥滋润。夕阳晾在西边，村人还在田间劳作。他在场上置起四方桌，摆上花生、咸菜毛豆、猪头肉、盐水鸭等，跷着二郎腿，啜着酒。他叼着烟，嘴里吐出烟圈，优哉游哉像个小仙人。半斤白酒下肚，他黏糊的脸涨得像火鸡，眼睛眯成一条线，看不见眼珠子，说话口齿含混不清，像嘴里含着一枚青橄榄。酒足饭饱后，他打着嗝，踏着夜幕，摇晃着身子，摆出男人的气度向街边荡去。

街的东侧是阳春巷。巷子陈旧逼仄，路面坑坑洼洼，随处可见丢弃的手纸、果壳、破衣服、旧鞋子、塑料袋。近些年原住户腾鸟换笼，都搬住到商品房，巷子里的老屋都赁给外地人开店、栖居两用。起始开的是日杂店、点心店、熟食店、美容店、香烛店、鞋帽服饰店等。但店铺的生意大都很寡淡，只有美容店的生意十分红火。说是美容店，实际都不理发，只做按摩、敲背的暗行生意。因生意好，一年半载后阳春巷雨后春笋般地冒出几十家美容店。店多成市，美容店的生意十分火爆，一时阳春巷远近出了名。

酒精催化，"两斤半"像发情的春猫，肆无忌惮窜进了阳春巷。夜幕中的阳春巷醉眼迷离，店门前霓虹闪烁，影影绰绰。衣着暴露的妙龄女子次第挨坐，嘴唇猩红，浑圆的胸部像熟透的油菜籽要从壳内蹦出，雪白粉嫩的大腿不时抖动，发出诱人的气息。男人经过时，她们一个个明眸闪扫，放出猎取的光芒，青春的脸蛋驻满了淫笑，频频向他们招手逗引。

"两斤半"成了今晚阳春巷第一个俘虏。他昂头迈过起始几家，径直去了第三家。前面两家他实地勘察过，那里的按摩女清高，不接纳他，嫌他矮小邋遢不干净。他窝着火，不是同样出钞票，哪儿脏？你们才醒醒，像个公共厕所。他心里咒念着，双腿迈进了发屋。

"按摩，还是敲背？"

"敲背。多少钱？"

"老价钱，100。"

问得直接，答得明了。彼此像是地下工作者，熟练地对接着暗号。

接待"两斤半"的是个四川妹。他屁颠屁颠尾随四川妹穿过天井，钻进幽暗的房间。这次"两斤半"想玩新花样，提出要四川妹爬到他身上。四川妹没睬他，讥讽他：你单薄的身子骨踩坏了，妹妹我赔不起。一时饥渴难忍，他像黄狗骑到黑狗背上似的，急切地跨上女人的肌体，他矮小的身子像个娃娃躺在母亲的怀里……

4

中午时分，轰隆隆的阳光瀑泻在"两斤半"的床沿。他白天无所事事，夜晚四处游荡，此刻正沐浴在日光里酣睡。他的嘴角滴着口水，发黄的渍痕洇满了枕巾。

"砰砰砰"，紧凑的叩门声响起。"两斤半，起床，起床。快去炳良家，他娘死了。"有人在呼喊他。"两斤半"一骨碌爬起。

活计来了，他心底漾出喜悦。

这些年"两斤半"练就出一套绝活——替村里人操办红白喜事。

村户的婚宴仿佛他自己的喜事，他从前三早忙到后三早，替主人购物、拣菜、端菜、洗涮、放鞭炮、搬嫁妆。他就像水中游弋的一条小鱼，在主人家来往穿梭，忙不迭地干活。喜事期间他在主人家大鱼大肉好吃好喝，事毕后主人就赏他一个大红包。

炳良家门口被亲戚乡邻围聚着。"两斤半"一到，便摆出主人的身份，拨开人群大步跨入门，直奔炳良娘床前。他攒足精气神，扯大嗓门对着炳良娘哭喊："哇，我的亲娘啊，你怎么一声不吭就走了啊……哇，我的亲娘啊，你命苦啊，你还没享尽天福，便早早离开我们……"边哭，边挤出几滴眼泪。呼天抢地，亦真亦幻。在场的儿孙亲戚经不起他渲染，他们念起炳良娘往日的好处，触动了伤心的神经，一齐呜呜哇哇地哭泣。

"两斤半"忙得不亦乐乎。他轻车熟路，关照旁人端来热水和毛巾。他屈膝下跪，朝炳良娘虔诚地叩了三个响头，随后夹着哭腔高喊："娘，你好好安息。儿子为你净身换衣。"围观的人向后退避，胆子小的径直离了场。炳良娘没合眼，眼睛半翕半睁着。他附在她头前，轻声细语道："娘，你安心地走吧。"边说边轻轻摩挲她的眼帘，她慢慢合上双眼。"两斤半"举重若轻，熟练地褪去她的衣裤，从头部往下轻柔擦洗。擦拭几下，毛巾在脸盆内搓洗，绞干，再擦。水脏了，换上一盆，继续，直到通体清爽干净。随后拿出簇新的衣裤，一件件替她耐心穿上……

出殡时刻，"两斤半"头戴孝帽，腰挽白布，跪在炳良娘头前，一把鼻涕一把泪号啕大哭："我的娘啊，你从小一把尿一把屎,辛辛苦苦将我们拉扯大,吃尽了苦头。你一辈子省吃俭用,为的是我们子女能成家立业。你好不容易熬到今朝,日子好过了,你可以享清福了,可恨的病魔不长眼,夺走了你的性命。你抛下大家,孤零零地走了。苦命的娘啊,呜呜,哇哇……"哭着,喊着,"两斤半"不自觉地和自己对照,想起自己早逝的父母,苦命的奶奶,还有自己孤苦伶仃的身世。此时眼前躺着的仿佛就是自己的亲娘,一阵悲怆袭来,他呜呜哽咽,音调渐哭渐降,泪水却哗哗涌出……

出殡路上,"两斤半"手执幡竿,行走在队伍的最前头。他将冥钱奋力撒向空中,黄色的纸钱在空中飞舞打转。他边撒,边喊:"大鬼小鬼,让让道,行个方便,让我娘顺利到达阴间里。"

途经村庄时,他撒着冥钱高呼:"娘,经过钱王村啦。"

过桥时,他又将几把纸钱抛向空中呼喊:"娘,经过大船桥啦。"

…… ……

5

"两斤半"嗅觉灵敏,村子里的事都瞒不住他。他的眼珠子往村子滴溜一转,所有一切便尽收眼底。那日出门,他扫视村庄,感觉气氛异常。村里人东一撮、西一簇,交头接耳,鬼鬼祟祟,形迹十分可疑。他纳闷着,猜测:村里准有大事发生。

果然,傍晚时魏东的弟弟魏国上了"两斤半"的门。魏国先是寒暄,绕着圈子和他闲聊。半个时辰后,魏国才道出了正题。前几年国家修筑高速公路,征用村里土地,部分赔偿款被村委移作他用，摊到村户每人至少5000元。最近，村会计的儿子中专毕业，要求安排进村委工作，被书记拒绝。为发泄不满，会计把实情透露给村民。村民知道后，不断向乡里反映、交涉，要求公开账目，还款于民。村民屡屡上访，徒劳而返。

5000元，多么诱人的数目。"两斤半"的思维如电石擦火，雷电闪烁，欲望的火焰夹着嘶嘶声腾地燎原，火焰中跳跃出美味佳肴和阳春巷粉嫩性感的肌肤。这帮臭虫、苍蝇、吸血鬼，他口吐飞沫，大大咧咧骂着村干部。末了，问魏国怎么办。魏国迟疑着，吞吞吐吐传递信息，说村里阿狗、阿大准备明日一早去高速公路堵路。"两斤半"闻后，皱起眉头故作沉思，之后拍手称快："好，好主意。事情闹得越大越好。闹大了，上面才会过问。"

第二天，"两斤半"起了个早。开门一望，村民正三三两两向高速公路涌去，他们手里抱着木板、椅子、铁耙、锄头等。"两斤半"环视四周，见没啥可持，顺手抱了一捆稻草，急吼吼赶去。

高速公路堤岸下，蛆虫一般聚拥着百来个村民。他们犹豫着，不敢往上爬。"两斤半"气吁吁赶到。人群开始起哄："'两斤半'来了，'两斤半'来了！"话中含着赞许与鼓动，似乎只有"两斤半"才有魄力和勇气上高速公路。一向自卑自贱的"两斤半"经不住抬举和撺掇，倏地弓着身子，猴子似噌噌几下爬上高速。他接过众人递上的物品，抛向路面。稻草、木板、椅子、铁耙等横七竖八躺在路面，由南而北的路面立地被堵住了。一辆辆汽车鱼贯壅塞，列成长队，足足数百米。很长，又有十多人七手八脚地攀上公路。"两斤半"叉着腰，直立道中央，凛然威武。众人呼拥着他，好似唯他马首是瞻。他自豪，飘飘然，感觉这辈子从没有像今天这般风光，受人器重。

一会儿工夫，"滴呜滴呜"的警车鸣笛声响起，黑压压的警察手持警棍、盾牌，向出事处蜂拥而来。人群开始溃败，路上的人窸窸窣窣滚下高速公路，悄然逃逸。警察抵达时，只剩下魏国、阿狗、阿大和"两斤半"挺立在高速路中，一副无所畏惧的神情。警察一个个跃上高速公路，边清除路障，边把魏国、阿狗、阿大按住，将他们反剪着双手押下公路。一名警察紧攥住"两斤半"的颈脖，将他拎出地面，老鹰抓小鸡似的撵走……

审讯室内，审讯人员铁青着脸，威风凛凛。强大的震慑力让"两斤半"无力招架，神经滞胀瘫痪，思维好像严重风化，蒙上厚厚的包浆，脑子里只记得一句话：坦白从宽，抗拒从严。警察问啥，他都点头称是。凡事不论是否、大小、轻重都承揽下来。此时的"两斤半"思想比起他的个子更矮，矮了一大截。

魏东知道弟弟被抓，四处奔走，上下打点，竭力为弟弟求情，疏通关系。阿狗、阿大哼哼哈哈，一团和气，紧要的事一概推诿，统统搡给"两斤半"。一周后三人被释放回家，相安无事。只有"两斤半"继续关押受审，说是要移交法院审判。

两月之后，"两斤半"被法院判处有期徒刑三年六个月，剥夺政治权利一年，罪名是"扰乱公共秩序罪"。判决后"两斤半"没上诉，被押解到苏北某监狱服刑。

转眼已是深秋。江南的秋似乎愈发没了先前的模样，浸淫着夏的气息韵味，裹挟着湿热昂头挺胸款款前行，一如村里游手好闲之辈，在满世界鄙嫌唾弃的眼神里，仍特立独行、怙恶不悛。没了"两斤半"的影子，村庄依然太平，光阴永是流逝。村里人渐渐将"两斤半"遗忘，就像遗忘他的真名一样。

情事

夏阳似火，灼灼烈日一览无遗倾泻在太湖平原。村庄敞开胸襟拥抱着日光，大地、屋瓦、墙体、树木、竹子、花草都被赤焰炙烤着，空气中的水汽与热量交织，化成轻薄的白雾，漫腾在村庄。村里人习惯午饭后不马上下地劳作，而是在家午睡"打中觉"。都说，"打中觉"可以给身子接接力，加加油。男女老少通常挑择通风的弄堂、背阴的后门口、竹林里或树荫下，地上铺一条竹席，或放一只大竹匾，或置一块木门板，四肢叉开，身子放平竖直，呼噜呼噜美美地睡一觉。"打中觉"后，社员再去田头干农活。

人事休，鸡不啼，狗不吠，午时的村庄静悄悄。"知了，知了"，只有树上的蝉儿仿佛什么都"知了"似的在恣意嘶鸣。蝉鸣声一浪盖过一浪，在空中打转回旋，落入地面，钻进泥土。蝉声将村庄团团笼住。蝉儿鸣叫越欢腾，村子越显得静谧。青年荣兴躺在门板上，打了一个瞌冲后睁眼醒来。他今年 20 岁，精力特别旺盛，眯盹一会立地变得耳目澈亮，精爽气清。刚才他似乎做了个梦，迷迷糊糊梦见，小河里有一群鲢鱼向他游来。他一个挺身从门板上爬起，将木门竖起套进门轴，随后从墙上取了鱼叉，悄然出了门。

踢踏踢踏，他趿拉着凉鞋，踏着滚烫泛白的泥路向西面的小河边走去。他闻到空气中有一股烤焦的青草醇香味，他擤擤鼻子，那香味特别好闻，亲切。他手握的大号的鱼叉，有六根钢刺，钢刺拇指般粗，近两拃长。锐利的钢刺一晃一闪，发出凛凛的白光。鱼叉嵌在三米长的竹竿顶端，竹竿末端系着七八米长的细麻绳。河边有一片小树林，杨树、榉树、楝树撑起密密匝匝的枝叶，斑驳的阴影罩在清澈的河面。他轻轻行走在树林，足底发出窸窸窣窣的声响。穿过树林来到河边，他选一处空地蹲下身，潮湿的目光开始在水面上扫视。

他惦念着水里的鱼，水里的鱼似乎也惦念他。他和鱼儿打交道多年，鱼儿的习性脾气他摸得熟，摸得透。他知道水下的那群鱼是白鲢，村里人称大头鲢鱼。大头鲢鱼此刻正结伴在浓荫下憩息。此时，空气的气温已达到42度，河里的水温也在噌噌上升。水温高，气压沉，氧气稀少。大头鲢鱼最不耐低氧。它在水下闷得缓不过气，浑身难受，憋不住就浮出水面喘气。才一支烟工夫，荣兴发现眼前的水面映显出一摊蚕匾大的阴翳，七八条鲢鱼正浮出水面，咧嘴唲唲，吱吱冒着水泡。鱼来了！他心头一颤一惊。他迅疾用左手托起竹竿的前端，右手攥住绳子扶住竹竿的中段，像体育课使标枪一般，飞速掷出鱼叉，"嗖"，一道白光呼呼向水中飞刺。"啪啦啦"一阵水响，水面立时汹出一摊赤水。刺中了。鱼儿在滚翻挣扎，竹竿一沉一浮向深远处移动。

荣兴缓缓收拢手里的绳子。他怕鱼挣脱，牵拉绳子时用力很轻，很慢。鱼叉出水面时他发现，两条一斤多重的鲢鱼被钢刺穿肚而过，湿漉漉，血淋淋，死命扇动着尾巴。他娴熟地掰下钢刺上的鲢鱼，用藤条穿过鱼鳃，将两条鱼串在一起。他一手提鱼叉，一手拎着鱼，乐滋滋往回走。

路过隔壁娟子家，荣兴瞥见娟子娘虚躺在竹椅上，翕着眼，悠悠地摇着蒲扇。荣兴从藤条上掰下一条鲢鱼，笑盈盈地走进屋，低声说：婶，刚叉到的，尝尝。边说边将鱼递上。娟子娘张开眼，坐起，满脸堆笑说：一直吃你的，不好意思咯。她顺手接过鱼。娟子闻声从房里步出。见了荣兴，她白净的脸上漾出笑靥。但又立地敛住，笑意一时凝固在脸上，两颊陡地泛出几朵红晕。荣兴见了娟子，心头一热，一个慌张，涨红脸踅进自己的家门。

荣兴和娟子是同龄人，荣兴比娟子早落地几十天。他俩挨住在隔壁，从小一起玩耍，形影不离，像一对亲兄妹。荣兴有两个姐姐，父亲死得早，他初中毕业后回家种地，扛起了家里的重担。家里穷，日子清寒，他家买不起鱼肉。但他聪颖手巧，是村里的捕捉高手。空闲时他就到野外逮活食：去小河摸螺蛳、河蚌、河虾，捞鱼，去田间捉黄鳝、泥鳅，去高岗地的林子捕灰雀和麻雀。娟子还是小女孩时，荣兴去野地，娟子屁颠屁颠跟随他。到了田野，女孩心散，兴趣杂，常被身边的景物迷住。她一会儿采野花，一会儿摘野果，逗蜂玩蝶，忘乎一切。有一次，娟子手指被蜜蜂蜇了，她疼得哇哇叫。荣兴抓住她肉嘟嘟的小手一看，红肿的肉块嵌着蜜蜂的刺。他用镰刀在竹篮上削下一根竹刺，用竹刺把蜜蜂的刺从肉里挑出。然后将她的手指含在他嘴里，反复吸吮，把毒素吸出。一会儿娟子疼痛消失，红着脸，感激地望着荣兴……捕捉结束时，娟子时常两手空空，一无所获。而荣兴呢，做事静心专注有恒心，屡屡都有不小的收获。荣兴将捉到的鱼儿、黄鳝、泥鳅、鸟儿匀一半给娟子。娟子回到家诓母亲，说是自己亲手抓的。娟子娘开心得合不拢嘴，夸她：我家因妮有能耐，长大后定然有出息。娟子受了娘夸赞，咧开嘴，咪咪笑，笑容像鲜花般绽放。稍大后，娟子渐渐觉得男女有别，有了害羞的心理，便不再随荣兴出入野外。荣兴感到一丝的落寞和失意。但有了收获，仍分出一半给她家。饭桌上荣兴咀嚼着荤腥，想着隔壁娟子家的人与他分享着美味，心头涌出一股说不出的幸福和满足，嘴里的吃食变得分外有滋味。

夏夜的乡村，格外的热闹。家家户户搬出春凳和椅子，老老少少围在砖场乘风凉。大人一起嗑家常，扯老空，手里的扇子不停地摇出凉风，啪啪啪顺势将蒲扇拍打着身子，驱赶蚊子的侵袭。小孩子蹿上蹦下，一会儿做游戏，一会儿追捉萤火虫，一会儿嚷嚷着让老人吟唱星星和月亮的童谣。过了 11 点，空气中有了一丝的凉意。吱呀吱呀，关门的声音次第响起，乘凉的人们纷纷退回屋里去栖息。村庄陷入寂静。几个虫子在唧唧嘶叫，汪汪，远处有零星的狗吠声。荣兴抱着丝网、鱼篓，蹑手蹑脚溜出家门，走向东边的鱼塘。鱼塘是集体的，不大，不足两亩地。来到池塘边，他轻轻跃入水中。他将丝网一端系在木桩，捧着另一端在水中徐徐张开。布好网，他开始游弋，用脚板使劲搅动水面，"扑通扑通"，水中的鱼儿被惊扰，纷纷向四处蹿蹦。噗咯噗咯，不久水中传出鱼在网上挣扎的响动，其中有一处声响特别大。他知道，有鱼钻网了，响声大处是一条大鱼。他开始收拢渔网，将粘住的鱼儿从网眼上扯下，塞进鱼篓。大的是一条草鱼，还有几条鲢鱼和鳊鱼。他将竹篓斜挎在后背，拎着渔网，水淋淋地爬上岸。

忽然射来一道刺眼的手电光，照在荣兴的脸上。他来不及躲避光线，扔掉渔网想撒腿跑。对方大声斥呼：荣兴，别跑。对方已认出他，他再跑没意义。听声音对方是村里的管水员老张。老张在田间巡视，途经鱼塘时发现水中的动静，已驻足窥视了许久。老张拽他一起去见队长，荣兴乖乖跟老张去了队长的家。队长问明缘由，上前给荣兴脸上狠狠抡了一巴掌，严厉训斥：你年纪轻轻不干正经事，竟做起偷鸡摸狗的事。你对得起你死去的父亲？荣兴一夜没合眼，做了坍台的事，觉得对不起母亲和两个姐姐，更对不起死去的父亲。今后怎么面对村里人，特别是娟子和她家人？他懊悔，痛心，鼻子酸汪汪，泪水吧嗒吧嗒从脸上滚下。他恨自己糊涂，贪心，操起手掌打了自己几个耳光。第二天早晨，队长召集村里社员开会。荣兴耷拉着脑袋，土头土脸站在台前。几个妇女在窃窃私语，不时对他露出鄙夷的神色。众目睽睽下，他用沙哑的声音向社员认了错，表示自己往后一定会悔改，不再做对不起集体的事。说话时他始终埋着头，不敢抬眼望众人。娟子偷偷睐他一眼，然后低垂头，不停搓弄自己的手指，脸上红一阵，白一阵……

荣兴食不香，寝不安，人一日日地消瘦。走在村庄，荣兴似乎感觉背后有无数双眼睛盯着他，灼灼的眼神里充满着嘲讽与不屑。他走到哪，哪里仿佛都有一张无形的大网，看不见摸不着，却时时黏住他，纠缠他。下田时他专挑重活干，使出力气亡命地干。他想用干活来惩罚自己，宣泄心里的郁闷，忘记脸上的耻辱。干活的空当，其他人有说有笑扯家常，甚至打情骂俏说着荤段子。他默默站一边干活，几乎不与人搭腔，不与人交谈。回到家，除了吃，就是睡，脚从不跨出家门半步。他娘见了，想上前说几句宽慰的话。可话到嘴边，却说不出，又咽下去。娘只得陪他唉声叹气，露出一副愁苦的脸。田埂上他遇见娟子，主动向她打招呼。娟子刚张口欲言却又止，红着脸，与他擦肩而过，匆匆地离去。他日渐发现，不光是娟子，娟子家所有的人都在回避他。他情绪很沮丧，心里的阴翳更浓郁。村里谁家丢了东西，谁家自留地上的蔬菜瓜果遭人偷，被偷家的妇人会在乡场上"骂大街"，触千捣万地乱骂人。骂人的话实在难听，骂爹骂娘骂祖宗，骂了乌龟骂王八，主题离不开一个"贼"字。骂人的话句句戳在他心窝，仿佛她们都指着鼻子在骂他。他伤心难过，伤口滴滴在淌血，心头发出一阵阵的锐痛。他觉得自己做了一回贼，仿佛永远成了贼，烙上的印记再也无法刷清。

时间是一剂灵验的疗药，它能慢慢稀释心中的痛，渐渐痊愈心里的伤。半年后，荣兴的心情有了好转，抽空他又去野外摸螺蛳、河蚌、河虾，捉黄鳝，捞鱼，逮鸟雀。他抓了两条鱼，送一条给娟子家。娟子娘说：你留给自己吃吧，我们担受不起。吃得不干不净要拉肚子。娟子娘的话实在刻薄和尖酸，他尴尬，难堪，脸上辣豁豁的，恨不得地面有个洞钻进去。吃饭时他嚼着碗里的荤腥，心却悬着，空落落的，嘴里的食物似乎变了味，不像先前似的鲜美，甚至觉得有点苦涩和难咽……

第二年，村里开始分田到户，每个村民都分得一亩二分水田。荣兴和村里的年轻人都为之兴奋、激动。分了地，他们成了自由人，不再匍匐在泥地，不再被农活所束缚。村里剩下一口鱼塘没有拆分。村民一致的意见是将鱼塘承包给个人，条件是年底给每家分两条鲢鱼。队长首先想到的是荣兴，他自小喜欢鱼，侍弄鱼儿准有办法。队长去荣兴家，商量承包鱼塘的事。荣兴没犹豫，一口作应诺。队长亲自上他门，仿佛请他出山任要职，他觉得脸上特别有面子，还有一种沉甸甸被信任的感觉。荣兴盘算好，除了大忙下地干农活，其余的日子可以专心来养鱼，既不误农活，又不耽搁鱼塘的事。他将起底的鱼塘内的淤泥清理干净，河底、河床露出青砖色的生泥，让阳光暴晒几日后，他买来石灰粉撒上，将塘内彻彻底底消毒一遍。春雨润无声。几场绵绵细雨后，鱼塘涨满水，水汪汪一片。他起了早，欸乃欸乃摇橹去十里外的水产场，买了几千尾的草鱼苗、鲢鱼苗、鳊鱼苗，装入木桶，船载而归，放入鱼塘。农闲时，村里的青年打桌球、玩纸牌、打麻将，他提着竹篮，挥舞镰刀，四处割青草当食料，投给鱼吃。母亲一年养两次蚕，每次养几大匾。蚕长到中期，每天要分泌几箩筐蚕沙（蚕屎），黑色的蚕沙，眼屎大，长得像老鼠屎。他将蚕沙撒入鱼塘，静静待在岸边盯看。水里的鱼稀里哗啦赶过来，争抢着食饵。他抑不住内心的兴奋，仿佛自己在吃鱼肉佳肴似的快感。那次他患重感冒，卧床连睡了两天。人昏昏沉沉躺床上，睡里梦里惦记着塘里的鱼。待感冒减轻，他硬撑着起身去鱼塘，发现，鱼塘里有吃剩的草料。他推测自己生病的日子里，有人给鱼喂过草。他又惊又喜，是谁在暗里帮衬他？他躲入堤岸的凉棚，暗暗地窥视。他发现，竟是她，娟子！她提着盛满草的竹篮，趁没人将草放进鱼塘。原来娟子没嫌弃他，暗暗地还惦着他。他的心里淌过一阵暖烘烘的感觉。遇见娟子时，他深情地对她说：娟子，谢谢你帮我喂鱼。娟子满脸羞愧，急急巴巴地回答：没，没有。谁帮你喂鱼！说着，神色慌乱地离去。

阴历的年底，荣兴去大队借了抽水机，将鱼塘的水抽干。他央人将池里的鱼捞上岸。按照承诺，荣兴给村里每户人家送两条鲢鱼。他挑选两条最大最肥的鲢鱼，置在竹篮中，兴冲冲提着去娟子家。

婶，这是分给你家的鱼。

哦，放着吧。

荣兴将鱼放在她家门口地上。望着娟子娘冷漠的神情，他快快走回家。

今年的鱼特别肥，特别大。大头鲢鱼都超过两斤，草鱼长得四五斤重。但鱼的数量少，出奇的少，同放入鱼苗的数量相差了许多。除去分给村里社员的鱼，荣兴将剩下的鱼挑到街上集市出卖，去掉成本仅赚了几百元。这出乎他的预料，低于他预期。他纳闷，问题出在哪？他忆起，往日里岸边常有新鲜的脚印，莫非晚间有人去鱼塘捞他的鱼。心里想归想，嘴上却不愿与他人说，包括他娘和姐姐。要是对人说有人抓他的鱼，不是自己牵自己的头皮，自揭伤疤，自取其辱？他心里竭力回避一个"偷"字，提起"偷"字他的心就会隐隐作痛。

听人说，媒婆在给娟子说对象。说了好几回，她都不中意。村里的妇人在背后讥笑娟子，说她年纪不小了，已经23岁，给她说的对象已超过一打，他们都是有头有脸的小伙子，她却横挑鼻子竖挑眼，千拣万拣拣勿中，像箩里拣花拣到眼花，最后只能拣着个猪头瞎眼睛。娟子娘闻后特别惹气。眼看女儿年纪一年年大起来，村里与她同龄的女孩都结了婚，她心头急，急得像壶里烧开的水。她怪女儿不听话，不争气，骂她：心比天高，命比纸还薄。

荣兴也到了谈对象结婚的年纪，他娘四处央人替他做介绍。媒人挑选四面八方适龄的女孩，为他介绍了七八个。但他们彼此只见一面，接下来就如鹞子断了线，像文章开了头便没了下文。要么是女孩嫌荣兴家穷，要么是女孩被荣兴回绝。最近又为他说了一个。他俩见面后，娘问他：女孩怎么样？他说：脸太黑，个子太矮小。娘追问他：那上次那个呢？他说：人太瘦，瘦得像蜻蜓。娘说：婚前瘦不要紧，今后会长胖。他却说：你怎么没长胖，到现在还像根竹竿。娘气鼓鼓站着，说不出话。其实荣兴心里时时将女孩与娟子作对比，一比较，她们自然都被比下去。娟子漂亮，能干，温柔，心细，她们一个都及不上。荣兴娘明白，儿子心里放不下娟子，装不下其他的女孩。她多次想好好开导他：不要吊死在一根绳上，莫愁天下没有好女孩，生活路上处处盛满鲜花。可这些话她不能轻易说出口，话语稍不留意就会戳痛儿子的伤疤，伤他的自尊。她知道儿子喜欢一根筋走到底，脾气像他死去的爹，犟头倔脑，犟得像头水牛，一旦发作十个壮汉都拽不住。荣兴娘曾产生一个念头，想委人去劝说娟子娘，成全两个孩子的姻缘。她思前想后又觉得不妥。自从那晚荣兴去鱼塘抓鱼被逮住，娟子娘的态度明摆着：要么是人不理狗不睬，端着个冷粥面孔给荣兴一家人看；要么是冷言冷语放空气，说荣兴人穷志短目光浅，将来不会有多大的出息，看上她女儿是癞蛤蟆蹲地上望着天上的天鹅，想吃天鹅肉。荣兴娘想，要是上门去提亲，肯定遭回绝，吃闭门羹不说，还会给儿子伤口再次撒把盐，对他造成第二次伤害。想想娟子娘平日的德行实在忒差劲了，她目中无人，眼睛插在颅头。荣兴娘心里窝着天大的火，觉得实在咽不下这口气，低不下这个头。只得抱怨儿子太窝囊，认死理，没出息。

周边时兴盖楼屋。村里已有两户人家拆了平屋盖起楼房。荣兴有自己的打算，不管将来能不能和娟子在一起，结婚前他一定要盖两间高大、轩敞、崭新的楼屋，一是为全家特别是为娘挣个颜面，一是对得起他早去的父亲。眼下他口袋瘪塌塌，手里没有钱，造房子就像是掇迷露做饼。眼下第一要紧的事是挣钱赚钞票，攒了钱，买砖、买瓦、买楼板、买木料、买水泥、买黄沙，准备盖新楼。听说村里的伙伴剑华在街上开一爿点心店，一年可以赚近2000元。还有阿德去了南方打工，每月可赚几百元。看到同龄人赚大钱，他心里有了无形的压力，感到压力山大。春节时他向阿德打听南方做工的情况。阿德向他描绘，他去的是广州，广州四处是活计，遍地有钱赚。听了阿德的描述，荣兴蠢蠢欲动，动了去南方的心念。他悄悄找到娟子，约她在小树林碰面。那夜，月白风清，村边的林子一片静寂。荣兴低沉着喉咙，将心事说与娟子听，并征求娟子的意见。娟子不自在地站着，低着头，不吱声。荣兴问她好几遍，她才微微点着头，嗫嚅地说：去吧。你整天蹲在田角落，磕着泥巴与农活打交道，一辈子也不能有啥大作为。七尺男儿立志在远方，应该去远方闯荡。你若今后有了出息，可别忘了回村里。娟子的话，既是为他想，又在鞭策他。一种无法言说的幸福感淌过荣兴全身，眼前一眩晕，他打了一个激灵，想上前抱住娟子亲热。但他很克制，很冷静。两人默默分了手。隔天他去了队长家。他感谢队长对他多年的关心和照顾，同时提出请求，明年不再承包村里的鱼塘。队长让他仔细考虑后再作决定。他告诉队长，他已盘算好，过了春节他决定去南方找工作。队长见他主意已拿定，脸上露出遗憾的神色。

过了元宵节，荣兴动身去广州。他随阿德去了城里的火车站。火车站前人头攒动，一片嘈杂声，到处都是手里拎着大包小包，肩上扛着行旅外出的行人。荣兴一眼瞥见，车站门口站着穿红衣披长发的娟子。娟子守候已多时，她正局促不安四处张望着。两双眼睛四道目光交汇时，"砰砰砰"仿佛发出金属撞击的声音。荣兴一个箭步迎上去，紧紧拽住娟子的手。大庭广众之下，娟子显得很害羞，赶忙挣脱他的手。她从口袋里掏出一块蓝格子的小手帕，塞在荣兴的手里，掉转身子快步离去。荣兴翻开手帕，里面折折叠叠包着 10 元、20 元的毛票，总共 200 元。不，不能要她的钱。他拔腿想追上娟子，她却已走远。望着渐去渐远的背影，他的眼眶一下子变得湿润。

　　荣兴给娘写了信，同时寄回 300 元钞票。信里荣兴告诉娘，他在南方一切顺利，工作稳定，活计又不重，月工资有 500 元。他让娘不要牵记他，自己注意身体和营养，别舍不得花钞票……荣兴娘见到娟子，私下把信里的话透给她听。娟子听后舒一口长气，脸上滑过一丝惬意的神色。媒婆又去娟子家提亲，男青年是村主任的儿子。村主任家家底好，家里新砌了两间高大的楼屋，家里置有五斗柜、衣橱柜、八仙桌、缝纫机、收音机、脚踏车。听了媒人的介绍，娟子娘像中了六合彩，眉梢、眉角都闪着银子般的笑，当即自作主张替女儿答应了婚事。她对娟子说：这是你前世修来的福分，能嫁入主任家，就像小白鼠一跤跌进白米囤，不愁吃，不愁穿，生活无忧无虑如同进了保险箱。娟子对娘说：我结婚结的是人，不是物。人好，婚姻才美满；人不好，财物再多，到头来也是空欢喜一场。当着娘的面，娟子始终不同意。她娘却说：这次不能听你的，为你将来的幸福，我得为你做这个主。你同意也罢，不同意也罢，除非我去死，否则这个婚结定了！夜深人静时，"呜呜呜"传来娟子的哭声，声音伤心、绝望，听来有些悸心，还有一些旷远的凄凉。

　　那天媒婆又上娟子家的门，带来聘礼 2000 元，香烟、老酒、布料等一大堆礼物。媒婆临走时，向娟子娘要了娟子的生辰八字，说是要去算命先生处挑选结婚的日辰。隔天媒婆又传话，结婚的日子已择好，就在今年十月一日国庆节。

　　有一天，娟子不见了。娟子娘在村里哭哭啼啼呼寻着娟子。原来娟子悄悄向荣兴娘要了他的地址，踏上南往的列车，只身去了广州。

人咬狗

1

"哎哟，哎哟。"朱德明一阵痉挛，头颅似开裂般的疼痛，偏头痛又发作了。他侧蜷在沙发，身子抽搐哆嗦，同时大呼小喊，双臂抱头，额前沁出米粒大的汗珠。

德明娘闻声，脸一沉，皱眉步入客厅。见儿子痛苦的情状，她心里叽咕："刚刚还好好看着电视，怎么又犯疼了？"她赶紧沏一杯开水，从盒中倒出药丸，递与他。

德明竭力支起身子。他眼圈乌黑，垂着眼睑，肿起的眼泡似金鱼一般，夸张，吓人。他咧嘴将药丸投入嘴里，含水咕嘟吞下。

"中饭的鲫鱼，哪来的？"他阴鸷着脸，抬眼闪出两束幽幽的绿光，满含戾气问娘。

"菜场。那个'网船佬'的鱼摊。"娘答道。她知道他疑心，在追询鱼的来路。

自患病后，德明从不吃养殖的鱼。娘也不再去其他的摊位，专在出卖野生鱼的"网船佬"处购鱼。偌大的菜场，数"网船佬"的鱼最贵，贵出好多。但他的鱼正宗，纯野生。"网船佬"年过花甲，是渔业村唯一余下的捉鱼人。当年渔业村搬迁解散，村里的渔民转行的转行，歇业的歇业。他却闲不住，不肯收停，续着旧业。夜幕降临，他划着破旧的木舟，在河里撒网捞鱼。清晨将捉到的鱼提到菜场卖出，换回油盐钱。

现在德明对食物有一种强烈的敏感和条件反射，好像荨麻疹患者见了风就瘙痒、难过。见了猪肉，眼前会晃悠悠出现整桶整桶的泔脚，浮着油汪汪的白花，直打嗝，恶心。鱼啊、虾啊，只要是人工养殖的，上了饭桌他就心悸、发闷，仿佛在逼他咽下一瓢一瓢的生长素，以及头孢拉定、罗红霉素、克拉霉素等激素药，旋即肠胃蠕动倒腾，反胃，难受，食欲殆尽。

止痛片起了效果，头颅渐渐松弛。德明感觉舒坦些，便跨出门，绕小区转悠，透透新鲜空气，见见日光。四月的午后，日光融融，和风泱泱。德明披着宽大的蓝色夹克衫，摇晃着身子，慢腾腾在小区的甬道踱步。厚重的金光噼啪噼啪从头盖直透肌体，肩上像压着笨重的担子，沉沉实实。强光拂射下德明的双眼酸叽叽，涩巴巴，半张半翕。"橐、橐、橐"的皮鞋声低沉乏味，他像一只多年的老鸭，挪步吃力迟缓。先前壮硕的身架变得虚薄，体积瘦小，密度稀疏，俨似一枝风干的枯竹。他颤颤悠悠，踱到小区东面的河畔。

见有老叟独坐河畔，架竿垂钓，他眼珠子激灵，眼皮一阵翕动，显出些微的颤动。他自幼喜欢鱼，喜欢捉鱼、吃鱼。奶奶在世时，谑他为鱼祖宗，说他的前生就是鱼。见了水中的鱼他就没命，心里痒痒，身子躁动。他变法子抓鱼，放丝网、扔鱼叉、安竹笼子、抛钩垂钓，等等。

儿时的村庄水网密布，河水清澈，湛蓝湛蓝。见水如见鱼，他浑身散发出异质。他的眼睛似乎能直抵水底，对水族世界鱼的动态、活动轨迹了如指掌。起什么风，阳光映射哪个方位，他立马能判断出鱼儿在哪里出没，哪里觅食，哪里休憩，甚至依据河面泛出的气泡大小多少，推断出水下潜着什么鱼。那次他手执鱼叉，在河边盯视水面。突然脸盆大的一摊水泡汩汩冒出。准是只大甲鱼！他瞄准泛泡处，"嗖"地一道白光蹿起，鱼叉似飞镖掷向水中，水下立时泅出一摊赤红。他收起鱼叉，一只三斤重的甲鱼在锋利的钢刺上挣扎，张牙舞爪。

梅雨时节，阴雨纷纷。白花花的雨水稀里哗啦落在他心湖。他神情激动，感到无比亢奋。他白天身在课堂，心早已跃到水田。稻田中的水汪汪一碧，沟渠湍急的水流轰隆隆直泻河中。河水遽涨，汪到岸边。放学归来，他书包一丢，直赴田野。他搬来泥块，将沟的进水口死死堵住，在出水处安上网兜。水势渐小，沟渠中的逆水鱼慌忙顺水逃窜，噼里啪啦，落入渔网……无数个梦里，他成了浪里白条，徜徉水中，穿梭往来，轻盈自如……

他屈手倚栏，微微喘气。凝望河面，清风徐徐，水面涟漪荡漾，红白相间的浮子在上下抖动。他感觉有鱼在咬钩，是条鲫鱼。孱弱的神经一阵收缩，凹陷的眼眶放出几缕白光。突然，浮子一沉。"上钩了！"他不由得高呼一声。"啪"的一响，钓鱼老叟迅捷将鱼竿朝空中一甩，一道白亮的弧线在空中划过。果然，一条三四两的鲫鱼在地上活蹦乱跳。

2

10年前，德明的村庄拆迁，村民将统一安置在香樟花园小区。得知消息，他忐忑不安，内心似清风掠过，微澜斑驳。即将告别老宅，离开土地，他显得惆怅，依依不舍，缱绻留恋，毕竟生于斯长于斯四十年了！而住进小区，能像城里人一般生活，他感觉新奇，神往，激动。

安置房尚未竣工，他一人骑了自行车，猴急地来到香樟花园小区勘察。远望小区，几十幢六层的楼宇拔地而起，自南往北齐崭崭兵营式排列，威武庄严，赫赫气派。循小区外围巡视一圈，他发现小区的妙处：东边有一条小河，十来米宽，北端断头，南端和伯渎港相接，活水衔连。红日当头，水面潾潾溶溶，小鱼唧唧。东边有水，且是活水。小区聚财，风水不错！有水，便有鱼，他暗自欣喜。

秋日拂晓，晨雾迷蒙。还没抓阄分房，喜好垂钓的他便去了小区的河畔。鱼钩抛入水中，水面不停泛出气泡，鱼儿踊跃咬钩。这里的鱼儿真多，嘴忒馋，饿极了。他记得，起水的第一尾是条鲫鱼，筷子长，一斤多。"噌，噌，噌"，鱼儿不停上钩。才两个时辰，网兜里密密匝匝，挤满了穿条鱼、鲫鱼、昂刺鱼等。他喜不自胜，乐滋滋的。香樟花园小区是他的福祉，日后饭桌上少不了美味佳肴。他将网兜吊在自行车前杠，左脚踮地，右脚跃上车，满面春风踏上了归村的路。此时旭霞漫天，金光拂照世界，上苍眷顾、呵护着万物。沐浴着阳光，他的内心一片火红，繁花似锦。

入住小区后，钓鱼成了德明每天的功课。除了干活、吃饭、睡觉，其他时间都耗在垂钓上。时间富润，他将大把大把的时光扔入河里，所有的喜怒哀乐倾注在红白的浮标上，人随浮标沉浮起伏，一会儿轻飘飘悬向空中，一会儿昏沉沉坠入水底……要是哪天不摸鱼竿，他就心里痒，憋得慌，浑身软兮兮似棉絮无力。他白天忙，晚上备个手电筒也要过把瘾，坐钓几小时。夜晚阒黑，夜色辽阔。电筒幽幽的点光照亮浮标，他眼盯浮标心里就宛若燃起一盏心灯，内心豁亮澄明，人出奇沉静、安定。他的身上会散发出巨大的气场，鱼们乖乖听话，纷纷围拢在钩旁。鱼是他的敌手，更似他的伙伴。

他娘呢，变着法子做鱼肴：红烧、煮汤、清蒸，萝卜烧、咸菜烧、菜梗烧。端坐桌前，一杯小酒，鱼肴佐酒。他将整条鱼搛到盆内，用筷子耐心将鱼肉剔在一旁，一盅酒一口鱼，慢慢咀嚼品咂。结束时，一副完整的鱼骨架直挺挺横躺在盆子。他默默凝视，俨似在举行仪式，在祭奠、悼念那鱼……

小区沿河安置着铸铁的栅栏。长长的栅栏留着一道口子，村民用水泥楼板在河岸和水面驳了一座河滩，方便住户洗涮。濒水的几级水泥板上，三面黏吸着密密匝匝的蛳螺。捋起袖管，伸手一摸，就是一巴掌肉嘟嘟、圆滚滚的蛳螺。间隔时日，德明娘拿了盆子，去抓几把，捧回家，浓油赤酱，烹煮酱爆蛳螺。德明呢，多了一道下酒的菜。蛳螺吱吱，小酒咪咪，赛若神仙。

日子静好，岁月无恙。

不几年，政府在河的南头筑了堤坝，将河水拦腰截断，说是便于管理。香樟花园小区的河面成了孤零零一截，缺了生气、灵气，死水一潭，波澜不兴。

建造小区时，政府没规划建污水处理厂，也没有防污措施。只在地下排了一道直通通的水泥管子，出水口安在河底。几百户的洗衣水、洗碗水、抽水马桶的粪便，通过水泥管子哗啦啦倾入河里。对面新开的饭店也是依样画葫芦，几根铁管子对准小河，所有脏水汩汩泄入水中。

小区里的住户都是清一色村里的百姓。他们没有卫生习惯，贪图便利。像住沿河的阿根嫂、文兴娘，手中拎了垃圾袋出门，不肯多走几步投进垃圾桶。趁没人，她们将垃圾朝河里咕咚一抛，白花花的塑料袋、饮料瓶、剩菜、剩饭，在河面漂来荡去。整个小河成了一个硕大的垃圾桶。

3

5月的江南，气温噌噌直上，一下子蹿到30度。河畔杨柳依依，柳丝垂拂水面。水滨的芦苇冒出翠芽，节节攀高，似哨兵守候小河。水温一天天回暖，垂钓的好时光到了。骤然间德明发现，水面零碎漂浮着一薄层绿色的植物状液体，绿幽幽、滑腻腻，像清明时做青团子的汁水。他心里纳闷，不解。随后几天它向四周迅捷铺展，疯狂扩张，竟罩住了整个河面。微风过处，空气中漫腾着浓重的腥臭味，像动物尸体腐烂的味道，刺激，呛鼻。小区里的人告诉他，那是蓝藻。

绿油油的蓝藻遮住河面，影响他垂钓的视野，鱼钩无处下水。他找来四支木棍，将木棍的两端两两用铅丝绑住，围成一个四方形的木框。他将木框置入水面，用网兜拨去框中的绿藻，框内露出一片干净的水面。借着这框水面，他又可垂钓了。没事能难倒他！他暗自钦佩，佩服自己的智慧与灵巧。

他一向用曲蟮做鱼饵。蹊跷的是，那天他突发异思，用面粉做鱼饵。他将菜籽油、白酒倒入面粉，反复搅拌捏揉，揉成有韧性的面团。面团散发出清冽的小麦香、白酒的醇香、浓郁的菜油香。小块的面团黏裹着鱼钩抛入水中，河水变得香喷喷，甜润润。喊喊喳喳，水面结集着一群针线大的细鱼，倏来忽往，唱唱喽喽。水下的鱼不断来咬钩。他提起钩子，鱼饵被叼走，不上钩。他猜测是条狡猾的鲤鱼，至少2斤重。他沉下心，耐着性子，一次次抛钩，一次次提起，空空如也。直到第五次，鱼终于被钩住。"哇"，他呼叫着，一条3斤重的赤红鲤鱼被牵上岸。

小区人爱凑热闹，见德明钓了大鱼，便聚拢过来。他们指指戳戳，嘴里啧啧称赞，投来羡慕的眼神。炳根娘却一反常态，弯腰蹲身，细细察看那噗噗蹦跳的红鲤。她似乎看出了端倪，临走时嗫嚅着说："好像是放生的那条。"

小区人都晓得，炳根爹几月前患了肝癌，病情日重。前几天炳根娘替老伴做了佛事。她在菜市场采买了一桶活鱼，倾入河里放生。放生时，炳根娘站在河滩，一边焚香，青烟袅袅；一边口里念念有词，诵念佛经。放生的鱼中，其中一条便是红鲤，大小分量与他钓到的类似。有人劝德明，放生的鱼吃不得，算了，丢掉吧。他似有不甘，犹豫再三，还是将鱼提了回家。他实在舍不得。

德明垂钓时，退休的李老师常偎立一旁观看，与他攀谈聊天。说及水中的鱼，李老师一本正经劝告他，河水脏，水质差，河中的鱼不能再吃，毒素入体内，会发病。听了李老师的话，他眨巴着眼睛，怔怔忡忡，似信非信。想了老半天，他竟不以为然，甚而不屑。既然有毒素，鱼为何能活？前些时候他还钓到河虾、鳊鲏鱼，虾、鳊鲏鱼对水质的要求很高，它们能活，证明水质好。莫非李老师在眼红，嫉妒他吃鱼？他我行我素，继续钓鱼，吃鱼。

4

夏日的黄昏，夕阳惨烈，照得西天通红通红。火红的赤球一寸一寸向幽暗处滑翔，轻盈而宁静；黑夜以庄严肃穆的姿态悄然登场。德明拾掇好鱼竿，从水中捞起网兜，准备收工回家。忽地脑颅中"咯噔、咯噔"两下，似两道电光"唰、唰"在脑中闪过，发出尖利的锐痛。"哎呀，哎呀"，他发出痛苦的呻吟。两下过后，头脑恢复如初，一切风平浪静。

间隔些时日，类似的锐痛在他头颅中屡屡出现，且疼痛的时间加长，频率加快，变成了三次四次，甚至五次六次。疼痛的部位逐渐扩大，先是一个点，线状传导，后来却变成块状，向周边发散。他内心局促紧张，忧心忡忡。他猜想，莫非头里长东西，患病了？

他记得，小时候村里培元的父亲患有头疼病。培元孝顺，常托人在四川买天麻给父亲吃。他想试试，也许管用。下班后，他绕道去了老街的汇华药店。药店的医师他认识，是村里的赤脚医生潘田。潘田退休后，被药店返聘坐台当药师。老潘告诉他，天麻的种类繁多，有一百多元、二百多元一斤的，上等的要千元以上一斤。他挑了二百多元的一款，称上一斤。攥着天麻如揣着灵丹妙药，他小心翼翼步出药店。夕阳西坠，马路光影斑驳。电动车如小鱼哗噗跳跃，他骑着在人流中疾走，心里腾起几枚炽烈的火星，脸上春风驰荡，一派祥和。

遵照老潘吩咐，次日一早他去肉墩买了一副猪脑。他娘将猪脑和天麻放入砂锅，掺入水、黄酒、盐、味精，噗落噗落文火煨了几个时辰。那日他正在上班，忽然，嘎隆嘎隆，脑瓜像地震似的地动山摇，人摇摇欲坠。他面孔煞白，脸上、脊背虚汗涔涔。同车间的老曲见他难受，递他一支烟，南京牌，说，抽支试试，也许能缓解。他接了烟，老曲替他点燃。他像抽大麻的毒瘾上来了一样贪婪地猛吸几口。"咯、咯、咯"，他被呛得咳嗽。他继续不停地抽，如腾云驾雾，逼仄昏暗的车间变得烟雾缭绕，他痛苦的影子渐隐渐现。痛楚在烟雾里渐渐释然，他的心地似乎空旷了许多，人顿觉气清神定。他庆幸，喜出望外，似乎找到了妙方。下班时他特地去小区的日杂店，花 12 元钱买了一包南京烟。

患头疼病后，他身子疲沓沓，四肢软乎乎，头脑凌乱无绪，尽是思维碎片，飘忽不定。坐着看电视时，他耷拉着眼帘，肿胀的熊猫眼时张时合。满耳灌满了轰隆隆的声响，脑海里交替出现种种幻影，一会儿是乌泱泱的人群，一会是光怪陆离的物件。好不容易，迷迷瞪瞪入了眠。一阵惊忧，又猛醒过来，头脑变得分外清醒。他的睡眠越来越差。半夜头疼发作，他躺不住，披衣坐起。点燃烟，死命抽。但香烟似乎失了效，无法舒缓他的疼。他发现疼痛的时间在延长，半小时，一小时，甚至几个小时；范围也在扩大，以前只是头的右侧，现在从右侧向左侧移动；原来是锐痛，现在是整块的钝痛，几乎是整个脑瓜都爆开似的痛。

原想挺一挺，熬一熬，疼病会自愈。但眼下症状，让他丧了自信。他无法坚持，不敢硬挺。第二天赶紧去了乡医院。神经科的医生让他做了脑CT。医生告知，从摄影图像上看，似乎一切正常。医生询问他，是不是工作紧张，累了？或者是不是睡眠不充分，欠休息？最后医生叮嘱他要注意休息，不要熬夜；要留心饮食，吃得清淡些，不要吃不洁的食物。他忽地记起李老师的话，便告诉医生，他常吃鱼，从小河钓的。医生问他，河水洁净吗？他把河水的情形描述给医生。医生的眉头微微一皱，劝他，以后别吃了。水中鱼的毒素进入肌体，积聚多了，准发病。医生给他开了药，一盒非甾体类抗炎药，一盒曲普坦类药。

医生的话，他句句上心，似乎头疼的病灶直接与河里的鱼挂了钩。他回家后第一件事，便是开启电脑，在百度上输入"蓝藻"两字，屏幕上立马跳出无数条有关蓝藻的信息。

"在部分蓝藻内部的特定区域存有藻毒素，蓝藻毒素分为很多种，通过其危害方式可分为肝毒素和神经毒素，它们是已知的会侵袭肝脏和神经的毒素，如果你不断地摄入含有蓝藻的水、鱼或者其他水产品，就可能会产生头痛、发烧、腹泻、腹痛、反胃或者呕吐。"

念完上述文字，他倒吸一口凉气，那凉气仿佛从阴间地狱噜噜吹来，从头至脚冰凉彻骨，一时肢体麻木像上了全身麻醉……这该死的鱼！他铁青着脸，咬着牙关，疯一般冲到储藏间，抱出一堆鱼竿，将鱼竿按在小腿，用力一折，噼啪拗断，随后将鱼线、鱼钩、鱼兜、饵盆一股脑统统扔进垃圾桶。

5

夏日的强光哗啦哗啦穿过窗玻璃直泻室内，茶几、玻璃杯、热水瓶、沙发、电视机在明晃晃的白光下摇曳颤抖。德明伸手将蓝格子白底的窗帘拉上，室内陷入黯淡和阴湿。他怕光，见了光他虚弱的身子就如雪烊化不断下沉瘫痪。他更惧风，东风一卷来他的身子就哆嗦趔趄，仿佛要被风刮倒吞噬。现在他几乎不出门。他将活动范围限缩在几平方米的客厅，窸窸窣窣，一会儿坐，一会儿站，如刚入笼的小鸟般惶恐不安，噗落落，蹿上跳下。他阴沉着脸，消瘦的脸颊使浓黑的两眼更加枯凹，透出的眼神像鞭抽后的老牛冷漠、呆滞、无望，栖栖惶惶。

炳根爹敌不住病魔纠缠，昨日子夜往生。灵堂设在小区的住所，哭声绵绵，哀乐声声。同村的邻居闻后，纷纷上门去吊丧。德明和炳根爹自小要好，关系一向热络。按村里的规矩，他该去磕个头，鞠个躬，与炳根爹道声别。他内心杂乱，想去，却犹犹豫豫，踌躇不定。一想起那条放生的红鲤，脑中蹿出虚妄阴鸷的念头，冥冥中他的死似乎和自己沾上某种关联，心头洇出一摊阴翳、恐惧、惊骇。终究，他没去吊丧。他不敢，怕。

夜晚他做了噩梦。他迷迷糊糊梦见了炳根爹。无垠的荒野里，寒风凛冽，阴森森的陌路上，老人骷髅似的脑袋，龇牙咧嘴，朝他扑来。他跌跌撞撞向幽暗处逃窜，慌乱中跌倒在地。老人追上来，怒地将他从地上揪起，血盆大口凑近他，对准他的脖颈就是一口，顿时赤血淋漓，他疼得哇哇直吼……噩梦醒来，床柜上的闹钟指向午夜 2 点。他浑身哆嗦，汗毛凛凛。摸摸脖颈，竟是一块疤瘤，似乎还隐隐作痛。先前脖颈长不长疤？他搜寻记忆，想不起来。生疏，陌生，迷晃。

头疼时常突来，日渐严重。一旦发作，他疼得呼天抢地，鬼哭狼嚎。家里成了一团糨糊，全家人绕他转，鸡犬不宁。他的脾气变得暴躁、乖戾。谁都得听他，顺他，哄他。一旦违逆，他怒目横眉，暴跳如雷。为确诊毛病，他连续跑了市里的几家医院。医生的话都是模棱两可，让他辨不清子丑寅卯。清静时，他右手会不自主去摸捏脖颈的疤瘤。轻轻摩挲，疤瘤好似炳根爹的附体，那晚的梦境像小鱼从水中探出头似的悄然浮现，恍惚间心壁被阴翳攫住，红眉毛绿眼睛的魑魅魍魉阴森森、毛茸茸，向他包抄过来。他几近窒息，陷入极度惶恐之中。

疼痛，魂牵梦绕，挥之不去。德明觉得疼好像一粒种子植入了体内，发芽期已过，步入了生长期，发育旺盛，日长夜大，成为自己某个坚硬的器官。理性逼迫他将疼遗忘，记忆却不肯放过，疼常常不召自来。偏头痛成了他的一叶小舟，载着他在苍茫漆黑的大海深处漂泊。他伶仃一人，孤独、寂寞、苦闷、痛楚将他包裹得密不透风。他时时沉溺于幻想，稀奇古怪的念头野草一样疯长，斑驳纷呈。他依稀记得，以前读过一段文字，说：狗咬人不是新闻，人咬狗才是新闻。炳根的父亲咬了他，算啥？是鬼咬他，还是梦咬他？他想起隔壁小区的一只疯狗曾咬了好几人。被咬的那些人紧张害怕，都去医院打预防狂犬病的针。那些伤者要求狗主人赔偿损失，主人不愿，最后闹到法院，打起官司。法院判决裁定，狗主人赔偿一大笔的钱。想着想着，他竟又将自身扯上。梦中炳根爹死命地啮咬他，是否将他的毒素传染给他，那梦在暗示向他来讨命？自己体内淤积了多少毒素？可恨的毒素会不会长出肿瘤？他咬牙切齿，满腹怨忿、懊悔：当初为何嘴馋，吞下那么多毒鱼？他得为自己的愚昧和无知买单，苦厄自渡，默默在痛楚中挣扎。

6

清晨5点，德明早早醒来。东方透出晨曦，白茫茫一片。窗台上，一只肥胖的苍蝇在不停地打转滚爬，嗡嗡嘤嘤的声响像远方飞机的轰鸣。窗前树上，几只白头翁吊着清冽的嗓子，叽叽咕咕、咕咕叽叽不停地啼鸣，缠绵缱绻，声音挑逗暧昧，像在发情求偶。漫漶间，这声音刺激他耳鼓，牵动他神经，令他心烦焦躁。他步出屋子，去小区漫步。

甬道两侧是硕大的香樟树，枝丫繁茂，绿叶婆娑。清澈的霞光经枝叶过滤，留下一地的影影绰绰，斑驳陆离。他垂头缩颈，伛着背，蔫蔫怏怏，行步缓慢而吃力，远望似一条蚰蜒在阴湿里蠕动。

忽然，路旁的花坛里蹿出一条小黑狗。他吓了一跳。小狗瘦骨伶仃，空瘪着肚子，枯涩的毛发沾满泥碴，邋遢，很不惹人喜欢。它只有两只眼睛大而有神，眼珠子滴溜溜转动，放出几缕蓝光，显得十分的精神和灵气，让人觉得有一丝的温存可爱。

小黑狗亦步亦趋追随他。他走，它也走；他停，它也停。"嗤！嗤！"他向它发出驱赶的声响。可它不理会，不停摇着蓬松的尾巴，向他乞怜示好。他捡起一块断砖，作出驱赶的动作。它后退几步，驻足停步，攮着鼻，两目茫然，睨视他。他移步时，它与他保持着距离，紧随他，不离不弃。它似乎铁了心，认定他是它的主人，要做他的仆人。

黑狗的真诚和韧劲感化了他，它和他似乎彼此惺惺相惜，有着感应。他放它入了门。他捏着桌上的半个馒头，用手掰碎，一片一片喂它，它摇头晃脑吞嚼，显出亲热无间的姿态。娘见了，问着小狗的由来。对小狗的光顾，娘不愠不恼，反而绽出一丝迎迓的粲笑。她迷信"狗来富，猫来穷"的村里老话，将它抱入怀里，去卫生间给它沐浴洗澡，还用吹风机替它烘干毛发。

小狗很温顺，很快成了家中一员。他闭目养神时，它便蹭在他脚跟，乖巧地躺下，呼呼入睡。他醒着时，它围在他身边，一会儿亲昵地抱膝鞠躬，一会儿点头哈腰作揖叩拜。小狗的陪伴，分散了他的注意力，给他紧张的神经带来些许的松弛和愉悦。一时他忘了疼痛，露出稀罕的笑容。他哄诱它，逗它，找寻乐趣。有次他竟扮着头疼时的凶戾，龇牙咧嘴，"啊呜"一声，伸出血红的长舌向它猛扑过去。小狗一阵张皇，吓得哇哇乱蹿。它躲在远处，斜眼窥觑他，神情委屈，可怜兮兮。

那日上午，疼痛突然袭来，根根神经翻卷抽紧，头颅似雷轰炸裂，疼得他哇哇直嗷，在沙发翻滚一团。小狗见状，显得很识趣，小心翼翼，嘴里呜呜轻声叫唤，伸出舌头不停舔他裤管，仿佛在安抚他，慰藉他。他忽地从沙发坐起，拽住它的颈脖，用臂弯搂住它身子，随手拿起剪刀，咔嚓咔嚓将它肚皮的黑毛褪去，露出一处白净的肌肤。小狗竭力挣扎着，汪汪吼叫。

此时的他丧心病狂，肆无忌惮。他脸部青筋直暴，眼乌珠凸出，张着血盆大口，青面獠牙，瞅准白净处咬去。"呜哇，呜哇"，小狗放声凄惨嗷叫。三个牙痕依稀分明，嗞嗞渗出血来……小狗毛发直竖，拼出浑身力气挣扎，倏地挣脱他魔爪，蹿出客厅……它伺机窜出家门，消失得无影无踪。

他进入了梦境。阴湿的花坛里，小狗干瘦的身子躺在草丛，四肢不停伸缩颤抖，双目噙满痛楚的泪水。不多时它的四肢渐渐终止了颤动，头一歪，断了气……他脑里的毒素过给了小狗，他的头疼竟出奇地痊愈，完好如初……"扑通"一声，他一个猛子跃入小河，在粼粼的波光里欢畅地遨游，他变成了一条赤红赤红的大鲤鱼……

西北有高楼

1

风雨大作。初秋的雨附着夏的恣狂，不停敲打着窗玻璃，落下一条条蚯蚓蠕动似的水痕。芷璇五点半就醒了，昨夜睡得不踏实。

今天 9 月 1 日，她正式去天龙小学做代课老师。她感觉很神圣，也很庄严。她是个讲究仪式感的人，站在镜前老半天，画眉毛，扑细粉，涂口红，然后从衣柜捧出平素舍不得穿的淡蓝色连衣裙，谙熟地套上。她拎住裙摆，在镜子前左右旋转，蜂腰蜂臀，盈盈舞动，平添出几分婀娜。她深情地端视着自己熟悉又陌生的风姿，直到称心满意。

梳妆完毕，芷璇便去餐厅。一杯冷开水，几片面包，权作早饭。随后她披上雨衣，骑上电瓶车，钻进稀里哗啦的雨雾中。

七年前芷璇从省师范院校毕业，当时的愿望很纯粹，当名老师，找个夫君嫁人，然后相夫教子，静度平生。理想很美满，现实却骨感。整个暑假，她跑遍了附近的学校，包括教育局，甚至动用所有的关系，托了许多人情，但没有一个单位接收她。初出茅庐，迎头一棒，她暗自鸣苦。大学班主任的毕业赠言——"生活是美丽的，人生是残忍的"——仿佛一句谶言，击中她的现实。

芷璇不忍心待在家。她受不了整日与父亲的沉默、母亲的叹息对峙。父亲有腿疾，母亲患有关节炎，两人加起来只有不足两千元的养老金，两位老人就像两个嗷嗷待哺的孩子。暑期结束，她搁下脸，狠狠心，去了镇里私人办的教育机构。

首先进的那家叫蓓蕾培训学校，二百平方米的屋子，仅三名老师。她既当老师，又做管理员。这里生源差，月收入仅两千多元。三个月后，她选择了跳槽。她惊奇地发觉，培训机构老师的跳槽像女人的习惯性流产，无奈而频繁。一次次疼痛，催育一次次希望。哪里生意好，薪酬多，就往哪里跳。回首七年时光，她的成绩可不小，进过的机构一大串：荣博教育、博奥培训、新航线咨询中心、格致新教育……机构的名字响亮有内涵，炫目的光环支撑着虚弱的身子，大而无当，狐假虎威。

最后一站，是隔壁镇的英豪教育。芷璇大学学的是英语，在那里除了教英语，又教语文。身兼两职，薪酬自然多，在那里每月可得六千多元的报酬……

芷璇入校门时，零零落落的家长一手提着书包，一手挽着孩子，鱼贯而入。

她走进自己的办公室，来到桌前。实木的长方形办公桌又长又宽，厚实而豁敞。正襟危坐，滋生出如坐皇位君临天下的自豪。她右手捋捋额前的几缕发丝，五指湿答答的。握着雨的潮，芷璇心里沁出湿湿的一摊：出校门七年，还第一次真真拥有一张自己的办公桌。以前机构提供的都是学生矮小的课桌，坐着局促、逼仄。仿如在梦里，她的心有些摇摆，是昔日颠沛的终结，还是未来静好的伊始？

甫坐定，"叽叽"，"叽叽"，手机微信响了。芷璇用手指滑了几下。

"祝贺你，成为天龙小学的老师。诸事顺利。"英豪教育吴校长的微信，文字后附加一颗"红心"的表情。芷璇湿湿的心里顿添了几分温度。

"谢谢，祝您生意兴隆，一切安好。"她回复，后面也附上"红心"的表情。

吴校长是公办学校的退休教师，中等个儿，乍看有些油腻、猥琐，但心地却不坏。他安排课务时，对芷璇特别关照，任她挑选上课时间。周日时，知道她有不吃早饭的习惯，老头常为她备好牛奶、馒头、油条等。在英豪的两年，薪酬高，她偿还了上大学时家中欠下的所有债款。人变得自在，舒心惬意。要不是母亲患心脏病常住院，芷璇得回本镇照顾母亲，她还不忍离开英豪。

吴校长鳏寡一人。他退休前老婆患胰腺癌走了，儿子、儿媳在上海工作。老头爱热闹，惧孤独。到了晚饭时，他操着鸭子似的嗓音嚷嚷，让机构七八个青年教师去马路对面的"安徽蒸菜馆"聚酌。白天他视年轻教师为他的学生，到了酒桌便一下子变得没大没小，彼此称兄道弟，一起厮混。酒桌上他们似乎重复着同一个套路：先是甜言蜜语，和风细雨，互相推让；然后推杯换盏，几杯之后，个个红脖子瞪眼珠，豪言壮语，胡言乱语，小小的酌饮都被演绎成人生的至高盛宴；接下去便是三言两语，乃至默默无语。老头的酒量最小，三两过后就又是打嗝又是叹气。进入下半场，老头晕晕乎乎，一摊烂泥抹不上墙。

那次芷璇和他对酌。老头几杯落肚，便向她倾吐苦水。曾经感冒住院，他躺在病床打了整整一星期点滴，孤苦伶仃，没有谁去探望过问。养儿子不如养兔子。儿子平时少有电话，几个月回一次家，见面没一句暖心话。张口不离钞票，话里话外转弯抹角向他伸手。一会儿要买房，一会儿要投资，逼他掏口袋，简直成了敲骨吸髓。哎，无底洞啊……"呜呜"，他竟哽咽抽泣，涕泪汪汪，比女人还女人。芷璇见不得别人哭泣，特别是男人。一见眼泪，她内心冰雪融化，全身柔软，泪水从眼眶漫溢而出。

月底核算工资时老头总多给芷璇八百一千。他夸她工作出色，说多给的是奖金。她起始红着脸，推辞，不肯接。她似乎很有定力，免费的午餐，坚持不受。但鬼使神差收了第一单，便覆水难收，以后一切习以为常。每到月底，甚至还生出些许的期待。

见卫生间老头换下的一堆衣服，芷璇悄悄拿去洗了。事后她叩问自己出自什么动机。内心有愧，还是投桃报李？心里茫然，只得自我安慰，权当为自己的老父亲。

2

代课老师属合同制工人，不列入事业编制，工资低，待遇一般，在经济发达的当地并不算稀罕。芷璇却特别上心，能进公办学校教书，结束七载的游击生涯，成为半个正规军，她平静的外表下掖着无比的喜悦，小麦色的脸上似沾了金粉熠熠生辉，潜在心底多年的虚荣心就像沟渠边的一簇野菊花，经雨露阳光催发，绽放得妩媚艳丽。

芷璇任天龙小学一年级 5 班的班主任，执教 4 班、5 班的语文。

说来可笑，进天龙小学前，她曾去镇里另一所小学应聘，试讲英语。上课结束后，负责的老师表情严肃，对她直言不讳：讲课的语速太快，一讲到底，没节奏感，学生听着昏昏欲睡；课堂设计缺乏层次感，知识重点不突出；没有必备的技巧和基本功……她如同遭到晴天霹雳，又如同面对法庭的宣判，她仅有的一点自信和面子随着法官的重锤响起，被剥个精光，赤裸而尴尬。

芷璇摇摇晃晃跨出教室，仿佛脚下的土壤被洪浪无情地冲刷掏挖，根基即将坍塌。伤心彻骨，孤立无助。她觉得最对不住大学老师路文英。路老师很器重她，选她担任课代表，平时对她循循善诱，呵护有加。追随老师修业四年，如今她竟无法胜任小学的英语教育。要是路老师目睹眼前惨相，定然比她更伤心，更悲怆。

得知天龙小学招聘老师，她不死心，抱着死马当活马医的念头去搏一搏。她应聘的是语文。出人意料的是这里的领导竟说她上课老练，激情四溢，有摄住学生的气势，还赞扬她语文功底扎实，知识面宽。第二天，芷璇接到了学校的电话，通知她去学校报到。如劫后余生，心里的灰烬腾地燃烧，她翩然欲飞。

大学时芷璇喜爱文学，特别是外国文学。外国文学老师是研究日本小说家渡边淳一的专家，老师把研究的心得在课上阐释给学生，这使她产生了浓厚的兴趣。她去图书馆找来渡边淳一的《失乐园》细细阅读，她为小说中男女主人公久木与凛子执着凄婉的爱情所打动。于是一发不可收拾，她疯狂地翻遍图书馆渡边淳一的作品：《再爱一次》《无影灯》《何处是归程》《爱的流放地》《流冰之恋》《樱花树下》等等，她沉浸在一个个传奇的人生故事中，沉溺在那些关于命运与人性、冰冷的现实与特异的凄美之中。她的中文功底大都是那时阅读渡边淳一的小说奠下的基础。世事难测，当时的激情付出可谓无心栽柳，如今馈赠她的却是一笔意外的收获。

开学前一周，老师们为学生上课做准备。虽说是短短的一周，却漫长而劳累。芷璇浑身不适应，不自在。她细细盘点手里的活计，时时与以前的机构作对照。学校会议多，一个接一个。校长、教务主任、政教主任、教研组长、年级组长，他们个个都能讲，理论滔滔，言之凿凿，一讲就是数小时。他们的讲话要么大而广之，站点高，宏伟大略，家国情怀；要么小而言之，从穿着到言行，从节约纸张到节省用电，从作息时间到人身安全，巨细靡遗，一一叮嘱，胜却对职业保姆的岗位培训。学校有填不尽的表格，每天好几张。她都得在电脑上操作设计。她不娴熟，慢慢摸索。一不小心按错键，前功尽弃，只得从头再来。待到下班，她眼睛发花，脑颅胀痛。才燃起的那份烂漫，唤起的憧憬，在频频的会议和繁琐的杂事碎片中被屏蔽，渐行而渐远。

芷璇去校长室汇报工作，校长是个中年妇女。与她才说上几句，门外闯进一位中年男子，五大三粗，皮肤黝黑。他衣衫不整，裤脚上泥痕斑斑。见了校长，男子"扑通"一声，双膝跪在地板，向校长"咚咚咚"连叩三个响头。芷璇、校长都惊傻了。还是校长反应快，上前劝男子起身说话。男子勉强徐缓站起，抑不住的泪水哗哗直淌。

"求求您，校长。收下我的孩子吧。"男子哭求着，普通话中夹着浓重的安徽口音。

"不能接收啊，你家小孩不符合入学条件。这是规定，要是收下你的孩子，外面还有两百多个小孩要进来，学校招架不住啊。"校长的解释温和却有原则。

"孩子不能没有学上啊。我走遍了附近的学校，他们都不收。我想让他再上一年幼儿园大班，可幼儿园横竖不同意。实在没办法啊。您行行好，收下吧。我们全家一辈子感激您。"男子恳求着，可怜兮兮。

男子痛楚的神态，芷璇实在无法直面，泪水强抑在眼眶。她担心把控不住情绪，悄悄步出校长室。她平素瞧不起男人的婆婆妈妈，更鄙视男人奴颜媚骨没有脊梁。究竟是什么力量，哪来的勇气，让堂堂男人七尺之躯屈膝下跪？她明了，眼前的男子已陷入百般无奈、无路可投的境地。为了孩子拥有知识、也为孩子的将来考虑，他甘愿抛弃做人的尊严、男人的颜面，不顾一切豁出去一搏。这样的男人，如此的作为，让她内心陡生悲凉和沉重。

新生已报到上课。那男子来校长室已不止十次。他在本地已经购买了商品房，但户口没迁来，夫妻俩没有买社保，不符合本地的入学条件。为啥不迁户口，他说家乡临近拆迁，户口迁来就没有补偿款。为啥不交社保，月月要扣房贷，交不起。真是"眼泪嗦落落，两头掉不落"。芷璇的内心有些隐隐作痛。为了生存，为了扑朔迷离的未来，他别离家乡，千里迢迢来做苦力，却时时牵念着家乡的拆迁补偿款。在他眼里，那是一笔巨大的款项，补偿款是他的一份应得，更是一份权利啊。他为此奋力一赌，不惜将事关孩子命运前途的读书上学赌上。这无疑是一次冒险的博弈。要是输，孩子的命运、家庭的未来将输得一塌糊涂，万劫不复！

3

英豪的老头喝得酩酊。几个年轻人将他搀扶到沙发，然后各自回家。芷璇放不下，独自留下。

老头半躺着，嘴里哼哼唧唧嗫嚅着："水——水——"

芷璇明白他口渴，便沏了一杯绿茶递与他。老头伸手接住茶杯，另一只手乘势紧攥住她的右手不放。老头的手皲裂如树皮，糙硬有力，她的手有微微的疼感。她紧张而慌乱，生怕做出僭越之事。她猛地一抽手，挣脱他掌心。"啪"一声，茶杯坠落地板，碎玻璃、茶水摔成一地。对不起，对不起！老头不停道歉。芷璇边打扫地面，边疑虑地想，他在故意装醉？

老头的猥琐之举，让芷璇添了心思。她总觉得背后有一双浑浊的眼睛盯着她，湿黏黏的眼光在窥视她，如芒刺在背。她开始躲他，避免和他独处。老头的年纪比她父亲还大，一旦生出幺蛾子的事，自己的脸往哪里搁。理智不停地提醒她，要克制，要抵制。但情感却不听使唤，她无法摆脱老头编织的情感之网，如蜘蛛网上的蚊子，张牙舞爪地挣扎，却徒劳而枉然。

那次母亲心脏病发作，送市三医院抢救。医院床铺紧张，母亲病情危急。芷璇既没熟人，又没人脉，两眼一抹黑，为床位的事她急得愁眉苦脸。老头获悉后，立即联系上在医院工作的学生，很快将她母亲安排入住，又为她请了医院最好的心血管科的专家，为她母亲诊断，动手术。

在医院的走廊里，老头悄悄塞给芷璇一只信封，里面装着一万元现金。

芷璇想婉拒，老头淡然说："你正缺钱。就算是机构借给你的。"

老头熨帖的话，让芷璇能够体面地收下这些钱。大恩不言谢，她只是默默地注视老头，眼泪噗噗的，直淌。为陪护母亲，她请了一个月的假。上班后，老头竟补发她五千元的工资。冬雪禁不住暖阳暴晒，渐渐融化成水。芷璇开始以拈花微笑对待老头。

老头平时很少回家，住在英豪。机构一层、二层是教室和老师的休息室，三层是老头的房间、贮藏室。晚上八点晚托班结束，芷璇送家长、小孩到门口，准备和老头打个招呼，离开英豪回家。

"吴校长，我回去了。吴校长，我回去了。"芷璇朝楼上高呼。

楼上黑咕隆咚，悄没声息。她感觉蹊跷，上楼寻找老头。

黑暗中芷璇打开老头房间的灯。老头裹着被子，蜷缩在床，脸上虚汗津津，呻吟着。

她几乎没作思考，径自上前，揉揉他的额头。滚烫。

"有热度。生病了?"芷璇问。

"白天一直发寒热。到下午三点，吃不消了，倒头便睡。一直到现在，起不来。感冒了。"老头声音低浑，回答迷迷瞪瞪。

她在老头的饼干铁盒里找出感冒药。她倒了半杯开水，兑了些矿泉水，弯腰将他扶起，用自己的前身托住他的后背。她将半个股臀挤坐在床，喂他喝水吃药。

老头躺在芷璇的怀里，像个发嗲的小孩，含情脉脉。他握着她的手，他的手一忽儿冷一忽儿热。他们紧紧依偎，像一对父女，更似一对恋人。

芷璇沉溺在老头的温情之中，心中的天平在情感和道德两个砝码间上下波动。渡边淳一作品中那些充满乱伦的情欲场面，如同电影一般回放在脑中。她冷藏的情感如吃了激素的雏鸡日长夜大，急剧膨胀。激情恣意燃烧，一切变得缺乏理智。她像渡边淳一作品中的人物一般，以不惧老房子着火的毁灭精神，去毁灭一切，焚烧一切……

4

课间操时，芷璇与欧阳子芊手挽手，说着悄悄话走向操场。

子芊是本地人，大学刚毕业，娇小玲珑，满脸的稚气。她羞答答地对芷璇耳语，说是"老朋友"提前好些天来了，说话时显得焦虑和忧愁。芷璇会心一笑，自己的例假也提前一周来了。她像个大姐似的，安慰子芊不要紧张，只是暂时的，适应了会恢复正常。她们早晨七点到校，然后上早读课、备课、上课、批改作业，出操、上午睡课，马不停蹄，到下午五点放学离校。满负荷的运转，高强度的节奏，扰乱了生理的平衡。

开学前芷璇接到课程表，发现自己平均每天要上五节课。她一下懵怵了。除了教语文，她还要给学生上心理健康课、科学课、劳技课、思品课等。她兀自苦笑，莫非自己真成了有三头六臂的超人，或者说更像家里的那个"公牛牌"多功能插座，智能内芯功率大，插孔多，插到哪，哪儿就通电。

国庆过后，芷璇领到第一份工资，扣除社保不满两千五百元。望着狭长轻薄的工资条，她两眼定怏怏，无力、无助、无望。她高中的同桌奚煜梵，当时没考上大学，去了镇里的一家纺织企业，目下的月收入竟超过五千元。

芷璇用手机拍摄了工资单，微信给吴校长。

"不要计较眼前的得失。坚持，坚守。一切终将好起来。"老头似乎参透了芷璇的心思，用子虚乌有的希望勉励她，宽慰她。

"但愿如此。"她简捷回复。无奈的感喟、莫名的惆怅涌上心头，她怅然若失。自己起早贪黑亡命地工作，究竟图的是什么？为名，还是为利？

似乎，一切都虚无缥缈……

5

饭后芷璇静坐在办公室。片刻的安顿，给了她回过神来的些许空隙。

空气中氤氲着桂花的余香。窗外石榴树上挂满滚圆滚圆的牡丹石榴，有的已绽裂，红牙颗颗。树上的几枚寒蝉还在力不从心嘶嘶地叫。时令渐行渐近秋的内核，秋味愈发幽深。

年级组长翁亚敏的咆哮，回旋在芷璇耳际。

上午第二节课后，芷璇掏出桌肚的坚果，一边嗑，一边喝茶。

翁亚敏见后，当着其他老师的面大发雷霆，训斥芷璇："你怎么就像你的学生，老是教不会。我早已宣布，办公室不准吃零食。就你嘴馋，改不掉。"

嘴里的杏仁咀嚼一半，芷璇立地囫囵吞咽。没有嚼碎的杏果如刺般鲠在喉咙。她满脸羞赧，呆望着翁亚敏，一言不发，心里盘算，这女人已 53 岁，骨子里仍是一股狠劲，凶巴巴的样子。

芷璇教的是差班，班里一半的学生是外来打工者的随迁儿童。不少孩子衣衫不整，表情呆滞。个别的长得奇丑，如同歪瓜裂枣，仿佛是电视中见到的那些山沟沟里的失学儿童。体育老师教做广播操，学习几星期后，她班还有一半学生不得要领，动作滑稽可笑。年级组长翁亚敏见了，骂他们是"笨猪"，为此她也没少挨骂。这些孩子的父母大多没念过大学，干着苦力，平时对孩子缺少辅导，小孩散漫，学习基础差。她似乎很理解他们，真心想帮他们。她希望通过耐心地开导、引导，假以时日，他们都能开窍，都能追上。

而本地孩子自幼儿园始，家长就送他们去校外培训机构，进行各种辅导培训。一个假期的培训费多的要花费一两万元钱。光费用，那些随迁儿童出得起吗？开学报到时，一年级学生的书本费、资料费共 950 元。不少外地家长颤悠悠递上的是皱巴巴的十元、二十元的毛票。接捏钞票的刹那，芷璇的心有一下子被揪起来的感觉。她不由得想，要是自己的上学时代换在今日，情形将会怎样？做苦力的父母能花钱送自己去上辅导班？自己会不会沦为班里的差生？

暑期时芷璇看过一档电视节目。某重点大学招生办主任说，寒门的学子，上清华北大的升学率逐年在下降，而且下降的比例一年年在加大。节目主持人说，寒门学子的通道越来越狭窄。今天的教育，看起来让你选择，实际上是让你无法选择。节目里一位大学生诉说着自己求学、求职的经历，最后他竟说："我有原罪，因为我是一个农民工的儿子。"

6

年底时，天空飘起了小雪，仿佛让冬的寂寥生出一点生趣。雪花轻盈而匆忙，凌乱地坠地，迅捷融化，倏地没了影子。

趁周末休息，芷璇去了英豪。

吴校长见她冒雪君临，又惊又喜。而芷璇见到他似有恍若隔世的感觉：老头消瘦了一圈，两颊颧骨突出，下巴薄如刀削，说话声音讷讷迟钝，整个人蔫蔫恹恹。他说最近浑身乏力，腹部滞胀，食欲衰退。

一丝忧虑的表情在芷璇的脸上掠过。她劝老头赶快去医院检查。老头有点倔，寻出种种的理由，推三阻四。在她反复规劝下，他才勉强同意。

隔日下午，老头微信她："上午去三医院作了检查，拍了 X 片，医生建议注意休息。无关大碍。"后面附加一个"调皮"的神态。

"切莫大意。你把片子寄给你儿子，让上海大医院的医生再诊断诊断。"芷璇不放心，微信叮嘱他，后面添加一个"太阳"的表情。

老头觉得她的话在理。这次他没有违逆，用快递将胶片邮往上海。儿子收到片子，通过熟人找到上海瑞金医院的医生。那里的医生反复察看后，建议让老头去上海复查。

儿子驱车从上海赶回，接老头去了上海瑞金医院。抽血，拍片。最后有了结论：肝癌晚期，必须马上手术。

儿子告诉老头，肠里有个息肉须切除。他竭力想瞒住父亲。手术时老头显得淡然、坦然。手术进行了 3 个小时。老头从手术室被推出时，医生告诉他儿子，手术很顺利，也很成功。

出院后，老头被送往本地的省职工疗养院静养。

职工疗养院建在太湖边的半山腰。疗养院空气澄澈，周围古木青葱，鸟语花香。老头的房间濒湖，远望湖水荡漾，帆影点点，湖里的三山岛时隐时现。老头浸润在旖旎的湖光山色中，体验着从没有过的舒心和惬意。

芷璇让母亲炖了甲鱼、鸽子、黄鳝等各种滋补食品。她白天上班，下班后去家里提了炖汤，坐车赶赴疗养院。

她一汤一勺喂给老头，不住回味首次在英豪给老头喂药的情景。冥冥中，她似乎觉得那是个不祥的开端，阴影符谶般萦绕脑海。

老头倒好，贼兮兮对芷璇笑道："要是一直躺着该多好。有你在旁，温暖舒心。"

芷璇伸出手指，微戳着老头的额头，嗔怼说："一点不晓得疼人。我白天忙得上厕所都没时间。一下班，往返 3 小时来看你。我担心自己马上要吃不消，也将躺倒。"

老头敛住笑，深情注视着她。

芷璇不停向他述说班级的情况。她班的成绩一直在年级中垫底。为此她时常遭到翁亚敏的训导和叱骂。那几个差生像阿斗，实在扶不起，为一个单字她手把手教了几十遍，默写时总是缺撇少捺，简直是白痴。

老头微微地蹙眉叹息。他发现她的耐心在消失，脾气变得焦躁。他吞吞吐吐想说什么，却欲言又止。

芷璇靠近老头，双手轻揉着他毛发稀少的脑颅，撒着娇，说："日后怎么办？你出出主意。"

芷璇的恳求，让老头道出了长久憋在心里的想法。

他平生对教育有特殊的情结，梦想拥有自己的学校。退休时，他倾尽所有积蓄创办了英豪教育。那时他雄心勃发，气概豪迈，不断开疆拓宇，才几年就在周围开设了好几个分校。他的理想是将英豪做大做强，甚至希冀有一天像新东方一样能上市，他想把英豪打造成一个庞大的教育帝国，他要当帝国的领袖。

英豪起始业绩不错，年年递增。近来却裹足不前，业绩反而下降。老头清楚培训机构的通病是师资匮乏。自己年事已高，精力不济，心中熊熊的火焰在渐燃渐小，垂垂老矣！他不甘心就此对岁月认输，却又不得不举双手缴械。他想物色一位懂教学、会管理的老师来替代他，接他的班，承继他的伟业，实现他的宏伟大略。

芷璇来机构不久后，老头就发现她心底干净，善良侠义，做事干练利落，教学基础好，是理想的人选。可她长期在机构按部就班地工作，教学水平难有长进，教育理念、教学方法已日渐滞后。

老头竭力支持芷璇去公办学校当代课老师，表面的理由是照顾她母亲，深层的原因是让她去公办学校历练，日后将先进的理念和经验带回英豪。他告诉她，她去天龙小学应聘，他暗中给校长打过招呼。校长是他的学生。

老头情绪亢奋，絮絮叨叨的叙述中，无不流露出壮志未竟、夕阳西坠的悲壮。最后他恳求："我清楚自己的身体，也许不久将远离人世。你回英豪吧，正是时候。"

久违的柔情从芷璇心底涌出，泪水婆娑。眼望病榻上一天天枯萎的他，她想张臂抱抱他，亲亲他，但惧怕炽烈的情感会使他孱弱的生命窒息消亡。难以言表的怜悯、疼痛、悲凉攫住了她。老头让她回英豪的话郑重其事又蓄谋已久，深情的期待中让她似乎有暗中被操纵绑架的不适。过山车般的大起大落，一阵轻微的战栗突袭而来，让她眩晕，无所适从。

　　夜幕徐降，四周漆黑沉沉。远方的群山、湖面的景致都悄然隐去。只有湖水踏着节拍不知疲倦地敲打着堤岸，发出哗啦哗啦的阵响，似乎给夜增添了一分静谧。

　　芷璇缓缓步出疗养院，眼前的一切仿佛都变得模模糊糊，无法捉摸。

花箭

人言是牡丹，佛说是花箭。射人入骨髓，死而不知怨。

——寒山子语

1

丁鸿德退休在家，颐养天年。他心无挂碍，一身轻松。他原本是重点中学的数学老师，退休时不少学生已成家立业，其中不乏佼佼者，有些在当地政府部门身居一官半职，有的创业成功，企业资产过亿，有的承继家业成了腰缠万贯的富翁。学生们知道他闲着，隔三差五打去电话邀老师过来喝茶聊天。喝茶结束便电话通知班上要好的同学，在饭店碰面聚酒。

去得最多的是影院饭庄。它的前身是镇里的影剧院。多年前影院生意寡淡，镇里将整幢楼出租，礼堂租给一家企业作车间，门面房租给私人开饭馆。影院饭庄的老板娘叫杨丽娜，四十开外，年轻时是街上的一枝花，都说她颜如芙蓉，人若天仙。因长得美丽漂亮，大家直唤她杨西施。

那天丁鸿德和学生一行驾到，杨西施满面春风，袅袅婷婷，吆喝着在门口迎迓。她一袭红褐色旗袍，赤橙的高跟鞋，高耸的胸脯，飞翘的臀部，风韵犹存，楚楚动人。丁鸿德初来乍见，眼前豁亮如掠过闪电。他两个眼睛定快像冻鱼的眼珠直勾勾盯住她。

客人涎着脸盯看，杨西施却泰然大方，没有丝毫尴尬和情怯。她笑吟吟问一旁的胡紫娟："这位是稀客，请问如何称呼？"

胡紫娟也是丁鸿德的学生，是江南织染厂的总经理。她和杨西施相熟，便笑盈盈介绍起来："这是我高中时的班主任、数学老师丁鸿德。这是饭店的老板娘，资深美女杨西施。"

"丁老师好，认识您很荣幸。"杨西施不愧是阅人无数见过场面的人，她大大方方伸出纤纤玉手握向丁老师，数秒钟后又马上缩回，显得矜持而得体。

"你好，你好。"丁鸿德局促地应答，怔怔站着，摸捏着五指，还沉浸在刚才和杨西施握手的余波里。

觥筹交错时丁老师却心不在焉。他不时步出包厢去吧台和杨西施搭讪，一会向她要手机号加微信，一会又显出很关注她的生意的样子，说愿意为她介绍客户。嗡嗡嘤嘤，只围着吧台转。

学生们觉得丁老师今天有点反常。趁他不在，学生时代起爱开玩笑的蔡国庆挤眉弄眼，神叨叨对同学们说："大概丁老师年纪大了，下面的水龙头坏了，怎么老是跑厕所。"众人心领神会，哈哈哈笑起来。

聚酌延续到下午一点半。丁鸿德异常兴奋，一人喝了一瓶750毫升的法国葡萄酒。他满脸赤红，话语囫囵似嘴里含着橄榄，走路摇曳，打着趔趄。几个女生在边上殷勤地搀扶他。步出饭店前，他不忘和杨西施道别，还不停夸赞店里的菜肴：红烧老鹅色香味俱全，丝丝入味；红烧鳝糊，做得地道，是正宗的本帮菜。

云云。

丁鸿德努力回忆当时情形，杨西施的举手投足、一颦一笑，细细咀嚼如同菜肴的美味滞留在舌根。她仿如画框中的油画肖像，经他反复涂描加工，变得愈加靓丽动人。她与他人语笑晏晏的侧影在他脑中交错叠加，如种子发芽生根深深植入了体内。冥冥中，他似乎渐渐和她投缘亲热起来，是前世还是今生，两人仿佛早已成了故人，真是白头如新，倾盖如旧，乐莫乐兮新相知。

"你好像不是本地人，是不是上海人？"他梦呓般在微信中对杨西施说。

"啊？!"读了微信，杨西施大吃一惊，生出满腹的疑团。

她依稀记得自己的身世。10岁时她父亲患病往生，一年后母亲远嫁他方。她一直与奶奶相依为命。奶奶临终前似乎隐约说起，父亲曾是供电局的工人，常野外作业。婚前父亲从电杆上失足坠地，下体受了伤害。婚后母亲多年没怀孩子。奶奶急疯了，悄悄跟邻市养育堂的人商量，要领养一小孩。正好上海市有一对年轻夫妻超生，偷偷送去一女婴。女婴满脸通红，一坨肉疙瘩。见长得丑，奶奶迟疑不决。夫妻俩告诉奶奶，婴孩的姐姐皮肤长得白皙粉嫩，标致可人，女孩日后定然是个美人。听他们叙说，奶奶和那对夫妻交换看了各自单位出具的证明，便把面世几天的杨西施抱回家。可惜时间一久，奶奶却把她生父生母的姓名、地址全都忘却了。

杨西施日日招待八方生意，热情应对各色人等。饭店如军营，铁打的营盘流水的客。她原本对丁鸿德没有多少印象，但见了有关她身世的微信，她不得不重视，不得不对他另眼相看。他是神仙下凡还是仙骨道人，竟一下子点准她穴位，戳痛她的软肋。

<h2 align="center">2</h2>

丁鸿德成了杨西施店里的常客。学生请客时，他常以影院饭庄的菜肴可口为由，建议学生在此设宴。点菜时，他不吝价格，抢先点那些昂贵的时鲜菜。那次他点了一道"霸王别姬（鸡）"，菜花野生大甲鱼红焖草鸡，买单时光这道菜就收费238元。学生似乎对菜价有疑义。一旁的他却喧宾夺主啧啧称赞："值，值得。野生甲鱼和草鸡食材正宗，做工、火候恰到好处，汁味醇厚入口。"街上的几个小混混去杨西施那儿吃霸王餐，结束时想抬抬屁股走人，赖账。丁鸿德倏地冲进厨房，从厨师手里抢过一柄菜刀，凛然横刀立马，对他们怒斥："不付款，谁也别想从这儿出去。"几个混混是见凶胆怯的主，眼见动起真格，便乖乖掏钱付账，溜门而去。

丁鸿德如此这般，在杨西施心目中的地位日渐高大。她觉得丁鸿德是值得信赖的侠义之士，一位可尊的长辈、可敬的老师。多年的饭馆经历，江湖的火熏烟染，她十分谙熟江湖的人情世故。她懂得人处江湖最讲究的是人面、情面、场面。在场面上混，得有人捧，有人吆喝帮衬。她无法忘怀影院饭庄开张的一幕：那天旭阳高照，影院饭庄顾客盈门，来宾如云。店门口鲜花摆成长龙，匾额锦旗如林。她光彩四溢如众星捧月，出足了风头。树活皮，人活面，人一辈子活的就是颜面。遇到尴尬时得有人出手相助，从中斡旋调停。俗话说相骂有人劝，打架有人拉。

她记得自己首开的那家餐馆叫云林食府，几年后遭拆迁，屋主人与她因经济赔偿意见不合，谈判数十次未有终果。过了规定的拆迁日期，双方仍僵持不下，气氛剑拔弩张。幸亏几位大哥侠义，好多个夜晚在双方家中撮合，最后终于达成和解，彼此握手言欢，一切烟消云散，干戈成玉帛。

杨西施对丁鸿德心存感激，似乎也和他有了某种心灵上的感应。平日内心孤傲的她以拈花微笑的方式回报他。她逢人便夸丁老师是她的恩师，是现世的贵人。丁鸿德来饭店宴请客人自掏腰包时，她坚持不收他的钱，予他免单。丁鸿德生日，在影院饭庄订了一桌。杨西施暗地关照服务员买了鲜花、巧克力蛋糕。宴会至半，两位美女关掉灯盏，点燃蜡烛，捧上鲜花蛋糕，《生日快乐》的音乐徐徐响起，一起嗨唱着生日歌，将宴会推至高潮。丁鸿德笑脸盈面，脸上皱纹如花瓣盛开。席间他不断向亲朋好友热情介绍，杨西施是他昔日班里的学生，聪颖好学，只是当时家里条件不允，没上大学。云云。杨西施心有灵犀，张口闭口，一口一个丁老师喊着，还不停为他敬酒捡菜。生日宴仿佛成了他俩师生结对的仪式，洋溢着古人歃血为盟、金兰结义般的美好。

3

丁鸿德从超市买回一支"一抹黑"的染发剂。他端坐沙发，戴上老花镜，细细阅读《使用说明书》。

老婆在旁讥笑他："你一把年纪，还骚俏啥？"

"人要衣装，佛要金装。我看不少老师染发后，显得年轻精神。我也试试。"丁鸿德自圆其说。

丁鸿德开始讲究日常生活。起床后他揽镜自照，用电动剃刀将胡子刮得洁净剔透，面颊和下巴的皮肤泛出块块青光。以前他老是胡子拉碴，头发油腻，衣衫不整，一副邋遢相。老婆数落他，他从不介意。他出生贫寒，父母是老实巴交的农民，家有兄弟姊妹 5 人，从小过着食不果腹、衣不蔽体的日子。他清楚记得，读中学时母亲每天发了黄豆芽，他就大清早提了豆芽去街上、集市叫卖，卖完豆芽再赶到学校上课。高中毕业后，他当了代课老师。但农忙时还得回家劳动，挑担、耕地、罱河泥、开灰塘，所有繁重的活计他都干过。1978 年恢复高考，他考上了师范，当了公办老师，日子一天天变得滋润。但多年养成的朴素俭省的习惯却始终没变。他衣着简单，从不讲究。旁人眼里，他永远穿一双老布鞋，春秋一件夹克衫外套，冬天一件棉衣，夏天两身陈旧的 T 恤衫。

他开始注重起自己的行头打扮。出门时他将头发梳得溜顺，穿上四角笔挺的西装、油光锃亮的皮鞋。他如获新生，换了人间一般。小区的香樟树上鸟雀整日唧唧喳喳，先前他嫌耳根不净，一度以树荫遮蔽阳光为由，向物业建议冬天将树锯掉。时过境迁，小鸟的啼鸣声听起来如欣赏音乐，悦耳动听。邻居家豢养的小犬"莎莎"，他之前厌嫌它，嫌它脏，嫌它吵。一反常态，他现在不但亲热地呼着"莎莎"，还折腰蹲身，将它搂在怀里，亲亲它，逗逗它。几个老头围在小区广场的座椅上下象棋，他向来熟视无睹，甚至觉得讶异、鄙夷。重点中学的老师事务实在忙，自己几乎没有养成什么爱好，不会麻将、扑克、下棋，对唱歌、跳舞、书法、绘画也提不起兴趣。退休后他一度寂寥孤独，暮气沉沉，生活索然寡味。他想如此这般，再活一百年也是徒具躯壳，绝无意义。近来有事无事他却会去广场凑个热闹，立在边上端详，看他们津津乐道，专注于弈棋。他似乎一下子开了窍，人人都活得有滋有味，自己何苦？生活的乐趣得由自己去寻觅创造。小区门口一对外地夫妻开着"方便早餐"店。生炉子时，浓烟滚滚；余油条时，焦味四溢。他曾向工商局的同志反映，早餐店乌烟瘴气，既不卫生又不健康，影响业主生活，应该吊销营业执照将店关闭取缔。现在他改变了看法，觉得外地人经营些小买卖，在夹缝中求生，实属不易。闻着店里的油烟味，见客人争着排队买大饼油条，他觉得这是生活的本真。他和这些人在同一片天空呼吸，说明自己接地气，有烟火气，有人情味，甚而觉得早餐店和影院饭庄一样，有它天然合理的存在价值。女店主三十出头，眉目清秀，皮肤白净。他思忖，要是好好装扮一番，风采简直能与杨西施媲美。以前他去农贸市场买菜，常和菜农讨价还价，为几毛钱争得面红耳赤。如今他不再斤斤计较，菜农的甘苦他尝过，让他们赚几个，不妨，应该。他蓦然发现，自己竟是宽厚仁慈兼济天下之士，心里装的是普罗大众，想着，不觉自己的形象似乎也渐渐崇高而伟大起来。

清晨霞光四溢，头顶的香樟树叶在微风里交头接耳，发出娑娑的声响。天地之间慢慢充溢了明亮的光线和车水马龙的声响。南来北往的汽车如潮涌动，哔噗跳跃的电动车穿梭来往，熙来攘往的人群匆匆忙忙，从他身边走了一波又来一波。上班族的生活方式似乎已经离他十分遥远，当然身边人的生活方式同样离他遥远。

4

丁鸿德近来很忙。他忙着推销红酒，帮助杨西施。为拓展生意，杨西施开始兼做法国卡斯特葡萄酒的代理商。丁鸿德得知，可忙坏了。他整天翻弄手机里的通讯录，在自己的同学、学生、朋友圈中筛选，物色合适的推介对象，觉得有希望的他都通了一遍电话。大多的同学、朋友以刚买或留有库存为由婉拒。只有他的那些学生念老师的情——老师所托，学生岂能不给面子？有的买5箱，有的买10箱，倒也不少。

"老师初次开口，给你解决几箱吧。"这样的语气，令他不悦。别看学生酒席上海阔天空，豪气干云，夸口对他说老师您有事尽管吩咐，我们全力照办。真真有事去找他们，话里话外充满客套的外交辞令。他们分明在说这次买一些，下不为例，一副在商言商的腔势。他有些隐隐作痛。但为了杨西施，他顾不得老脸，豁出去了。

杨西施的后备箱驮满了红酒。她亲自驾车，随丁鸿德一起向学生发货。丁鸿德欲进副驾座，想与她靠近些。打开车门，副驾座上堆了衣物、挎包。他心里凉了一截，识趣地退到后座。才落座他就滔滔不绝叙述当年学生的往事。当然说得最多的还是他教育有方，他教的学生哪一届出了状元，哪一届有几个高分，有多少学生考上一本。杨西施微笑着附和夸赞。几次他以男女情感为话题欲与她作心灵的交流，她把捏自如，将话题引至她丈夫和家庭的身上，巧妙地挡回去。他快快地坐着，怅然若失。

学生们对丁老师的光临，分外热情客气。他们沏上最好的小种茶，请老师和杨西施品茗。个个都挽留他们一起吃中饭。临走还不忘送他们一件小礼物，或一个四件套的床上用品，或一个茶壶，或两个保温杯，或两盒碧螺春茶叶。他也赠送礼物给她。几个关系亲密的学生出国归来，送给师母的皮夹、香水、面膜等，被他悄悄赠与杨西施。初次，她红着脸推辞。面对他的执着与坚持，她还是收了，并对他千恩万谢。日后再给，她不再推却，照单全收，轻描淡写地道谢，一副心安理得、受之无愧的神态。

分送红酒持续到午后3点完毕。后备箱里塞得满满的，红酒换成了学生孝敬他俩的礼品。她用车送他回小区。在小区的过道他们把礼品一件一件对分。丁鸿德感到情形滑稽好笑，如同当年村里杀猪分肉一般。临别时他走上前想牵牵她的手来个肌肤之亲。她飞快躲开，温情大方挥手致意：谢谢丁老师，谢谢丁老师。再见，再见。

丁鸿德捧着沉甸甸的一堆礼物，向自家的楼梯口走去，内心涌出一种无以言表的感觉。她温文尔雅的举止，不温不火的态度，令他纠结、烦闷。他琢磨不透她的心思，隐隐间似乎一道沟壑横在两人间。他在山的这头，她在山的那头，遥遥相望不可触及。他们生活的轨迹似铁道上两条平行的铁轨，不断向前延伸，永无交汇相聚。他对她着魔，渴慕和她一起，天天，永久。只要与她待在一个空间，感受她的气息，聆听她的声音，端详她的微笑，和她搭上三言两语，或者一起散个步吃顿饭，他内心都会洋溢出强烈的满足感、愉悦感。他无数次猜想她回家后的情景：他们一起看电视、看电影、逛超市，甚至洗澡、上床。想着这些，他的心里就如猫抓过似的锐痛，疼痛里还附上恨——那是为她身边的那个男人所生的妒恨。有时他会冷不丁不由自主地长长地舒一口气——他体内淤积着诸多的郁闷和怨恚——需要倾泻，需要排遣。

冷静时他也反省：自己六十好几的人，儿女的年纪亦和她相仿，旁人眼里他生活滋润美满。一对儿女都已成家，他们毕业于名牌大学，儿子是银行的副行长，女儿是大学的副教授。如此心存非分之想，觊觎有夫之妇，要是闹出什么绯闻，儿子、女儿会怎么待他？家长学生会如何看待？他自忏孟浪，甚而鄙夷自己，觉得自己有点下作，犯贱。他努力勉励自己要自律自爱，珍惜羽毛。他开始列举种种理由离开她，疏远她，将她遗忘。她貌若天仙，事业有成，自己长得又老又丑，人家为何看上自己，向自己示好，与自己结缘！天然的不般配，滋生出自惭形秽式的自卑，一种生不逢时的悲怆被卡在喉间无法吐出，最后只能生生吞咽下去，烂在肚里。但，即使有一千条一万条远离她的理由，只要忆起她一件的好，她又立地回到他心里，她的影子占据他的整个脑海，他生活在谵妄与幻觉之中。

惊觉相思不露，原来只因已入骨，情不知所起，一往而深。

5

第一波生意结束。杨西施拿了账单、计算器盘账。总共售出三百多箱红酒。其中丁鸿德为她推销近一百箱。二百元一瓶的红酒利润几近对半，她一下可赚十五万元。作为酬谢，她装了一万元的红包，趁没人悄悄塞给他。

丁鸿德哪肯收，红包在两人间推来搡去。手与手黏黏糊糊合在一起，他感到了她玉手的柔软和温馨。他嘴上说着你太见外了，为你杨西施我甘愿效力之类的话。可好不容易有机会攥着她的手，他迟迟不放，直到她脸涨得通红发出疼痛的微叫时才松手。

她不依不饶，坚持要给他。他竭力显出对钱财的不屑和鄙视，表现出绅士的姿态，一副谦谦君子的优雅。相持中达成妥协，作为活动经费日后两人一起消费。他提议："开饭店菜肴得时常更新，还是得找几家生意好的菜馆去实地品尝，借鉴学习别处的烹调技艺。"

不几日中午他们带上两个大厨，去了市中心的锡城本帮菜馆。点的都是店里的招牌菜，他们对菜肴都十分满意。其中一道叫"红烧划水"，杨西施饶有兴致，让服务员问了厨子。服务员介绍，在江南青鱼尾巴习惯称"划水"。这道菜做法简单，将青鱼尾巴肉段层层剖开，撒入盐腌制一二小时，再将鱼在油锅里煎熬后，放置水、酱、醋、糖、姜焖烧十几分钟即可。鱼肉鲜嫩，汁水浓而不腻，甜润润，酸滋滋，味如杭州的糖醋西湖鲤鱼，可口入味。那天啜饮的是自带的卡斯特红酒。几杯落肚，两人情绪高涨，欢声笑语，气氛渐渐融洽。结算时共付款四百零五元，丁鸿德在那一万元中掏钱买了单。他对她说，价廉物美，物有所值，日后常来，常来。

借着酒兴，他黏脸附耳对她说，到隔壁的商城看看，余下的钱，你添件冬衣吧。杨西施酒精发力，白嫩的脸上红晕片片。她笑盈盈，娇滴滴，开着玩笑："不，不。挪用公款，弗作兴的。"半推半就中，两人步入商店。

在海派裘貂皮革商城前，杨西施驻足留步。她站在店里的一件褚红色的貂毛大衣前，目光依依，歆羡的神色中附着孩子般的稚气。

服务员从衣架上取下大衣，轻轻递与她，协助她穿上。身材高挑的她，蛮腰以配，白皙的肌肤相衬，立地呈现出高贵华丽、鹤立鸡群的气度。

服务员、丁鸿德在旁啧啧称赞，撺掇着，让她买。服务员还就势推介一款黑色的高帮皮靴。衣服标价 12800 元，靴子标价 2800 元。如此昂贵，他还初次经历，尽管心疼，但有一万元垫底，附上男人的虚荣心，他决计买下。经一番讨价还价，最终以八五折计算，13260 元成交。丁鸿德自掏腰包贴上三千多元。他拎着衣袋如揣着宝物，两人肩并肩，兴冲冲步出商城。

6

学生胡紫娟邀丁老师去她江南织染厂的办公室喝茶聊天。

两人围茶几端坐，胡紫娟娴熟地煮水沏茶。两人一边品茗，一边闲扯。言谈中丁老师不时提到杨西施，爱慕之情溢于言表。胡紫娟心知肚明，昨天杨西施刚找过她。为此事她才特地请来老师。

胡紫娟天分很高，加上多年在职场中训练有素，处事不慌不忙，气清神定，对杨西施的过往娓娓道来。十岁成为孤儿的杨西施历经磨难沧桑，情感之路坎坷。第一个丈夫是乡干部的儿子。婚后杨西施才发现，丈夫是个浪荡子，终日无所事事，且脾气暴躁，在外寻花问柳不说，对花容月貌的杨西施多有猜疑，稍有不满便拳打脚踢，施以暴力。在饱受凌辱之后，她对丈夫冷了心，断了情，两年后分道扬镳，离了婚。眼下的男人是位复员军人，家境平平，但老实本分，对杨西施体贴入微，夫妻情投意契，生活和谐。婚后他们育有一男。可红颜薄命，老天不公，仿佛将所有人间的苦难都赐予了她。男孩出生不久，医院检查发现竟是个智障者……

自结识丁鸿德，杨西施对他不卑不亢，有礼有节。对他的侠义相助，她心存感激，内心敬重他，敬佩他，感恩他。酒席上时有男人打情骂俏，用沾满荤腥的段子去撩她，逗她。她谈笑自如，以荤攻荤，用赤裸的言语回击，呛得在座的男人个个哑然。她挂嘴上的口头禅是"大卵泡来吓新娘子，老娘不是吓大的，什么没见过？"而面对丁鸿德，她着实有些头疼。他黏黏糊糊，情意绵绵，话语含蓄却情真意切。她原以为凭她的交际能力和嘴上功夫，她完全可以应付自如，对他泰然应对。可他不是个好缠之徒。那次去商城买了貂皮大衣后，他的微信、电话不绝，话里话外都是炽烈、赤裸裸的情感表白。一会儿请她去旅游，一会儿邀她去夜宵，夜半还微信让她去 KTV 唱歌。她不好意思扯破脸皮，只得婉言相拒。但长此以往总不是办法。她不想陷入感情的旋涡，不愿卷入是非口舌的风波。她想到了他的学生胡紫娟，由她出面劝说，既不伤情感，又不失面子。

胡紫娟告诉老师，杨西施捎话说，她是有家室之人，夫妻关系一向融洽和睦，家庭融融泄泄。日后希望彼此以一般朋友相处，来往走动也可自在自宜……

学生的话似最后通牒，仿如一阵寒风"唰唰"吹来，来自十八层地狱。他打着寒战，脸色发白，嘴唇呈紫，小腿在哆嗦。原来所谓的喝茶是精心预谋的"鸿门宴"。胡紫娟要留他吃饭，他推托有事，起身告辞。

他酸酸楚楚，离开了江南织染厂。

7

如梦醒来，他有了伤筋动骨般的切肤之痛。随后的日子他只得暗自刮骨疗伤。数月来花痴一般，飞蛾扑火，结局是头青鼻肿，伤痕累累。他是数学学科的佼佼者，时常用数理逻辑来推断日常事理，却无法厘清个中的缘由与情脉。常言道"不求天长地久，但求曾经拥有"，而他呢，却是没有曾经拥有，更无天长地久。自己好像是个自燃体，燃起情感的火焰灼伤自己的肉体，徒留下伤痕斑斑，鼻翼间似乎还有缕缕脂肪的焦味。

她隐身全退，有没有受伤？他不怨她，怨不起来。可笑的是，他至今竟不知道自己爱她什么。在他眼里，她只是浅笑盈盈的神态，袅袅婷婷的姿势，甚至只是一个影子、一副面具，或仅是一个符号、一款标记，就像一段悦耳的音乐、一幅色彩鲜艳的油画，他只活在她的气息里、韵味里，万里蹀躞，幻想绵绵。他觉得自己有点像电视剧《大宅门》中的白玉婷。白小姐如醉如痴，着魔似的爱上戏子万筱菊。她竟选择与万筱菊的照片结婚，最后和幻影中的万筱菊生活，直至终老。对，杨西施就是他的一幅动人的照片，光彩熠熠，艳丽逼人。

大学时代他最喜欢普希金那首《我曾经爱过你》，而今他重新找来，默默诵读、自嘲、自宽、自解：

　　我曾默默地、无望地爱过你，

　　　折磨我的，时而是嫉妒，时而是羞怯，

　　　　我是那么真诚那么温柔地爱过你，

　　　　愿上帝赐你别的人也似我这般坚贞似铁。

　　一经反复诵读，他渐觉自己仿佛在悼念自己的情感，那情感似乎一下子崇高而神圣。大学时，他曾对前座的女生有过狂热的暗恋。那时他已婚，妻子已怀孕。为了毕业分配，为了前途，他只得将一腔的火焰掐灭，如同将一个活活的生命杀死。他如狱犯身陷囚牢无处可逃，无法挣脱，无力，无望，无助，找不到两全其美的办法，"世间安得双全法，不负如来不负卿？"眼前情形竟如同当初，他切齿将自己的情感驱逐流放，依赖时间之水来浇灭情感的熊熊烈焰，慢慢稀释心灵的痛楚……

　　不时，他还会想起她，想起那些癫狂的日子，心里荡起涟漪阵阵。但他会努力地熨平心里的褶皱，沉静下来。他常用网上的那些格言宽慰自己：失去的时间、友人、自己，都将成为故事；得到的都是侥幸，失去的才是人生。

　　恍惚间，已至阴历的年底。早晨的天空灰暗沉沉，阴霾遮日。天气预报说，明天有小雨夹雪。那日丁鸿德起身后，正对着镜子修理自己的须髯。好像手机的微信"嘀嘀"响起。他放下电动剃刀，翻看，是胡紫娟的。她告诉他，影院饭庄的红酒销售量突出，公司总部为奖励取得的佳绩，赏给一个免费去法国旅游的名额，时间定在春节期间。杨西施将名额留给他，征求他意见。阅罢微信他心里泛过一阵惊忱，仿如燃过的灰烬里哔噗蹿出几颗火星。

　　去，还是不去，他变得踌躇起来？……

无相

1

吴文琴苦着脸，老半天不发声。儿子高兴华见状，猜知娘盛着心事。他趋步到娘身边，哄小孩似的向她套近乎："娘，哪儿不舒服？"

"没事。"吴老太摇了摇头，轻声嘀咕一句，默然回了房间。

吴老太枯坐在床沿，83岁的她身子蜷曲，像挂在墙上的一弯旧弓箭，枯黄，黯淡，少光泽。她支起塌垂的眼帘，朝窗外望去。外面已经有天无日头，薄暮中透着一丝凉意。白天儿子兴华领回一个钟点工，年纪30岁左右，说姓尹，让老太太叫她小尹。小尹穿一袭淡雅的连衣裙，一进屋身上散溢出刺鼻的香水味。吴老太闻着，不停打喷嚏，浑身不舒服。小尹长着个鹅蛋脸，雪白的肌肤里散洇出粉红的颜色；眼睛铜钱大，幽蓝的眸子滴溜溜转动像会说话；一米七的个儿，走步脚尖落地似蜻蜓点水。见到小尹，吴老太傻了眼。好几次儿子要请人来做家务，都被她回绝。这次儿子干脆先斩后奏，直接将人带回家。人面对肉面，老太太只能默认，不便多说啥。嘴上不说，心里却在叽咕：这女子像个洋娃娃，尖手尖脚，哪里像个做家务的人，分明是个白相人。吴老太私底下问儿子，雇小尹得花多少钱。儿子说每月两千元。吴老太撇撇嘴，不吱声。但肚里明白，儿子在诓她。在老年活动室她问过邻居周婶，请一个拖地、擦窗、买菜、做饭、洗衣服的临时工，薪酬至少五千元。哎，这小子现在阔绰了，变得大手大脚，钞票不当钞票使。每月花五千元，雇这么个花瓶戳在眼门前，简直是花钱买气受。

第二天上午九点半，小尹提着一袋蔬菜、一条鲫鱼，屁颠屁颠上了吴老太的家。人刚进门，一股香水味便跟着涌进来。她见了老太太咧开嘴就笑，笑得老太太直哆嗦，背皮起了鸡皮疙瘩。小尹的嘴巴甜，像涂了蜜似的，一口一个阿婆。阿婆阿婆，叫得她心发麻，腿发酥。吴老太迟疑着，心想，还不是嘴像蜜糖手却像生姜？她塌着眼皮，坐在椅子里作假寐状。过一会儿老太太眯起细眼望望小尹，她在窥视小尹。小尹呢，把菜往厨房一扔，找了扫帚、拖把，开始打扫卫生。邻居周婶过来串门。见了小尹，周婶问吴老太干活的是谁。吴老太绽出了笑意，使劲夸儿子，说，儿子念她年纪大、做家务累，干活的女人是他请来的钟点工。周婶露出羡慕的眼神，颔首附和道："你家兴华有出息，会赚钱，又懂孝道，还请了用人服侍你，你真是前世修来的好福气。"

"用人"，说者无心，听者却有意。吴老太听着心头一抽搐，感觉如同针扎着，被刺痛，辣豁豁地疼，满脸的褶皱如波纹荡过，掠现出一丝阴沉。那些阴霾黢黑的日子，犹如潮湿发霉的棉絮暴晒在炎炎的日光里。二十世纪六十年代，吴老太也做过用人。当时的村庄实在穷，丈夫高贵兴家徒四壁，兄弟姊妹五人挤在破旧的两间平屋。到了荒春三月，米窝就朝天。时常吃了上顿没下顿，一年里吃不上几顿白米饭，许多的日子以山芋南瓜野菜来代饭。上海的远亲捎信到乡下，说有户人家要请用人，包吃包住，工资每月五元钱。问吴文琴愿不愿意去。夜晚，吴文琴夫妻俩挤在木板床，望着天窗里的星星，有一句没一句地商量着。吴文琴舍不得离家，她结婚才几年，当时大儿子德华才3岁。儿子小，需照顾。家里虽穷，日子苦，但一家人待在一起心里觉着暖和。丈夫的想法却不同，几个兄弟姊妹还没成家，与其一起挨饿受苦，倒不如让妻子在外面混口饱饭，还可每月赚五元钱钞票，贴补家用……为了生计，为了这个家，吴文琴听取丈夫的意见，提着一个包裹，孤零零坐火车去了上海。

上海的主人家姓梅。梅家1949年前在上海滩开丝线厂，家业庞大，生活富裕，是个大户人家。后来打仗了，东洋人进驻上海，大街小巷都是乌烟瘴气、人心惶惶的。出于安全着想，主人就把厂子搬到了香港。临走时，主人多了个心眼，说一家人待在一个屋檐下不保险，便让大儿子大儿媳赴香港，协理厂子的业务。让一大一小叔侄俩，留在了上海滩。这一别，就是二十多年。到现在，留在上海的叔侄俩还是光棍汉，主人的次子梅海，45岁，方脸中带圆润，大块头，如一头壮牛。大儿子的长子、梅海的侄子梅福30岁不到，模样和叔叔一个模子里凿出，身材魁伟，长着一副标准的国字脸。

梅家1949年前住的是私宅，坐落在上海老西门不远的方斜路，独家独院，五间青砖黛瓦的平屋。进门有一院子，院落的东南，是一棵合抱粗的广玉兰，西南是一棵几十年的金桂（吴文琴一直按乡下的叫法，称木樨花树）。吴文琴抵达时，梅家家产住宅已充公，收归了政府。东西两侧各一间厢房，住着两户人家，都是普通的工人；北面三间平房，一半归梅家住，一半归所在街道的供销社干部居住。家里没有女人，梅家像塌了天，窝里一团糟，地上尘埃遍布，躺着横七竖八的脚印。厨房水池塞满了好几天没洗的碗筷和盆子。桌上剩菜生出霜似的霉衣，充斥一股酸馊的异味。盆里堆满脏衣裤，裤衩上还沾着点滴白色的斑点。乡下人勤谨，闲不住，吴文琴一踏入梅家，便推窗通风透气，里里外外拾掇什物，忙碌地打理起来。

2

兴华问母亲，小尹饭菜做得怎样？吴老太挂起脸，撇着嘴，道："嗯，还可以。""还可以"三个字，就像从牙齿缝里挤出来的。

儿子耐着性子，谦恭地和她唠聊。吴老太不耐烦，开口呛了他一句："烧菜不放油盐，干巴巴的，咽着无滋味，像做给仙人吃的。"兴华发觉娘有情绪，拼命给她解释，现在饮食都讲究科学，菜肴要吃得清淡，尽量少放油和盐。饭菜太油太咸不利于健康，易得高血压、糖尿病。吴老太眨巴着眼睛，满腹狐疑，盯着儿子看。怨气从她心里噌噌蹿出，人家拳头往外打，胳膊朝里弯；他倒好，尽帮外人说话，罩着、掖着外头人。吴老太没好气地怼了他一句："你娘福气好，要活长命百岁。"

年轻时的吴文琴虽没上过学，目不识丁，但人聪颖，悟性高。八岁起，她就学会了烧菜做饭，修得一手好厨艺。尽管鱼肉荤腥难得上灶头，她却精通浓油赤酱色香味的烹饪之道。在梅家的头顿晚饭，为讨得主人家信任，她使出看家的本事，做了两个地道的家乡菜。一道是糖醋排骨，烹制时加了几颗红枣、几枚话梅，上口时甘而不腻，甜润润，酸滋滋。一道是葱油鲫鱼汤，汤汁醇厚，鲜嫩可口，是典型的吴地口味。俩男人吃得啧啧有味，不住地夸赏："老好吃。味道老好咯。"吃得盆子向了天，都说，明天还要吃。万事开头难，两道拿手菜一下子摄住了两男人的味蕾，吴文琴松了口气，心里也有了底气，人立时变得有了踏实感。

　　生活里有了女人，梅家顿时添了生气。屋里明窗净几，物品摆放有条不紊，衣服熨烫折叠得有四方的角。两个男人出门行头簇新，有了一副好模样。叔叔梅海从外面回来，顺手总捎些糖果、点心塞给吴文琴。吴文琴有点不习惯，时常推辞。她在乡下求的是填满肚子吃饱饭，没有吃零食的习惯。但几次之后，她渐渐就养成了吃零食的习惯。有次梅海还悄悄递她一块蓝色的手巾，上面绣着几朵精致的梅花。她看看手帕很精致，心里老喜欢了，便愉快地接收了。家里的经济由梅海负责。每天买菜的余钱，梅海让她囵好，当零花钱。时间一久，吴文琴隐隐觉得不对劲，梅海隼似的目光滴溜溜绕她转，先是脸，最后落在胸脯处，盯得她脸上泛出红晕，直不起头。此时的她仿佛成了一道菜，他要捡到嘴里吞咽似的。侄子梅福不在时，他更是没了忌惮，黏在她身旁，拍拍她的肩，用肘蹭蹭她的胸，尽是暧昧、猥琐的举止。梅家一间半房，半间用于做饭，用膳。一间做住房。住房前后砖墙隔开，南面一大半，归叔侄俩住；背后一小半是吴文琴的住室。城里人洗浴不用浴缸，用木桶。她把木桶搬入自己的房间，紧紧关好门扉。赤身裸体，坐在浴桶里，她心神不宁，仿佛把心攥在手里。她隐约觉得，墙罅间、门缝里藏着眼睛，贪婪的目光在她结实光滑的身子上蠕动。

3

小尹很准时，每天上午九点半，拎了菜上吴老太的家。这天，她刚进门，老太太从窗户瞥见，儿子的黑色轿车从眼前一晃而过。吴老太起了疑心，是儿子送她来的，她和儿子早熟识，他们是啥关系……越想，越不对劲；越想深入，越觉得可怕。她的心开始上浮，人变得躁动不安。

中午十一点，饭菜都摆上餐桌，一切准备就绪。小尹搀扶老太太坐上桌吃中饭，自己便开门离去。刚出门，老太太摇动双脚，飞快地凑近窗子张望。她发现，儿子的轿车正候着，小尹钻进车，呜的一声汽车驶出了小区。吴老太心里狂风骤起，顿时百感交集。桌上的饭菜，她无法下咽，呆呆虚坐着……

那天吴文琴沉浸在烟雾缭绕的浴桶中。热气蒸腾，汗毛孔绽开。她正洗刷着汗水和疲劳。突然，"吱呀"一声，门轻轻展开，又立地合上。她来不及反应，梅海已站到桶前。她呼地从浴桶里蹿起，却被梅海死死抱住，两只铁钳大手按住了她饱绽的乳房。她死命用手掰开他的大手，却敌不过他。他又摁住她的头，他的嘴早已贴紧她的唇……他老鹰抓小鸡似的，将她摔到她床上。他像头疯牛猛扑上她身子。她陷入了洪水滔天中……那房门明明是上了锁的，怎么能打开？后来弄明，梅海使了阴，在门锁上做了手脚。随后的日子她恐惧，害怕。畜生般的野蛮粗鲁，像阴翳攥住她心头。

那天早上出门，侄子梅福对吴文琴说，晚上别等他，他不回家吃饭，晚上他几个初中同学要聚会。夜晚阒寂，无尽的墨黑笼住了梅家的院子。夜幕中，几只老鼠窸窸窣窣，在屋里翻箱倒柜，四处觅食。她心神不定，恍恍惚惚，躺在木床上不得入眠。半夜时她隐约听见梅福回了家。她迷迷糊糊，开始打盹。混沌中，她突然感到一阵窒息，睁开眼一片黢黑，两手已无法动弹，嘴里被毛巾堵住，一股酒气在她脸颊周围漫溢。她猛然觉得，她被两个男人擒住，一个按住她双手，嘴巴在不断啮啃她的肉身；一个身子压住她，手指上下乱抓，下面坚硬的家伙，在两腿间狂乱抽动。一会儿，上面的剧烈抖了几下，泄了气。又换上另一个……她无以反抗，眼巴巴任他们恣意蹂躏，心冰凉冰冷，人坠入了深渊。她眼前出现乡下过年时宰猪的情景：猪猡被人四脚按住，宰猪人手握尖刀，白光嗖嗖。说时迟那时快，尖刀刺进猪的喉咙，白刀子进红刀子出，鲜血汩汩流。眼下的她就成了那待宰的猪。两个男人上下，下上，折腾，反复折腾，一直到黎明。听话音一个是梅福，另一个是他带回的同学……

下午四点，小尹来她家烧晚饭。吴老太和她搭讪，问她年纪有多大，家住哪个小区，小孩有多大，然后直奔主题问她：

"你和兴华原先就认识？"

"不认识，只在职介所见过面。"

"真的？"

"真的！"

"兴华是有家室的人，儿子已经结婚，他孙儿已上幼儿园。你不能骗我。"

"嗯。阿婆，不骗你。"

老太太敲山震虎。小尹应答自如。

夜晚老太太与兴华、媳妇一同进晚餐。媳妇不经意提起，最近小区闹贼，几家的电动车遭盗窃。吴老太乘机借题发挥，对媳妇说："篱笆扎得紧，野狗钻不进。你提防着点，没有不偷腥的猫。"儿媳傻傻地望着老太太。

4

吴老太在小区树荫下晃悠。她探头探脑，有点心神不定。突然她瞥见，同村的"凌半仙"从远处走来。她一个激灵，心里惊喜起来。当年"凌半仙"可是出了名的半仙，那时他们同住一个村子，大小事情都逃不出半仙的眼，他料事如神，样样事情都能通晓。眼下家里的事，正好问问他。

"凌半仙"被吴老太请进了家。吴老太给他倒水沏茶，捧出水果热情招待他。他们彼此热乎着，不着边际地扯着老空。最后吴老太央求他，说："半仙，有个事帮帮阿婆。"

"别客气。乡里乡亲的，啥事，尽管说。"

"你帮我打听打听我家那个钟点工的情况，她和兴华究竟是啥关系。还有我家兴华做的啥生意，他整天神神叨叨的，我怕他犯事。"

"凌半仙"一惊，想这老太算是找对了人，自己干的就是这行当。前年他领了执照，雇了五六个大学生，办了一家"神探信息有限公司"。起始他取名"凌半仙侦探社"，有人指点他，名字太招摇，树大会招风。让他行事要尽量保持低调和谨慎。最后，他以信息公司的名义，领了营业执照。经营的业务，说白了就是旧社会里的"包打听"，帮客人打探那些暗戳戳、私皮夹账、见不得人的事。不过老太太的请求，他有点为难。他和兴华熟悉，自小一块长大。现在老太太让他查兴华的隐私，要是兴华知道了多尴尬，多不好意思。他知道老太太手里有钱。可老太太年纪一大把，怎么开口向她收钱，收多少呢？老太太可是个人精，不是随便可糊弄的。她手头囤了几十万元钱，但她抠门，要从她腰包抠钱，就像剜她身上的肉，没门。

"凌半仙"开始试探老太太。他似笑非笑地说，他认识几个包打听的，没有打听不了的事，就是得花钱，要价高。吴老太辨出了话音。她颤颤悠悠步入房间。她从陈旧的樟木箱里摸索半天，抖抖索索翻出两样老物件：一只玉手镯，一幅旧字画。她对半仙说，相中哪一件，你拿走，帮帮阿婆。凌半仙是个历经世面的人，他知道玉器一行水太深，自己不懂玉器，一时难以辨识优劣。对字画，他自觉多少懂点皮毛。那幅画已发黄，有几处零星的霉点。画不大，四个平方尺，看似上了年代，估摸能值几个钱。于是，他盯着画看了大半天：一块巨岩，一蓬菊花。再看，看不出子丑寅卯。最后他努力记住画的落款人，朱屺瞻。他跟吴老太打着哼哈，说东西先放着，容他考虑考虑。他向老太太作揖，道别，匆匆离去。

5

回到办公室，"凌半仙"快速打开电脑，从百度上搜查"画家朱屺瞻"的信息。查得的结果，朱屺瞻果真是上海滩的老画家，是个大名家。比照朱屺瞻其他的画作，这幅画少说也得值几万元。"凌半仙"的心开始摇曳。他挡不住诱惑，决定接单。只要有钱赚，没理由不做，哪有窑门里推出柴来的？

"凌半仙"的父亲是大队的邮递员。初中毕业时，赶上父亲退休，他便接替了父亲的差事。这小子长着一张大阔嘴，眼睛像鼠眼，人特精明，主意多。做乡邮员不久，他惊奇地发现，寄信人都很马虎，封口时只用饭米粒潦草黏着。不少信件到他手里，封口就像清明时风化的团子裂开了口。他把信带回家，用铅笔刀轻轻划开，然后偷偷阅读，读完用饭米粒封住，再送给收信人。窥私欲打开了潘多拉的盒子，如洪水泛滥，一发不可收拾。隔三差五，他悄悄带信回家，偷着看，偷着乐。其实，信的内容大多是拉家常的，有些只是通报双方家中的情况，诸如节日要不要走动，家里有喜庆邀请喝酒之类。偶尔，也有谈情说爱的，年轻的他对此特别敏感，常常看得入迷，亢奋，淌着口水……光怪陆离，如烟似雾，他浸淫其间不能自拔。久而久之，他像染上了鸦片，滋生出瘾头。后来他不仅窥信，还喜欢打听别人的隐私。日子长了，村里人觉得好像啥事都瞒不过他，说他像个仙人，神叨叨，鬼兮兮。有人背地称他"百晓"，又喊他"凌半仙"。大伙觉得"凌半仙"比较贴切形象，更适合他，喊着喊着，就出了名。久而久之，人们似乎忘记了他的真名，只记住了"凌半仙"的外号。前些年，村里人开始装电话，不久又流行 BB 机、手机，往邮局寄的信件越来越少。邮局开始精简人员，他被裁员回到家。"凌半仙"退出乡邮员行列，成了无业人员。没有正当的工作，他晃荡晃荡过日子。村里所有人包括他老婆孩子，都不正眼望他。他们都鄙夷他，看不起他，暗地里讥讽他没出息，像个浪荡子。他却很自信，常跟老婆讲，瓦片也有翻身日，日后他一定会腾达，只是时辰未到，机遇还没有降临。老婆听了很生气，骂他睁眼说瞎话，尽吹牛；嘲笑他想发财，是癞蛤蟆想吃天鹅肉。常言道，三十年河东三十年河西。如今的"凌半仙"，可谓春风得意马蹄疾，生意风生水起招人羡。"神探信息有限公司"开张才两年，业务一单连着一单。他没想到，偶尔撞见当年村里的吴老太，八十多岁的她竟也会促成他的生意，莫非冥冥中老天在眷顾他？

6

吴老太有了心事，整夜整夜合不上眼。白天时，她耷拉着眼皮，打瞌冲。她眼里明显缺了精气神，整个人显得疲塌塌、软绵绵，像一只冬天的煨灶猫。她分分秒秒只有一个念想，必须弄清儿子兴华和小尹的关系。倘他俩真扯上什么，她拼了老命也要阻止，阻止悲剧的发生。自个儿的悲剧绝不允许在儿子身上重现。好在"凌半仙"今天上门取走了画，他拍着胸脯，信心满满地答应替她把事情办妥。虽不晓得结果怎么样，但至少有了盼头……

世上有些事不能出现第一次，有了第一次，就会有第二次、第三次。叔侄俩不断骚扰、侵犯吴文琴，她夹在两头野兽间，如被两座大山压迫着，压得透不过气，几近要窒息。无数次，她想卷起包裹回乡下。起始想再熬几日，待月底拿了工资走。到了月底，又想再待一月，多拿一个月工资。鬼使神差，久拖不走。终于可怕的事发生了，她怀孕了。得知怀孕她如晴天霹雳，眼前一阵墨黑，她好像被扔入黑咕隆咚的集装箱，叫天不应，叫地不灵，苦苦挣扎。她捶肚子，贴膏药，原地蹦跳，想让孩子夭折流产。但一切都无济于事。实在撑不住，她和梅海兜了底，将怀孕的事告知他。梅海领她去了附近的医院。检查结果显示，孩子已有4个月，过了流产期。而且人工流产要出示单位的介绍信，他们拿不出。隆起的肚子像地里的冬瓜日长夜大。眼前的一切她实在无法左右，百般无奈中吴文琴只能破罐子破摔，听天由命。有一天她索性捎信给丈夫，将怀孕的事告诉给他。丈夫高贵兴听说老婆怀上了别人的孩子，仿佛当头挨了一记闷棍，巨大的悲凉从心底喷涌而出。他瘫坐着，嘴巴不停抖动，却无法话语。对吴文琴，他恨不起来。恨只恨他自己，恨自己无用，不能保护她；恨自己草率，当初不该让她离家去上海。他不停抽打自己的耳光，心里不断骂自己"窝囊废""猪猡""畜生"。他把三个年龄相仿的堂兄召到自己家，请他们帮忙拿主意。兄弟们闻后，个个心里燃起一把火。外人的欺辱形同家仇与国恨，他们个个同仇敌忾，屋里充满了谩骂、诅咒，他们甚至揎拳捋臂，将所有的怨恨都倾泻在上海男人和吴文琴的身上。恨恨不已的结果，一致认为要离婚，必须得离婚。四个乡下男人夹带冲天怨气来到上海滩，来到了梅家。屋里六个男人剑拔弩张，气氛紧张与严肃。他们各自沉默着，不吱声。吴文琴腆着肚子在一旁，起始啜泣，继而放声大哭。哭声揪心撕肺，缠缠绵绵。哭声终究冲淡了男人的仇恨，怒恨的冰块在哭声中烊化成水滴。一个兄弟生硬地问梅海怎么办，要他表态做决断。梅海耸耸肩，摊摊手，露出无奈和悔意。后来梅海招呼高贵兴进了房间。他从保险柜中取出一个包裹，里三层外三层用绒布裹着，一层层掀开，最后露出一大堆金灿灿的戒指、项链等首饰。他说是早年父亲去香港时留下的，他沉重地递给高贵兴，含着歉意和忏悔。高贵兴提着沉甸甸的黄金，垂头丧气回到客堂。他不停叹着气，最后竟对吴文琴说，养了孩子再回乡下。其他3个男人见此状，只得忍气吞声，跟着高贵兴去了火车站——打道回府。后来村里人提及此事，常戏谑四个男人："乡下人厕屎，开头硬。"

吴文琴生下的孩子便是现在的高兴华。世道似乎对吴文琴天生不公。为这孽障儿子，她这辈子受尽了村里人的欺负与羞辱。私生子像一副沉重的十字架文刺在她颜面，一生一世都无法卸载。它牢牢长在肌体内，像关节炎患者遇到阴雨疼痛就要发作。她身后有无数双异样的眼睛盯着她。她淹在乡人的唾沫中，乡人时不时指指戳戳，直刺她的脊梁骨。平时她最忌怕吵架。一争吵，对方常以最歹毒的语言攻击他："婊子""野鸡"……不堪入耳，如万箭穿心，箭箭都见血。那日隔壁村的老妇人死了，出殡时邻居曹婶邀她一起去观看。人群中有个老人说，老妇人年轻时一直在上海的"野鸡堂"做"野鸡"。话说得虽轻，但突兀得像一串鞭炮炸响。人群立即喊喊喳喳，喧嘈起来。一旁的她听后，脸上立马一阵红一阵白，感到揪心似的难受。她悄悄退出人群，默默独自离去……有次丈夫和侄子吵架，侄子竟破口骂他是"贪财乌龟""绿头王八"，气得丈夫在床上躺了两天，茶饭不进……

7

"凌半仙"醉心于自己的侦查天赋。案子到他那儿，答案简直是手到擒来，唾手可得。他与朋友聊天时，自诩早些年要是当了刑警，自己肯定是探案的高手，说不定还能成就一个"中国的福尔摩斯"。吴老太的事，才过了两个礼拜，他就查了个八九不离十。

那天，他尾随小尹去了鸿墅花园。鸿墅花园是个别墅区，住户大都为富人。她住 78 号，坐落在小区幽深处。房屋独对一泓池水，微风吹拂，绿波荡漾。堤岸垂柳依依，鸟语花香。锁定了位置，他步到门卫值班室。门卫是个中年男子，外地人，操着夹生的吴方言。"凌半仙"挺胸凸肚，豪气十足，随手扔给门卫一盒中华烟。他又发出邀请，改天请他一同喝老酒。天上掉馅饼，门卫受宠若惊，不住点头哈腰，鞠躬道谢。他走后，门卫眯着眼睛想，看他那架势，一定是个当官的或有钱的阔人，要是自己能攀上这高枝，说不定日后能给自己带来青云直上的好运。几天后"凌半仙"约门卫在附近的路边店喝上了。他点了几个小菜，花生米、酱爆螺蛳、红烧鲫鱼等。还要了一瓶"天之蓝"的白酒，每人半瓶。两人举杯推盏，称兄道弟，掏着知心话，黏糊糊的热络劲仿佛曾是光屁股时的发小。酒至一半，他悄悄塞给门卫三百元的红包。门卫嘴上假心假意说着客气话，半推半就中接过红包，急急塞进了口袋。他在口袋用手按了按红包，两颊肌肉快乐地抖动。他主动询问"凌半仙"："老板，有啥事尽管吩咐。兄弟我一定尽力而为。"

"凌半仙"见火候已到，轻描淡写地说："没啥大事。有件小事要麻烦，我想看看你们小区最近的摄像记录。"

"可以，可以。"真是有钱能使鬼推磨，门卫不假思索应诺。

待门卫值班时，他翻出摄像给"凌半仙"查看。录像中，小区人来车往，行人举止神情，都显得一清二楚。"凌半仙"内心微微震动，感喟着：哎，高科技真厉害，每个人仿佛赤身裸体在海里游泳，哪有啥隐私可言。摄像显示高兴华常到这里接送小尹。还发现，小尹有个儿子，上幼儿园的年龄，相貌、神情与高兴华几无差别。他又从其他途径打探到，高兴华原先还有个情人，自有了小尹，他们关系日渐疏离，已很少往来。

　　"凌半仙"派职员华婷婷去了兴华的公司。婷婷年芳 28 岁，标准的瓜子脸配着弯弯的眉毛、丹凤眼、樱桃小唇、蜂腰蟒臀，楚楚动人。派她去，自有"凌半仙"的打算。生意场上不推上门的客，更何况派的是美女？美女是一枚靓丽的名片，美人娇滴滴、甜兮兮出场，岂不是事半功倍！他深谙，眼下世道多的是好色忘友的家伙。婷婷去了几次，回来向他汇报。兴华的公司坐落在长春街中央。公司原来经营药材生意，在四川、云南、长白山多地有稳定的进货渠道。药材是偏门冷僻的买卖，公司生意旺盛，收益丰润。婷婷去时，"兴华药材批发公司"的匾额悬挂在大门边墙上，另一块是簇新的"兴华投资有限公司"的鎏金铜牌。轩敞的办公区域，有七八个女孩，清一色的美女。她们紧张忙碌着，有的不停拨着手机，有两人身旁聚着五六个客户，七嘴八舌交谈着。婷婷从谈话中听出，他们好像在谈融资。她蹲了两天，说是要投资，反复同业务员攀谈、打听，终于搞清了原委。兴华有个高中同学叫蔡小东，学金融专业，大学毕业后在上海某投资公司任职，现为公司的高管。他得知兴华手里有现金，就撺掇兴华一起做融资。并再三劝说，融资由银行作担保，没风险，十万起存，回报年利率 12%～14%。巨额的回报，无风险的买卖，兴华动心了，不仅把自己几百万现钞全投入，还和蔡小东的上海公司携手成立分公司，分公司设在药材批发公司内。他们发动宣传，动员四周老百姓来投资。"凌半仙"听后纳闷，这么高的利率，要么是贩毒，要么在走私。他隐隐觉得，其间肯定藏有猫腻。婷婷还陈述，小尹平时在公司，一人独占一间办公室。平时不做事，唯一的工作就是按时去吴老太处做家务。这是兴华的心思，他一直以为女人头发长见识短，容易出麻烦。他怕小尹插手公司的事，把公司搞成夫妻店，日后砸公司的牌子，毁他的生意。于是，他给小尹安排每天照顾老太太的事务。

8

秋日的天空，蔚蓝一片。吴老太所住小区的木樨花盛开，金黄的花絮缀满枝叶。秋风过处，阵阵腻甜的香味漫腾在小区的上空。数日后"凌半仙"敲开了吴老太的门。见到"凌半仙"，吴老太便猴急。他人没坐稳，她急急就要结果。"凌半仙"不急不慢，神情很镇静。他笑嘻嘻，信誓旦旦地说："阿婆，你想多了。我派人四处打听过，已弄清你儿子兴华和小尹没半点关系。小尹是个本分人，有老公，有儿子。家庭蛮幸福。"

"是吗？"

"是咯，千真万确。"

"那兴华做的啥生意。靠谱吗？"

"靠谱，绝对靠谱。他生意做大了，在和国家银行合作赚钞票，稳着呢。你可以一千个放心，一万个放心！"

听了"凌半仙"的话，吴老太悬在半空的心落了地，多日的恐惧、担忧似乎一下子得到了释放。她脸上露出了笑容，脸颊的皱纹花瓣似的绽放。她想，今晚总算可以稳稳地睡个囫囵觉。

隔几日"凌半仙"揣上那幅朱屺瞻的画，乘火车去了上海文史馆。他让文物专家对画进行鉴定。专家戴着老花镜，拿着放大镜，耐心和细致察看画的纹路、笔法、宣纸的年代、钤印和落款，并反复与真迹做比照。最后专家得出了结论：赝品。

空相

1

马辛雨醒来，迷迷瞪瞪，抬眼望着窗外。日头已落至半山腰，初秋的阳光尚存夏的余猛，炽烈而耀眼，她感觉眼睛干涩涩，酸汪汪。她欠欠身子，皮连着肉，筋附着骨，80多斤的躯体沉沉实实，几乎不能动弹。她恹恹躺着，恍恍惚惚。她想起南禅寺算命先生的话：53岁，今年，她命里有一道坎。两年间，先是父亲查出胃癌，晚期，不到三月就往生。老实巴交的父亲，一生唯唯诺诺，样样都随她母亲。临终前他隐忍着痛楚，强装笑靥，攥住她的手，嗫嚅地说："你，像你娘，太要强了。往后悠着点。"不久母亲又倒下。住院检查竟也是胃癌晚期。母亲是家里的主心骨，大大小小的事儿都由她拿主意做决定。每临大事，她果断杀伐，胜却一般的夫君。都说马辛雨像她母亲，脾气性格一个模子里刻出。母随父而去，两座精神山峰骤然倒塌，她身陷漫漫沼泽，出不来上不去，呼天抢地，欲哭无泪……

那次娣妇在市三医院做胃肠镜体检，打她手机说："姐姐，这里的肠胃科是全市最好的，我正好认识医院的专家，你顺便也来做个检查。"

她驱车去了市三医院，与医院约定三天后作体检。

三天后她做了胃肠镜透视，医生告知她胃上有溃疡，要做切片检查。

冥冥中，她掠过一丝不祥的预感。

通过公司客户的关系，她赶忙联系上海最好的医院。

切片结果，也是胃癌。上海医院给她动了手术。胃切除了三分之二。医生安慰她，手术很到位、很成功，幸亏及时发现，还是早期……

马辛雨信佛多年，承继母亲的衣钵。母亲一生狠巴巴的样子，晚年却笃信佛道。晨起焚香点烛，叩拜菩萨。平素端坐矮凳，手头折着锡箔元宝，口里喃喃有词，默诵《心经》《金刚经》《地藏经》。

浸淫于母亲的佛事，中年伊始她便向佛行善事。利用公司外出活动、会议期间，她朝拜各地的佛教圣地：五台山、九华山、普陀山、峨眉山。她掏钱捐善款，烧香拜众佛。每年公司淡季时，她去本地的军嶂山龙寺，青衣素服，做义工，吃斋念佛数十天。身边谁家陷入困顿，她总掏出五千一万元慷慨地解囊。佛讲究因果，她努力行佛事、做善行，以为虔诚之心必将修得正果。但父母双双得病离去，自己恶魔缠身，她百思不得其解。莫非前世欠了孽债，今生要来偿还？

五点半，丈夫郑逸发准时下班回到家里。他趿着拖鞋，摇着瘦长的身子晃进房间。她抬眼望见，他走路摇摆的幅度有点夸张。她猜想，他顺心、遂意。

他笑盈盈向她道安，嘘寒问暖。随后通报公司二季度经营情况，公司总部业绩良好，销售同比增长 6%，一个子公司业绩与上季度持平，另一个子公司销售业绩同比上升 7%……

"你忙活一天了，早点歇吧。"没待他说完，她拂拂手，气息微弱地制止说。

他嘴里的数字，熟悉又陌生。曾经她对这些阿拉伯数字分外敏感。这些数字仿佛维系着公司的命运，佐证着公司的坎坷与成长。往日她审视公司的财务报表，那一串串符号立地湿漉漉饱含情感和温度，变得鲜活而生动，她内心会生出无限的劲头和活力。诱人的数字，浮生紫云般绕在她脑海，令她欢喜令她忧。而今听来，却心里发麻，头颅发胀，禁不住厌烦和排斥。二十年来，她和他呕心沥血，矻矻打拼成的商业帝国眼下正是勃勃兴盛，渐渐进入呼风得风、欲雨得雨的辉煌。眼前她却一人伶仃枯卧在床榻，独守孱弱的身子。心似枯井，一切的身外之物，她都索然寡味，失却了兴趣。

"我去厨房看看，夜饭准备得怎样？"他虚晃着身子，步出房间。

2

这些年，马辛雨、郑逸发的河马电动车公司业绩斐然，已跻身全国行业前十名。公司的知名度日益在提升，"中国轻工业百强企业""全国行业质量领先品牌""全国行业质量领军企业""全国质量诚信标杆典型企业"等各种荣誉纷至沓来。

盛名之下，两人的关系却日渐微妙。他是董事长，她是总经理。但公司的人事、财务实权由她掌控；公司的重大决策，都得由她定夺。圈内圈外都知道，河马公司真正做主的是马辛雨。

他心里纠结，不舒坦。外人谈到河马公司，总说马辛雨这女人不简单，能耐大，公司全仗她才有今日。就连他母亲也跟着起哄："厂里厂外都由媳妇做主，我家的戆儿子没啥用场，做不了主。"

前年郑逸发母亲的侄孙女大学毕业，找不到工作。母亲就把她领到儿子跟前，要他帮忙解决。他蹙眉，踌躇。他清楚，公司的人事由妻子说了算。让他去求妻子，他搁不下面子；要是遭回绝，岂不自取其辱！他便舌头打个滚敷衍他母亲："河马公司是股份制企业，不是家族企业，招人得走程序，经考试后才可录用。待公司招聘时，再让她来应聘。"

母亲不死心，又找了儿媳马辛雨。

过些天，马辛雨通知那女孩去企业上班，安排在质检科做检测工。

知道事委，他顿觉颜面尽失。男人的挫败感从心底涌出，窝囊，憋屈，丢脸，他感觉如被蜜蜂蜇了，火辣辣地锐痛。

他也反省，检点，觉得自己滑稽，可笑。自己真小样，小肚鸡肠，怎么尽跟自己的老婆斤斤计较，为区区小事与她争风头，抢光泽？男人的雅量、气度哪儿去了？

可男人的虚荣心却时时在作祟，骨子里的逞能好胜免不了发作。就像小时候家里养的大公鸡，走路昂着头，抖着赤红的头冠，肩披绚丽的锦羽，衣冠楚楚，器宇轩昂。"喔、喔、喔"，清晨它一遍遍反复啼鸣，仿佛向世人炫耀，向外界宣示它的皇权，它的地位，它的至高尊严。

河马电动车有限公司是组装电动车的企业。一辆小小的电动车，有一百多号配件。一个配件，至少得一个供应商。企业拥有众多的供应商。在供应商眼里，河马的老板便是上帝，胜似自己的衣食父母。围着老板转，天经地义。

欧阳娜娜是河马的小供应商，专供雨披与头盔。她家住隔壁镇，30岁出头，瓜子脸，细皮嫩肉，樱桃小嘴。平时嘴巴甜，见了郑逸发，"阿哥、阿哥"唤不停。郑逸发呢，天性喜欢小巧玲珑的女子。"阿哥、阿哥"糯笃笃地叫唤，使他听着如心里涂了蜜，骨头酥松，心头直发痒。

欧阳娜娜的产品是从其他厂家批发来，再转手卖给河马公司的。多了一道环节，价格自然比别家贵。这是她的软肋，是她的痛处。好在郑老板一言九鼎，接纳她的产品。这些年她没少赚，腰包一天天鼓起来。她住进了商品房，坐上了进口的轿车。

马辛雨为人精明目光凶，公司的蛛丝马迹都躲不过她眼。她自认识欧阳娜娜起，就看不惯她娇滴滴的嗲劲，这哪是正经生意人的做派？她更看不顺她的眉毛，她两道眉毛特别长，不但长，眉梢还向眼角上方转弯往上翘。平素八卦的她稍懂一点相面的知识，这分明是一副狐狸眉，挂在脸上陡添出几分妖冶。还有她的两颊凹陷不长肉，皮贴着骨，骨粘着皮，实在是太瘦。这样的面相不聚财，是败家的气象。

公司召开务虚会。马辛雨当着全体中层的面分析企业现状，指出电动车行业竞争日趋激烈，公司的盈利在日渐摊薄。为提高公司效益，她提出公司要开源与节流，特别要降低商业的成本。她的意见得到参会人员包括郑逸发的支持和同意。

会议一结束，马辛雨召来供应科长商量，她要求货比三家，对高价的配件一律取缔，重新筛选物色新的供应商。

首当其冲的便是欧阳娜娜的雨披和头盔的供应。妻子不露痕迹，悄悄将欧阳娜娜逐出河马供应商的行列，郑逸发闻后倒抽一口冷气，头上如同挨了一记重拳。随后几天他浑身难受如醉酒，胃里倒腾火燎燎地灼烧，时不时还有胀气在肠胃里回旋。妻子不留情面的一招，让他掰了牙齿默默往肚里咽。

3

马辛雨并非存心要跟丈夫作对，与他违逆。作为一介女子，她也想小鸟依人，在丈夫的腋窝下吃口现成饭，赖藉男人厚实的臂膀过轻松自在的日子。男人冲冲杀杀在前，替女人遮风挡雨，如此人生何乐而不为？

有一阵郑逸发和同学林建国打得火热。那天林建国来他办公室，赠送他一把二胡。郑逸发邻居王德福是小学的音乐老师，喜欢拉二胡。每每夜深人寂，在黄晕的灯光下，王老师坐对空月，凝神低眉，奏拉着瞎子阿炳的《二泉映月》。悠扬的琴声回荡在小村的夜空。乐曲声声，缠绵悱恻，似诉似泣，说不尽的人间悲情，道不尽的坊间苦难……年少的郑逸发对二胡着迷入了魔。王老师抽空教他几招，点拨他数回，心灵手巧的他便心领神会，很快学会了自拉自奏。从此二胡伴随他，与他形影不离。拉奏二胡成了他平生的嗜好。

林建国神神秘秘地告知郑逸发，二胡从苏州制作大师丁家彭处觅得，由大师亲手制作。它选用上好的紫檀木，细细辨识，纹理清晰匀称，与色泽造型和谐搭配，浑然天成；还选用顶级的蟒蛇皮，且是蟒皮的最佳部位，油性足，鳞片方正。考究的选材加上大师的顶级工艺，胡琴造型美观大气，发音灵敏；高音华丽洪亮，中低音浑厚；音色优美，音质纯正。如此精湛的艺术品，郑逸发着实喜欢，爱不释手。

数月后，林建国又来见郑逸发。品茗闲聊之余，他蹙眉低语询问郑逸发，手里有一小项目要投资，但手头紧缺，能否借与他30万元钱，年底前归还。30万元于常人是一笔不小的款项，但对于一个年销售几个亿的公司老总，无疑是小菜一碟。更何况自己还欠他一把二胡的情，他一直牵念着，不忘记。他不假思索借与他，并勉励他好好干，趁年轻成就一番自己的事业。

年底时，林建国没有出现。一年、两年，他杳无音讯，消失在茫茫的人海。

马辛雨时不时在郑逸发前谈起林建国，说：他好久不来了。你俩是莫逆，曾是多么好的兄弟，云云。但她绝口不谈借款的事项。扯起林建国，郑逸发心里隐隐在作痛。他猜想她在牵他的头皮，敲山震虎借机在说事。她呢，不是心疼那30万元钱。友情归友情，商场归商场。人在商场得在商言商，须讲究诚信和信用。依稀记得创业伊始，他白手起家，从小学辞去音乐老师的职业，在马路旁开一爿买卖摩托车零件的店铺。厂家送货上门，他总是先交款再拿货。有一次交付货款缺了1000元钱，他急吼吼赶到医院，找到当时做护士的她，向她挪钱。那时薪酬薄，她翻遍口袋只有500元钱。她便与小姊妹商量借，凑齐了1000元钱交付给供货商。

因为讲诚信，重信誉，郑逸发获得了口碑，赢得了客户和市场。摩托车配件一度紧俏，那些供货商优先照顾他，供给他。周边的店铺开了关，关了开。他的店铺一直生意红火，财源不断滚滚来。

4

几个要好的小姊妹来马辛雨家探望。同来的有公司的财务科长洪英。病榻上，她脸色苍白，气若游丝，羸弱的身子形似枯木。她唉声叹气，情绪低迷，流露出失望悲观的气息。

小姊妹宽慰她："别多想，公司的事由老郑挡着。你动了大手术，出了元气。要好好静养，慢慢康复……"

洪英对她细语，江西云居山的佛学大师近日要来本地游学，是否邀他来为你开导点拨。听说大师驾到，她绽出笑意当面答应。

隔日，洪英将大师引至府上。马辛雨斜卧藤椅在厅堂相见。

大师着青衣布服，罗汉鞋。他方面大耳，头顶青光，慈眉善目。他端坐着，凝神屏息，一股静气如水汩汩，室内充斥神奇的气场。默视良久，大师娓娓道说："你佛性很高，素来信佛行善，是佛的信徒。眼下你已逃过一劫。来日必是康复如初，一切静好。阿弥陀佛，阿弥陀佛。"

马辛雨听后，一股暖流涌遍全身，鼻子一酸泪盈眼睫。她对大师满怀感激和感恩。高僧一番点拨，仿佛赐予她内心的力量，她的心间燃起明灯，畅豁亮堂，精气神大振。

马辛雨私语洪英，从公司账户划拨 10 万元，作为善款捐助云居山寺庙。

随后的日子，她似乎恢复了食欲，进食渐多，脸色也红润起来，身子骨一日比一日硬朗……

身陷床笫，创业之路常浮现在她脑海。开店几年他掘得了第一桶金，租了厂房，创办起组装生产摩托车的河马摩托车厂。说是厂，其实是一个小作坊，几百平方米，几十号工人。他主内又主外，奔波忙碌。喘不过气时，他劝说她，撺掇她辞职，一起干。那时她三十出头，已任住院病房的护士长。豪情干云的她辞了公职，去了他厂里。她主内，他主外，两人契合投缘。一时风生水起，企业顺风顺水，产值从几十万上升到几百万，乃至上千万。

市场开始流行电动车，她敏锐地发现，电动车方便灵活，成本低，环保节能，是政策鼓励的行业，市场前景灿烂。她与他商榷，自己的企业应赶快抓住机遇转型，开发电动车产品。他瞻前顾后，疑虑重重。他断然以为，河马的摩托车生意如日中天，耗资投入电动车行业，风险大，困难多。隔行如隔山，外行生意断断不能做。她却认为，电动车和摩托车有诸多互通的地方，行销模式、销售渠道相仿，要是转行可谓轻车熟路。稍有机会，她便动员他，给他汰脑筋，做工作。死缠硬磨数月，最后他同意掉转船头，改弦易辙投资创办电动车企业。不几年电动车行业的春天果然到来，春意一片。河马赢得了时间，抢占了先机，成就了今日的宏业。

事后，他嘴上不讲，但心生佩服——佩服她的眼光，她的胆识。近些年，随着公司规模扩大，效益上升，她却隐隐觉得，他和她心里有了龃龉、疙瘩，彼此时常意见相左，很多场合少了一分投契，多了一点抵触。莫非真应了那句俗话，夫妻只能同患难，不能共富贵？

5

妻子患病卧床，郑逸发心疼似尖刀剜心。寂寥的夜晚，一人虚坐着，对妻子的丝丝怜悯、爱意，抽丝般从心间缓缓抻出。他内心焚急，食无滋味，睡不寝安。夫妻本是同林鸟，这些年他和她同出共栖，夫唱妇随，患难与共。他从心底感谢她，感激她。她默默无闻付出数十年，忍受了巨大的牺牲。她，有苦劳，更有功劳。

他接替了她的工作。公司一揽子事，巨细靡遗集于他一肩。他苦，他累，身心疲惫，情形仿如回到创业伊始。但他铆足劲，给自己暗暗加油打气。他想，要趁妻子养病，施展拳脚，显露身手，做出一番佳绩，让旁人看，更给妻子看，证明自己不是等闲之辈。

他去了浙江黄岩，那里有他的分公司。

踏进公司，只见一块巨幅宣传牌立于眼前，红底白字写着"热烈欢迎河马总公司领导莅临指导"。

公司所有中层以上领导毕恭毕敬，候立两旁夹道迎接，见了郑逸发，众人鼓掌高呼："欢迎欢迎，热烈欢迎！"

他满脸春风，曲腰躬身，谦恭地与他们逐一握手，并致以亲切问候："你好，你好！辛苦了，辛苦了！"

步入厂区，大道两旁彩旗猎猎，鲜花林立，红色的气球悬浮半空。会议室内摆满鲜花、水果。喜气的氛围，热烈的场面，如君临天下，皇恩浩荡。他云里雾里，飘飘欲仙。

分公司的华总简单介绍了公司的生产情况。他不住颔首示好。最后他致辞，作重要讲话。他环视会场，清清喉咙，操高嗓门说，首先衷心感谢各位对河马公司的信任和付出，你们辛勤的汗水换来了河马今天的辉煌。河马的军功章上有总公司的一半，更有你们的一半……然后掉转话头发动员令："近年来公司遭遇发展瓶颈，销售量长期徘徊不前。为了抢占市场，扩大销量，黄岩分公司要不断拓疆辟壤，加大行销力度，争取销售量再上新台阶……"

会议结束，他将华总牵至墙隅私语，从现在起每台车再降价100元对外出售。华总听后，当即点头称好。

随后他又马不停蹄，奔向另一家分公司——汕头河马公司。秋天的汕头，天气闷热潮湿，空气里弥漫着淡淡的咸涩腥味。他抵达时，公司的王总在门口等候。王总径直领他到车间。流水线上，秩序井然。工人身着青色的劳动服，埋头娴熟装配着零件。郑逸发的到来，他们视而不见，形同陌路。

办公室里，他和王总促膝并坐，侃侃而谈，阐释着他的行销战略。但王总耿直，说话不绕圈子，他竟提出异议，说，现在每辆车的利润仅剩200元，再降售价，利润将更加微薄，企业效益将大打折扣，是否再慎重地考虑考虑？本来汕头公司冷清的氛围，职工的漠视，与黄岩的盛况恰成反差，令他失落、失意。王总的质疑，犹如直犯龙颜，败了他的心情和兴致。他脸一沉，哼哼唧唧敷衍几句，便终止了谈话。快快怏怏，他离开了汕头公司。

6

马辛雨静养数月，肢体如春回大地，百草回芽，心头滋生出浓浓的一片绿意。稍有力气她就闲不住。上午10点，她拿了蒲团，安放在院子中央的金山石上。她肩披赭红的绒毯盘膝而坐。她闭目凝神，打坐禅定。日光溶泄，缕缕金丝静静泻在她娇小的身躯上，她似莲花盛开，金佛暝坐。沐浴着柔绸般的佛光，她呼吸吐纳，过滤胸中尘埃，承接天地元气、自然精华。

休养的日子，她六根清净。若无闲事挂心头，便是人间好时光。她真正体验到了安逸静好的心境，多么希冀日后人生能循此佳境，安享余生。

公司的事时隐时现，烦她耳根。明年五一是河马二十周年厂庆。郑逸发请来策划公司，筹备一台高规格的文艺晚会。他准备邀请中央电视台节目主持人来主持，同时聘请数位著名歌唱家出席演唱。总预算人民币 500 万元。如此兴师动众，她闻后凄然一笑。他愿意折腾就由他去折腾吧。河马一年的广告费得耗资千万，就算替企业做一回宣传吧。她在心里宽慰自己。

那天他将厚厚的一叠书稿捧回，递给她过目。为配合厂庆，他请来著名作家撰写一部长篇报告文学，篇名为《河马奔腾》，文章围绕郑逸发的创业、奋斗、企业成功后开展的慈善事业为主线，讴歌他披荆斩棘的人生，赞美他回馈乡梓、感恩社会的大爱精神。她接过稿纸，没看一眼就往桌上一搁。她没兴趣翻阅。炫目的光环已经过多，她不需要。她需要实实在在、踏踏实实的生活。自我吹嘘，自我标榜，形同江湖骗术，她鄙夷不屑。第二天，待他上班离家后，她拆开书稿，撕一页引燃后扔入脸盆，然后将稿纸一页页投入火焰，付之一炬。

从汕头回来不久，他立马调整人事。免去了汕头王总的职务，让供销科长杨庆华接替。供销科科长职务由老杜接任。老杜是供销科的元老，从创办河马摩托车厂开始，忠心耿耿追随他，对他言听计从。他赏识他，几次欲提他为供销科长，可妻子却反对。妻子说，老杜其人心地不坏，只是言过其实，遇事如刀削豆腐两面光，肩膀不硬，担当不够。她不喜欢工作浮皮潦草，作风不实之人。

郑逸发呼来老杜，对他就职谈话面授机宜。

"让杨庆华去汕头任总经理，岂不便宜了那小子？"老杜不解，问。郑逸发不喜欢杨庆华，老杜早窥在眼里。

郑逸发挤出一丝阴笑，神情诡异地说："干得好是应该，是他造化。干不好，是咎由自取，自取灭亡……"

郑逸发渐渐觉得，身边的氛围渐变和谐。厂内笑语晏晏，一张张笑靥都奔他而去，围他而转。平日与他生疏之人，竟主动套他近乎，待他和颜悦色。细细咂味，他发出感喟：小小的人事变动，似杀鸡儆猴，震慑了人心，也拴住了人心。他如沐春风，喜不自胜，暗自享受其间的妙处和快感。

7

郑逸发如此不按企业常规套路出牌，令她伤心、担忧、恐惧。原以为他喜欢和她作，只是作得过火，作得离奇，简直"作精"一个。现在看来，断断不能以"作"来视之，他玩的是权术，是阴谋，是出色的政治家面对敌手时的做派。他如此熟谙权谋，似绍兴的师爷，更似宫中玩权的老臣。一股阴冷之气从幽暗处"唰唰"吹来，她不寒而栗，鼻翼间嗅到了丝丝的血腥味。她想起，他睡前习惯看那些古代权术的书籍，什么《三十六计》《鬼谷子》《厚黑学》《反经》《棋经》，等等。天长日久读多了，已浸透到血液，活化成细胞，演绎到企业中来了。中毒不浅！

午睡后，马辛雨驱车去了太湖边。每每失意、无聊时，她常来湖边游走散心，一人陶醉于湖光山色，洗刷尘世的烦忧和困扰。

她兀坐太湖石，凝望湖水。深秋的日头像散了元气的恹恹病人，慵懒地悬挂天宇，将日光潦草、零碎地拂照在湖面。东南风暗哑呻吟，似回光返照的老人怀抱对尘世的缱绻，奔向节令的尽处。岸堤芦荻经漫漫寂寞的春夏秋之后，终于将枝头的芦絮熬青成白，朵朵白絮在风中纵情飘飞。湖岸的浅水中矗立着一片杉木林，青葱的叶子嬗变成漫树的赭红，汁液渐渐抽去。要不了多时，待到凛冬的西北风"唰唰"莅临，枝叶将摇落散尽，剩下疏散的枝丫躯干，俨然功德圆满地为树干增添新的年轮。

月盈月亏，春夏秋冬；四季衍变，循环轮回。此情此景令她伤感、幽思。在恒定不变的自然铁律面前，自己实在渺小，实在微不足道。"你，像你娘，太要强了。往后悠着点。"父亲临终前的话在耳鼓响起。想想自己已五十有余，昔日的豪情杀伐已渐行渐远。眼下的她充斥着超脱的虚念，满脑子想着如何清净度日，将身子养好。退一步海阔天空，公司的事任他去操心吧，她不想插手干预，更无力去接管。一切眼不见为净，顺应天意吧。

昨夜，在美国弗吉尼亚大学上学的女儿歆蕊与她视频，邀她去美国。想到女儿，她内心生出一阵愧疚和心疼。女儿孤身赴美留学两年，自己还没去探望过，这是她的大意、疏忽，以前对女儿的关心、呵护委实不够。现在去美国生活一年半载，最适宜她时下心境，一来可以陪伴女儿，二来可以安养身心。她要给自己作物理隔离，屏蔽公司的信息，全身从中隐退，找还自己的一片净土，一方逍遥的乐土。

她获悉，今年的全国电动车行业年会将在南京召开。她想好了，赴美国之前她得参加南京年会，会会客户，聚聚故人，与多年的同行道别，致个谢。从此往后将一切清零，开始新的生活。

南京国际展览中心。步入展厅，人山人海，阵阵声浪排山倒海涌来，嘈杂的人声、扩音机喇叭声、电视机声响，此起彼伏，一浪掩过一浪。摊位上，主持人嘶哑地推介自己的产品，高空屏幕上反复播放公司的宣传片。身着工作服的员工手举企业宣传牌在过道来回巡游呐喊。靓丽的女模特着装性感，身倚展车前搔首弄姿，引来热切的眼球；摄影师的镁光灯"唰唰唰"闪烁不停。各式新潮的车型成百上千，琳琅满目：它们线条优美，色彩悦目，有模拟动物的、飞机的、动漫的，一时目不暇接。浸淫于热烈的氛围，她内心涌动，百感交集。她很清楚，喧闹的背后是企业与企业间白热化的竞争。这是货真价实的实力角逐，是品牌、品质、信誉、价格、技术含量、资金实力的大比拼。眼前的盛大、喧嚣，是由身后各家企业的寂寞与心酸织成。刹那间她几十年的风雨坎坷、酸甜苦辣，仿佛都凝聚在这一刻。她眼里闪过林林总总的同行企业，一会儿崛起一会儿式微，刚刚攀上辉煌的顶峰旋即又跌入萧条的低谷，真是"乱哄哄你方唱罢我登场"……

她悄悄步出了展厅。

8

美国弗吉尼亚州气候温和，天清气朗。这里群山绵延，森林广袤，风光旖旎。初来乍到，她满眼新鲜好奇，周边一切都充斥着浪漫的异域情调。

几个周末，她和女儿游览了弗吉尼亚的爱尔兰贵族庄园，路易斯堡小镇的卡内基演出厅，哈珀斯费里国家历史公园等，她沉浸在异国的历史遗迹和文化胜地之中。她惬意满足，甚至有点乐不思蜀。她鼓励女儿，日后争取拿到绿卡，在美国购置房产，相伴相随，安度余年。

洪英还不时去电话与她聊天，向她倾诉他和企业的近况。

他频频出席各类活动。活动结束时他以企业家代表、社会名流、乡贤的身份，登台为活动的获奖者颁发证书。他沉溺于鲜花、掌声、镁光灯，乐此不疲。

他去了延安甘泉。那儿有他捐赠15万元建造的希望小学。他每年要去看望那些贫穷的孩子。这次他带去了5万元的衣物、书包、文具用品。

新近，郑逸发又进行了人事调动。洪英调至人事科当科长，原人事科长被免职；财务科由原来的副科长接任。

他雄心勃勃，不断开疆拓土，广开财源。国道旁，他租了2000平方米的店面，斥资3000万元，新开一家"河马二手车交易有限公司"，买卖二手高级轿车，并启用欧阳娜娜出任总经理。

上帝欲使其灭亡，必先使其疯狂。对他的所作所为，她报以一笑。

…… ……

去美国后的第五个月。那天，弗吉尼亚还是晨曦微露，她正在为女儿煎鸡蛋、热牛奶，准备早餐。手机唧唧响起。一看，是他，丈夫郑逸发的。一清早打来越洋电话，她一阵紧怵。手机里他说话急巴着，语气粗重，似有回不过神的气息。说了半天，她才弄明，电话是来搬救兵的，他请她回国，河马公司摊上大事了。

她来美国两个月后国内掀起"环保风暴"。七成的烤漆企业治污不合格，被强制关闭，歇业整顿。大多供货商已中止对河马供货。河马公司一半以上的人员回家待命。公司销售额一落千丈，锐减至原来的三成。同时公司的资金链即将断裂，业务几近瘫痪。公司已奄奄一息。

一切出乎意料，又合乎情理。她想。

"哎！真是受任于败军之际，奉命于危难之间！"她嘴唇微微一噘，苦叹一声。

"有些人注定是你生命里的癌症。"突然一个幽暗的念头凌虚而出，她吓了自己一跳，两腿微微抖颤。她默默念叨，阿弥陀佛，阿弥陀佛。

离相

1

我随手翻阅刚接手的 105 号案卷。眼前蹦出被告的名字"张耀奎"，我的心不由得"咯噔"一下。难道是他，我的仇家？从案卷提供的户籍地、年龄、经历等推测，他就是村里那个少年时黄毛卷发，两眼滚圆滚圆，瘦长条子的张耀奎。

我和张耀奎的村子叫张王村。许多年前，在城市化浪潮的喧嚣声里，轰隆隆的推土机铁爪将老宅夷为平地。村庄中矗立起一幢幢整齐簇新的厂房。村里的男女老少作别故土，住进了街镇的安置房小区——香樟花园。从此家乡的模样，只能浮现在梦里：夕阳西坠，广袤田野的尽头，炊烟袅袅；青翠的竹子，高大的榉树、朴树、槐杨树绿荫掩映，数十间黑瓦青砖的平屋隐约相见。张王村不大，仅前后两排，凹进凸出，犬牙交错。张耀奎的屋子在前排，我的在后排，他的后门斜对着我的前门。

张王村只有两个家族，王姓和张姓。不知何时起，王姓和张姓势不两立，老死不相往来。懂事伊始，乡场仿似拳击的擂台，王姓和张姓的两股力量不断亮相、角逐。他们为自留地、宅基地，甚至为稻米柴火的分配、农活的安排、工分的多寡争执吵闹，乃至拔拳械斗。那年我八岁。夏夜炙烫。我端着饭碗，趴在春凳上啜着稀粥。突然一阵骚动，村里人潮水似涌向西边的晒谷场。我丢下饭碗，遽奔过去。叱骂声、呼喊声汇成一片。两拨人胶黏在一起，或拉着衣襟，或扭住脖子，或拽住头发，你推我搡，使拳划脚。争斗逐级上升，有人挥舞木棍，有人手握砖块，有人高举铁耙，干戈相见，肉搏厮杀……夜色黯淡，月影稀疏，我躲在角落远远眺望，有翻滚在地的，有头部汩汩冒血的，有奄奄一息的。惊天动地的厮杀吓得我丢了魂魄，两腿哆嗦。一小时后，大队书记、民兵营长赶来了，派出所的警察也来了。伤势严重的被送往公社医院包扎抢救，王家3人，张家4人。

父亲回到家，嘴里、鼻间还滴着血。他光着上身，吭哧吭哧喘着粗气，气鼓鼓坐着。

"伤着了？"母亲递上毛巾，问。

"不要紧。挨了几记冷拳。"父亲擦着脸，满不在乎地说。

我粗粗阅完卷宗，对案件有了大致的了解。张耀奎身为江南盈发塑化有限公司的总经理，三年前因资金周转不灵，向民间借贷资金110万元，承诺年息一分，借期一年。一年期满，他无力支付利息，更无力偿还本金。最大的贷主李超借给他50万。这是李超积攒的血汗钱，也是他的养老钱。眼见血本无归，李超心急如焚，天天缠住张耀奎，逼他还钱。逼急时张耀奎两手一摊，无奈地说："要钱没有，要命一条。"李超怨气冲天，失了耐心，拔出藏在腰间的小刀，以命相胁。他们互不相让，发生争斗。李超的刀子划破了张耀奎的手臂。张耀奎反手夺过小刀，扭打中，李超的喉口迎上了刀尖，血喷不止，送往医院的途中断了气……

案子寻常，司空见惯。在多年的法官生涯中，类似的案子我遭遇不少。但本案的被告张耀奎是我的熟人，更是我的仇家。仇家落入我手，千载难逢，我嘶嘶冒出快意。案子如何判，我的案子我做主。即使让我回避，官司落入我同事手中，我只要递个眼色，招呼一声，也够他受的。

2

父亲和伯父是王家的核心人物，针对张家的所有计谋，他们是谋划者，是踊跃的参与者。每每黑夜降临，父亲牵上年幼的我，悄悄步出后门，穿过窄窄的土路，去村东的伯父家串门。伯父家的客堂里，人头攒动，挤满了父亲的兄弟们。煤油灯黄晕的点光，闪烁摇曳，斑斑驳驳映照出叔叔伯伯们亢奋的脸。他们嘴里叼着劣质的纸烟，青烟缭绕，逼仄的屋内混混沌沌，乌烟瘴气。烟草的苦涩味呛得我透不过气。他们围坐在一起，喝着白开水，扯谈老空，话题绕不开田里的庄稼、农活、家务。最后的落脚点，却总在数落张家人的破绽和笑料，他们似乎始终在搜集张家的差池，以便找到反击和进攻的契机。

有一天堂叔神秘兮兮地宣布，张耀奎的叔叔张福良和魏晓梅有一腿。魏晓梅的丈夫张晓军在东北服兵役。张福良和魏晓梅常在田间挤眉弄眼，含情脉脉。张福良淫荡的眼神，还有魏晓梅那股骚劲，他俩肯定有暗戳戳的关系。寡言的父亲听后神情一震，脸上块块肌肉抖动，他压低声调说："天赐良机。一旦坐实，那是破坏军婚，得吃官司，坐牢。"

"捉贼捉赃，捉奸捉双。"伯父神情激动，细细关照他的弟兄们，"密切监视，静观其变。"

冬夜绵绵，黢黑沉沉。父亲的兄弟轮流窥视张福良和魏晓梅的动静。那晚，蹲守的兄弟向伯父汇报，张福良去了魏晓梅家。他描述，张福良若无其事走在乡场，来到她家门口，突然踅入，将大门紧紧关闭。伯父闻后，唤来众弟兄，用薄刀撬开后门栓，推开门扉，一齐突入。正在媾合的两人光赤着身子，被生生擒住。他俩被五花大绑，扭送到大队办公室。数月后，张福良以破坏军婚罪被判处有期徒刑三年，押往溧阳监狱服刑。王家人大获全胜，扬眉吐气；张家人丢了丑，失了颜面，他们快快走在乡场，似乎失却了先前昂首挺胸的模样。

两个家族的争斗像小孩的游戏，各自乐此不疲，沉溺其中。可争斗的乐趣无法改变饥肠辘辘的窘境。到了四、五月份，家中米囤已经显底，即将揭不开锅。母亲望着嗷嗷待哺的我们，愁眉苦脸。她让父亲想想法子。晨曦时，父亲起了早，坐轮船去了城里的舅舅家。舅舅在国营糖精厂做厂长。第二天日落西山时，父亲肩背蛇皮袋，踏着轻快的脚步回来。他凝结的眉毛根根舒展，唇边绽出那颗黯黄的虎牙。母亲明白，父亲有了收获。舅舅利用职务之便，批发给父亲10斤廉价的糖精，让他变卖度日。当夜，煤油灯下，父亲舀一碗井水，在蛇皮袋中摸捏出晶亮晶亮的几颗，撒入水中，他喝上一口："嗯，甜，真甜。"随后端碗给我，让我尝。我接过碗，喝上几大口。好甜啊。我吮吮嘴唇，把碗递给弟弟。弟弟捧着碗，咕噜咕噜一阵猛喝，喝完，吐吐舌头，还想喝。

父亲找来一叠旧报纸，用剪刀裁成巴掌大的纸片。母亲一汤勺、一汤勺将糖精舀在小纸片上，父亲将置着糖精的纸片折叠成一小包。夜深了，我开始打瞌睡。昏暗的灯光下，父亲和母亲一个舀，一个叠，直到很晚，很晚……

次日一早，父亲提着盛满糖精的竹篮，步行10多里，悄悄去了外乡。他走村串巷，操着嘶哑的嗓子叫卖："要不要糖精？要不要糖精？一角钱一包。"

贩卖糖精的事很快让张耀奎的父亲张福明发现。原来他在监视父亲的行踪。他去大队、公社作了汇报。那天公社保卫组一群人吆喝着，闯入我家。他们翻箱倒柜，四处搜寻，最后从床底下搜出了剩余的几斤糖精。父亲被关押到公社。经不住审问，他道出实情。那些天，母亲和伯父几乎天天去大队、公社苦苦哀求、认错，请求他们宽大处理。但张家人不停奔走公社，不断控告父亲贩卖糖精投机倒把的罪行。

日落黄昏，我和弟弟坐在门槛，眼巴巴盼着父亲归来。盼啊盼，始终没有盼到父亲的影子。一个月后传来消息，父亲犯投机倒把罪，被判刑6个月，关进了溧阳监狱。

3

自接到105号案子后，少年张耀奎的影子时时在我眼前晃动，挥之不去，无法释怀。我渴望见他一面。这样的念头一天比一天强烈——既是出于对案情的深入了解，更是出于对张耀奎的好奇。

通过电话，我联系上了拘留所。拘留所在城市的东门外，驾车半小时就到。

张耀奎戴着手铐，拖着铁镣，晃着瘦长的身子，蹒跚步入接待室。他耷拉着脑袋，沮丧地坐在我对面。午后的阳光透过窗外硕大的榉树映照在他的光头上，泛出几缕斑驳的青光。他额头和两颊的皱纹像犁出的新土，沟沟壑壑，镌满沧桑。苍白的脸上夹着丝丝的倦意。待他坐定，我做了自我介绍。他漠然地听着，没有反应。

"认识我吗？"

"不认识。"

我惊愕。也难怪，掐指可算，我们彼此已有 30 多年没有照面。当我告诉他，我是当年张王村的同龄人王元根时，他勉强支起眼皮，正面盯着我看上一眼。他似乎认出了我，微微颔首，随后垂下眼帘，默无声息。

"你和李超是怎么认识的？"我发问。

他蹙着眉头，努力地回忆，慢慢叙说。当年创办江南盈发塑化有限公司时，乡工业公司的领导向他推荐了李超。乡工业公司的领导介绍，李超脑子活络，交际广泛，熟人多，人脉广，要是彼此合作当数强强联手，于公司有百利而无一害。他听信了乡里领导的话。当时李超拿出 10 万元的资金入股，出任公司副总经理。起始几年，公司效益不错。每年李超分得 8 万、10 万元的红利。近些年政府对环保要求抓得严，环保部门对江南盈发塑化有限公司屡屡提出整顿要求，勒令达标治理。生产受到严重影响，公司连年亏损。眼看江南盈发塑化有限公司这艘航船即将沉陷，李超迫不及待向公司提出退股。他私下请人估算，按照股本他的股权价值 100 万元。

李超要求退出公司，张耀奎求之不得。在长期的合作中，他对李超的自大自负、无所事事的做派早已厌烦。只是公司一时资金紧张，无力支付现钞。双方讨价还价，最后商定公司以向李超借贷 50 万元的形式，双方签订了一份"借款协议书"，借期一年，利息 1 分。

让我惊讶的是，他的说法和案卷多有出入。我要他谈谈发生冲突时的现场情况。他的神色颇为激动，眼中含着几丝怨愤。

那阵子，李超天天去公司要钱。张耀奎走到哪他跟到哪。张耀奎去吃饭，他跟着去吃饭；张耀奎去上厕所，他跟着去厕所。公司来了客人，他当着客人面与张耀奎纠缠，客人被一次次吓跑，到手的生意都成泡影。那天，他实在忍无可忍，朝李超两手一摊："要钱没有，要命一条。"此话激怒了李超。李超从腰间拔刀向他威胁。一旁的张耀奎妻子见他动刀，冲上前扭住李超的手臂，想从李超手里夺刀。李超挣脱她的手，对张耀奎挥舞着尖刀。躲闪中，张耀奎的手臂被尖刀划破，鲜血汩汩。张耀奎急红了眼，一个猛扑夺过了尖刀。李超向张耀奎反扑，脖颈迎上了刀口，刺中了大动脉……

"杀人得偿命，"我试探地问他，"你知道吗？"

"嗯。听天由命吧。"他木讷地回答。无神的眼里暗淡无光。

"要不要换法官？"

"无所谓。"

张耀奎有点破罐子破摔。他的神情似乎在告诉我，他心似枯木，万念俱灰。

4

"哎——"长长的叹息声，间或从屋里发出，那是母亲在哀叹。父亲关进大牢，沉重的农活和家务，落在母亲一人的肩上。平日里张家女人在背后指指戳戳，冷言冷语。她们在数落母亲，讥讽母亲。母亲失却了先前的笑容，整日愁眉苦脸。我似乎比以前更勤快。我尽力多干活，多做家务，我想替母亲多分担一些，也让自己踏实一点。班级的伙伴对我白眼相视，他们疏远我，孤立我，甚至当面挖苦我，奚落我。我好似坠入漫漫深渊，眼前漆黑茫茫。我郁郁寡欢，话少了，性格渐渐变得沉闷内向。一到晚上我关上大门，但眼前还是鬼影幢幢，耳中充斥各种怪异的声响。我的心理变得脆弱敏感，外界一丁点的风吹草动，胸中就会掀起巨大的波澜。我惴惴不安，寒寒窣窣，像白天日光里的小鼠。

母亲告诫我，远离张家人，不要招惹他们，特别是张福明一家。父亲入狱后，我几乎夜夜做噩梦。那个高大魁梧，有着鹰钩鼻、鹞子眼的男人常光顾我的梦乡。斜对面的张家，晦暗的屋子里逸出张福明鬼鬼的眼神，附着阴厉的气息、冷鸷的脉动。在村头远远望见他，我就像老鼠见了猫，慌忙绕道避开，躲得远远的。田埂上相遇，我垂着头，呼吸加重，心噗噗直跳，擦肩而过便落荒逃窜……多少回，他满脸狰狞，掐住我的喉咙。我无法透气，脸憋得通红。窒息的瞬间，我从梦中惊醒，发现原来是噩梦一场。

孤独、恐惧一天天堆积，渐渐转为仇恨。我的心变得粗粝，心里似乎除了仇恨，再也装不下其他。我得知张福明在操练他儿子张耀奎，指挥儿子击沙袋，举石担，耍石锁，使拳击。他在未雨绸缪，磨刀霍霍。我分明感觉，他针对的是我家。不，是针对未来的我。我心中阴翳密布，鼻翼间充斥着硝烟味。我的眼前不时闪出那张堆满奸邪的脸，如同毒蛇恣意吐出信子，咄咄逼人。我的心冰凉冰凉，仇恨攫住了我。我恨张姓人家，更恨张福明一家。夜深人寂，我躺在床上，种种虚妄的念头水泡似泛出，萦绕在脑海。我发着毒咒，诅咒他家遭遇灾祸，受到天谴：雨天遭雷劈，夜间碰上鬼，过桥掉河里，下田被蛇咬，房屋让天烧，家畜得瘟疫……

农闲的午后，乡场上时有悠扬的声音从空中飘来：

"豆腐花，豆腐花，五分钱一碗。"

"破布头、肉骨头，旧塑料、旧鞋子，换糖吃。"

村里人听到唱卖声，立地循声而去，前往围观。

那天，村里来了一个头戴草帽、肩挑两只大竹篮的老头。他拖腔拉调，如唱似唤："谁家有鸡黄皮、甲鱼壳——废铜烂铁、旧电池——出卖？"

我走近老头时，好多村人围住老头，仿似在看西洋镜。我听到了下面的对话。

"废电池多少钱一节？"

"2分钱。"

"废电池收去派啥用处？"

"废物利用。最紧要的是避免毒污染。"

"废电池有毒？"

"毒大呐。干电池内有许多毒金属，一节干电池可以污染一口井。"

他们的对话嗞嗞飞入我耳朵，沁入我心间。归家的路上，声音似乎还在我耳鼓作响。我反复咀嚼他们对话的含义。

5

按法理推断，本案属因经济纠纷引起的争端。那把尖刀——致命的凶器，由李超携带，且是李超先动的手。就事论事说，张耀奎主观上没有杀人动机，属正当防卫，过失杀人。我反复比照法律条文，努力寻找判案的度衡依据。根据现有判案经验，对张耀奎量刑的尺度，不同的法官会有不同的结果。可判一年二年，也可判五年至七年。怎么判，我踌躇不决。我的心荡着秋千，上下摇摆不停，我处在公与私、情与理的矛盾交织中。

去拘留所的当晚，我失眠了。我的心湖起了涟漪。原以为张王村昔日的恩怨，张家和我家世代的刻骨世仇，张耀奎应该铭记。他竟如此淡漠，记忆薄寥。他是在佯装，还是在刻意淡化，麻痹我？但似乎又不像。我脑中一片糨糊。我怔怔忡忡，对着案卷发呆。我想探明张耀奎的思想，更想厘清自己断案的思路。思虑再三，我拿定主意，得找他妻子聊聊。

通过张耀奎的辩护律师，我将张耀奎的妻子夏淑惠唤到了法院。夏淑惠，安徽人，穿着青色的劳动服，一头短发，大眼睛，乌黑的眼珠间透着光亮，给人朴素而诚实的感觉。

我还没开口发问，她便诉说出事后公司的遭遇。厂里的冰箱、电视机、空调、椅子、凳子，凡是值钱的东西，都被李超家人洗劫一空。办公室被砸个稀巴烂，一片狼藉。公司的窗玻璃被砸得粉碎。传达室的床板、棉絮被点燃后付之一炬。她呜呜抽噎，泪水掩满面颊。

　　我让她说说丈夫张耀奎。她擦去脸上的泪，徐徐叙述。

　　她和他是在深圳打工时认识的。那时她在深圳一家服装厂做缝纫活，他在电子厂当搬运工。经人介绍，他们开始认识、接触，不久恋爱。恋爱中，张耀奎常向她述说他的遭遇。自丧父失母后，他沦为孤儿，和外婆相依为命。进入初中不久，唯一的亲人外婆也离开了人世，他失去了生活的依凭，只得辍学回家，开始向社会讨生活。先是摆地摊卖服装，服装都是去常熟服装市场批发的。后来改去广州进货，买卖电子手表、皮带、领带、蝴蝶结、发夹、服装等小商品。有一阵市场整顿，工商人员不准他设摊，文化不高的他只得去一家镇里的纸箱厂。但纸箱厂的人嫌他力气小，干不了重活，不久将他辞退。听说南方好挣钱，他随人去了深圳。他们恋爱后，每月花 600 元租住在当地的农民家。那时候他们常以馒头、方便面度日。饭桌上几乎不沾荤腥。他们有时去菜场买一把青菜，掺在方便面里煮着吃。发了工资，他舍不得花，疯狂攒钱，他说要为婚后着想。五年后两人的存折合起来有了 20 万元，他们双双回到家乡，办起了眼前的公司……

　　听着她含泪叙述，我的心有些隐隐作痛。我无法想象，他和她的遭遇竟如此坎坷和辛酸。

　　我问她："以前张耀奎有没有提及张王村的事情？"

　　"什么事？"

　　"王家和张家打闹争斗的事。"

　　"没，从来没有。"

　　我有点惊怵。但从他妻子的口中，我似乎找到了他遗忘的缘由——村里那些往事或许早已被生活的沉重和磨难湮灭——或许已被茫茫的苦水冲刷得一干二净。望着张耀奎妻子那张干净的脸，我的眼前浮现出张耀奎忧愁痛苦的脸蛋，那两节废电池如阴翳般重又附在我心头……

6

念念不忘，定有回响。我仿佛找到了复仇之路，干电池成了我弓上的毒箭、枪盒中的子弹。我从父亲的手电筒内，挖出两节一号电池。

夜晚漆黑，阒寂一片。我蹑手蹑脚，步向张耀奎家的水井。他家的水井在他家后门的西南角。我心怦怦跳跃，攥住电池的手冒着虚汗。我靠近井口，将电池扔入。"扑通"一声，从井底轻轻传出声响，我做贼一般飞快溜回家。

我开始祈望，盼着张家倒霉的日子来临。一周、两周，一个月、两个月，日子悄然隐去。可我的仇家还是活蹦乱跳，活跃在乡场。暑假过后，张耀奎转学离开了村校，去了街镇的中心小学念书，住到他外婆家。久久不见动静，我懊恼、烦躁，怀疑自己上了当。收旧货的老头在诓人，我的心思枉费了！

一年之后，村里爆出消息，张福明老婆得了一种怪病。她面孔蜡黄，肌肉萎缩，四肢无力。病急乱投医，她去了乡医院、县医院、市医院检查就诊，但查不出子丑寅卯。又过数月，张福明也病了。村里人说，他双腿疲软，说话结巴，脸部表情麻木呆板。有一次我远远望见，他失去了先前的威风，怏怏走在乡场，两腿战战兢兢，双眉紧蹙，瘦削的脸更显阴沉……

我终于为王家雪了耻辱，出了恶气，也为父母报了一箭之仇！我欣欣然，兴奋，得意。数月之后，持续喝着井水的张福明夫妻病情加重，开始恶化。先是他老婆死去，接着他自己命归黄泉。对他们的死村里人感觉蹊跷，他们得的什么病，会不会传染？猜疑的脸上满是紧张和惶恐。张福明夫妻出丧时，张家的亲戚、族人哭哭啼啼，沉浸在悲恸之中。我呢，一人躲在角落暗暗发笑、庆贺。

高兴、得意很快消失，我又陷入极度的紧张不安之中。内心的秘密像一块巨石压在心盖，我焦虑，恐惧。冷不丁，各种虚念噌噌冒出：是我亲手将他们杀死，他们在阴间会不会报复我？囚在心里的秘密会不会穿帮？一旦穿帮我要不要偿命？我心事重重，脸上没了笑意，我仿佛成了一个少年老头。我又开始夜夜做噩梦。我常常被"滴呜滴呜"的警车鸣笛声惊醒，我梦见警察开车来抓我……

村庄开始拆迁。一切化为乌有，连同张耀奎家的那口水井。小学毕业，我进入了镇上的中学念初中，和张耀奎同在一所中学。偶尔，校园瞥见，他还是瘦削，圆睁的眼珠从眼眶里凸出，细长的个儿摇摆着，仿佛要被风刮倒。他总是独往独来，怏怏垂着头，从不和同学搭腔……第二学期起，我再也没遇见过他。我心生纳闷，对他的去向作着种种的猜想。

后来我念了高中，毕业后考取本省一所重点大学的法律系，就读法律专业。四年后，我分到市中级人民法院当书记员，不几年升为审判员。时光悠悠，生活安稳，日子清欢。对当年村里那些陈芝麻烂谷子的事，我索然寡味。渐渐，我几乎遗忘了村里的一切……

7

经熟人介绍，我找到了江南盈发塑化公司的职工老刘。老刘今年56岁，肌肤黝黑，脸上刻满波涛般的皱纹，他看似有65岁，与实际年龄不般配。建厂伊始，他便在张耀奎公司做操作工。我找他询问张耀奎的情况。他却一脸为难，露出似乎无从说起的憨笑，那憨笑含着农民式的质朴和狡黠。我们的交谈只得以我问他答的方式进行。

"张耀奎对你们工人好吗?"

"说不上好，也说不上坏。工资年年结清，从不拖欠。但他很小气，这些年很少涨工资，交社保也是近两年的事。不过工人遇了困难，或者出工伤，他会主动带上水果、少量的现金去慰问看望。"

"他公司经营得如何?"

"上班纪律特别严，谁要是迟到早退，他会骂娘，骂得很凶。要是谁工作捅娄子，比如产品质量不合要求，他就扣谁的奖金，五百一千地扣，丝毫不留情面。他平时沉默寡言，铁板着脸，工人都怕他。"

"经营上有违法乱纪的事?"

"这是内部的事，工人哪会知道?!"

"他和李超相处得怎样?"

"刚开始两人关系很铁。后来听说两人有了矛盾。李超常在背后使小动作，说公司的坏话。一会儿说公司偷税漏税，一会儿说公司排污不达标，夜里将污水偷排河里。公司常被举报，人们都说是李超干的。"

8

秋日的江南天光和润，清风徐徐。辽阔的天幕瓦蓝瓦蓝，浮着的棉花云如纯洁的少女，娴静而优雅，灵动而温润。那天我去乡镇办事，路经香樟花园小区，顺道探望了年迈的父母。

香樟花园小区是最早的拆迁小区。时光荏苒，20多年过去了，小区尽显沧桑破败。涂料粉刷的外墙水痕缕缕，脱落的墙皮坑坑洼洼，像患牛皮癣的肌肤。正对大路的空旷地上杂草丛生，随处抛着塑料袋、饮料瓶、废纸。空地中央有一个简陋的凉亭，亭子的六个柱子由水泥浇制而成，表面的红漆大半已脱落。几棵硕大的香樟树挺立在附近，枝叶繁茂，亭亭如盖，散发出勃勃生机。阴翳的亭子内，聚坐着几位老人，笑呵呵，神态悠闲，捧着茶杯在聊天。

我瞥见亭子里父亲的身影，走上前，招呼父亲。父亲见了我，起身随我回家。我问他和谁在一起。他报出了同村老人的名字，有王姓的、张姓的，一连串。他的介绍，唤起我对他们的模糊记忆。父亲和张家人亲密无间、热乎聊天的情景，让我心里起了疙瘩：何时起，他们已相逢一笑泯恩仇了？

饭桌上，父母谈笑风生。母亲不停地替我搛菜。我指着桌上的长豆、茄子不停夸赞，那些蔬菜特别上口，不像平时我吃到的一般生硬、寡味。母亲说，那是村里张家伯母送来的。她在小区外的空地上自己种的，不施化肥。接着，他俩唠唠叨叨，扯起了村里的事。

"听说张耀奎出事了。好端端的厂子给毁了？"父亲说。

"哎，那小子不容易。爹娘死得早，从小吃了不少苦头。"母亲附和道。

我借机问父亲，当年村里张、王两家为何斗得如此凶残？

"哎，当时穷，眼皮浅，容不下人。现在想想，多无聊。"父亲沉沉地说。

父亲的话出乎意料，令我瞠目。我顿时感觉口里的饭菜没了味。我呆呆望着父亲凝重的脸，努力琢磨他话里的意味。而那一刻，张耀奎那张痛苦的脸又在我眼前晃动……

9

第二天上班，我去了法院分管副院长的办公室，我向他提出回避 105 号案子的请求。我向他陈述回避的理由后，他同意了。

开庭那天，我坐在法院的监控室，盯着法庭的现场视频。整整四个小时，我一刻也没有离开自己的座位。

黑车司机

我所住的锦盛花园是个老小区，它的前身是一座村庄和一个家具厂。多年前，当地掀起大拆迁、大开发热潮，村庄和家具厂地块很快被政府列入拆迁开发的计划。有位房地产老板实地来勘察，身边带着一位看风水的先生。风水先生手持罗盘仪，东测测西望望，竖起拇指夸赞这块地的风水灵：东南方开阔无阻拦，东南风常年频频吹，紫气从东来；东南西三面环小河，小河是活水，溪水潺潺财水滚滚至；北面隆起的土冈像一座小山，地势高，俗称背后有靠山。风水先生一番话让房产商顿时动了心。房产商与政府洽谈签约买下这块地，两年后盖起镇上第一个商品房小区锦盛花园。锦盛花园的大门朝西开，开发商在小区西边小河架起一座水泥桥，经小桥由一条石子路通往外界。

我入住小区后，生活还是顺着原来的轨道走：吃了早饭去上班，下班回家买菜与做饭，晚饭后或看电视或阅读，日子庸常与平淡，似乎没有察觉小区的风水究竟有多大的妙处。住久了却发现小区有一个明显的缺陷：小区地处偏僻，四周没有公交车，出行交通实在是个麻烦。有时要紧要慢去市区，只有华山一条路，而且只能打的，坐出租车。出租车一般很少进小区，它像小孩喜欢往人多热闹的地方凑。从小区去热闹处需步行 30 分钟，赤手行走不要紧，要是提了笨实的东西走这么长的路，常常是气吼吼，喘吁吁，有上气不接下气的感觉。后来手机推出呼叫出租车的功能，只要拨通 88008800 的电话，告知你所在的位置，附近的出租司机会立马赶过来接你。自从有了呼叫出租车的功能，感觉外出痛快了许多。但要是傍晚 4 点半到 6 点时呼叫出租车，依旧很不爽。因为这个时段，白天做生意的司机与夜班的司机要交接，而出租车用车正值高峰期。那次我去参加市里的饭局。饭局安排在市区的运河饭店，被邀请者都是有头有脸的人物，时间定在晚上 6 点钟。我心里盘算早点出发可以早点到，去迟了别人都到齐，众目睽睽下自己姗姗来迟，面子上搁不下，还生怕他人说我架子大，不尊重人。下午 4 点半，我便开始拨打 88008800 的电话。真不凑巧，要么是电话里发出嘟嘟嘟的忙音，要么是传来"你的周围没有出租车"的回话。我呼了一遍又一遍，千呼万唤始终没把车子呼来。我一时心头急，火燎燎地急。

四处张望，瞥见小区门口不远处停着一辆"捷达"小汽车，车旁站的是司机。我上前与司机搭讪，问他：愿不愿意送我去市里？他爽快地答应：可以，价格比照出租车计算。走，我挥挥手，坐上副驾驶的位子，呜地一声去了城里。赶到运河饭店时，我看了看手表，正好 5 点半，与我的心里预期蛮般配。上车时司机递给我一张名片说：我姓于，今后用车只要打我的手机就行。我猜知他开的是黑车，专做拉人接客的生意。接过名片我将他的手机号储存在通讯录。我抬眼向他望了望，于师傅长得五黑楞登，理着个小平头，粗壮的发茬根根竖直，阳光下头皮一闪一闪泛出青光。他看似年龄近 60 岁，实际只有 48 岁。他的老家在安徽六安，来锡城足足有 8 年。

自从结识了于师傅，我用车利索了不少，也方便了许多。外出有事只需一个电话，几分钟后"嘟嘟"的喇叭声响起，于师傅的车已候在家门口。我父母年过七十岁，随我一起住小区。间隔时日他们牵念我姐姐，嚷嚷着要去姐姐家探望。姐姐家住在几十公里外的小镇。以前父母坐公交车前往，路上要换乘几趟车，七转八转要耗上两个时辰，特别是路上的安全让我牵肠挂肚放不下心。认识了于师傅，我只要用手机与他预约好，到时到点他开车来接父母，既快又安全送他们到姐姐家，免去了我的心病。

几次坐于师傅的车后，彼此显得很热络，说话也较随意。他心里掖不住事，将他的经历诉给我听。他住在不远的村庄，住房是租的，每月租金三百元。因为村庄环境差，没有卫生设施，本地人待不住，都买了商品房举家搬住到外面，他们将老屋廉价租给像于师傅这样的外来打工者。村里人说屋子出租后开窗通风晒阳光，可以延长它的寿命，家里还可额外增加几百元的收入；还说老屋得有人住，住了人便有人气，贮满人间的气息，证明屋子还活着。8 年前于师傅扔下一双儿女在老家，自己带上妻子一起来打工。于师傅和妻子小学没毕业，文化低，不懂技术活，只得做苦力。他俩一起进了镇里的日昌盛染织厂，他做搬运工，妻子在车间三班倒。夫妻俩工资加起来只有五千多。老婆生日的那天，于师傅提议去路边店为妻子过生日。妻子心疼钱，娇嗔地说：你有这份心思就好了，不如我去菜场买些食材自己烧，既便宜又划算，照样可吃得顺心遂意。于师傅很丈夫，很绅士，坚持着对妻子说：生活要有点仪式感，生日一年只有一次，你辛辛苦苦忙乎一年，该舒舒服服坐着吃顿现成饭。妻子拗不过他，只得随他去饭馆。他们沿街面一边走一边放出眼光找饭馆。路上途经七八家饭馆，他们都不中意，不是妻子埋怨饭馆档次高，太浪费，就是丈夫嫌弃饭馆档次低，脏兮兮的不干净。到了街末梢，终于发现一家"徽菜馆"，进去一了解，原来是安徽六安老乡开的店。客人大都是老家的人，老乡见老乡，两眼泪汪汪，彼此心理距离一下贴近了许多，心头涌出暖乎乎、沉甸甸的感觉。两人坐下，点了几道家乡菜，臭鳜鱼、徽州一品锅、虎皮毛豆腐等。店里的生意分外好，一会儿工夫桌面翻了好几回。于师傅却纳闷，这里的菜肴味道很一般，很普通，该咸的菜却淡如水，该清淡的汤却又咸又油腻。于师傅知道所在的镇是闻名的染织之乡，大大小小有几十家染织厂。厂子里干重活粗活的工人大都来自四川、苏北、安徽等地方，而安徽老家的人最多。夫妻俩回家一合计，动起了开饭馆的念头。于师傅庆幸自己花二百多元钱替妻子过生日，却催生出赚钱干事业的灵感。他觉得这顿饭吃得有意思，有价值。两人一时很亢奋，情绪特别激动，睡不入眠，干脆躺在床上给未来的饭店取名字。妻子说：店名须简单直白，念起来上口，记起来方便。她取的名叫"安徽菜馆"。于师傅说："安徽菜馆"好是好，就是缺少感情的色彩。于师傅想了两个店名：一个叫"老乡饭馆"，一个叫"老家人饭馆"。妻子听后夸他说：好，好。你取的名字就是好，有文化有内涵，而且一下子将客人的情感距离拉得很亲近。两人拍手一致同意叫"老乡饭馆"。妻子赞扬的话让于师傅受了宠，一个激灵搂住妻子，痛痛快快行起了夫妻间的事。

　　于师傅风风火火筹备起饭馆的事，租店面、装潢布置、买厨具、申领执照，最后两人去医院作体检领了健康证。三个月后，

"老乡饭馆"开张，爆竹声声里他把熟悉的老乡都请到饭馆来聚宴，老乡们捧着花篮和匾额来贺喜，气氛热烈，场面够气派。"老乡饭馆"规模小，置有5个小包厢，1个大包厢。它是典型的夫妻店，于师傅负责买菜、配菜、烹制当大厨；妻子既当服务员又兼做会计，负责拣菜、招揽客人、端菜、收盘子和结账。夜晚生意结束后，老婆从抽屉掏出一大叠花花绿绿的钞票，于师傅顺手拿起一张百元的纸币，摸一摸，捏一捏，脸上绽出惬意的笑颜，所有的疲劳都消失。月底盘账，除去水电房租等成本，盈利超过3万元。这辈子他们从没赚到过这么多钱，两人插上想象的翅膀，开始筹划美好的未来。他们设想将钱攒起来，三年两载后买一套小户型的商品房。到那时将女儿、儿子从老家接过来，一家人可以融融泄泄、和和美美过上甜蜜的小日子。

俗话说人事难料，世间万物充满着变数。个人的盘算远远赶不上时势的变化，形势的发展总比老百姓的计划跑得快。"老乡饭馆"开张才几月，于师傅接到政府有关店面拆迁的通知书，"老乡饭馆"的地块要筹建一个商业综合体。他懊恼又后悔，埋怨自己当初太心急，太鲁莽，怎么没有摸清底细草率决定投资开饭馆？转而一想又觉得不对，他一个打工的怎么能知道政府的规划？世上没有后悔药，政府的事是压倒一切的事。胳膊扭不过大腿，他只得捏捏鼻子咬咬牙，口含苦水往肚里咽，将一大堆的锅盆碗瓢勺凳子椅子搬回出租屋，关了店门歇了业。断了赚钱的门路，夫妻俩唉声叹气干瞪眼，四只眼睛你瞪我我瞪你，从早瞪到晚，瞪得头皮发麻，心发虚，人发慌。妻子提出要重操旧业回厂子去打工。于师傅却不同意，厂里活计重，累死累活挣的钱都落到老板的腰包，这辈子他不愿再为他人做嫁衣。他毕竟是开过饭馆做过一回老板的人，尽管饭馆只有两个人，但两个人的老板同样也是老板。做了老板就是见过世面、阅历广的人。于师傅琢磨，人分三六九等，活计有三百六十行。什么人对应干什么活。老百姓掰开眼睛要穿衣要吃饭，抬起腿要行路，困了要睡觉，不管将来形势如何变，不管社会过了一千年还是一万年，衣食住行永远是人间头等重要的事。像他们这样没文化没技术的人，就得在衣食住行里觅生计。

　　于师傅去街边铝合金门窗店定制了一个摊铺，摊铺的底部嵌着四个小滑轮，左右前后可移动。摊铺上半身是玻璃和铝合金框围成的三面封闭的凉棚，可挡风来可遮雨。他在玻璃上贴上金光闪闪醒目的魏碑字："百姓早餐店"。他戏谑妻子：这是为你量身定做卖早餐的大篷车。你现是老板，世上最小的老板——一个人的老板。妻子脸上呈出羞报，说：你别臭美，不知往后生意怎么样。凌晨4点半，妻子起床点火蒸馒头、煮米粥。清晨6点太阳刚露脸，她将几蒸笼热腾腾的馒头、一大锅大米粥放到摊位，捎上隔夜煮好的茶叶蛋、批发来的袋装牛奶，迎着晨曦吱吱嘎嘎推着摊铺去叫卖。她的摊铺摆在工人上班必经之地的马路口。买早餐的大都是懒得做早饭的小青年。骑着自行车、电动车的上班族一波来了一波去，她整整忙乎两小时，卖完早餐又吱嘎吱嘎推着摊铺往回走，每天可挣两百多元钱。不久几个城管来到她摊位前，吆五喝六来训斥，不准妻子经营早餐，说是要创建文明卫生城，设摊叫卖不雅观、不文明，有碍市容和风化。妻子面临第二次失业，无奈中于师傅找了熟悉城管的老乡，让他带上两条烟去说情，请求他们多关照，手下留情放他们一条生路。接下来城管见了妻子的摊铺，睁只眼闭只眼不再去查问。但过了一个月他们又要来驱赶，于师傅只得又请人去说情。于师傅渐渐摸索出规律，每临月底他掏钱买两条烟抱着去"孝敬"，他妻子的生意才得以安顿。听完他叙说，我为他的遭遇叫屈鸣不平，露出忿忿的神色。他却淡然地说：社会就是这个样子，人人都很现实。不送，他们就来搉。

于师傅呢，自己买了一辆银白色的"捷达"小汽车，做起拉客开黑车的生意。他告诉我，现在百姓口袋里有钱，好多人买了私家车，加上市场上黑车多，生意刚起步时很艰难，客户稀少，生意较冷清。但他靠价格公道讲诚信赢得客户的心，渐渐积累起人脉，生意一天天地好转。他总结出生意的秘诀，做生意就好比滚雪球，雪球滚啊滚，越滚球就越大。但他也有苦衷，开黑车政策不允许，间隔时日政府要来取缔和打击。交通局运管处经常派人来暗访，甚至还玩起"钓鱼执法"的花样。一旦抓住被查实，处罚的力度可不轻，扣车不说还要罚款五千元，五千元可不是小数目，相当于他开黑车一个月的盈利。一次他送客人去城里的小区。为让客人少走路，他把客人送进小区，却被守候的运管处的人逮个正着。运管处的人问客人和于师傅是啥关系。于师傅原先与客人串通好，说彼此都是朋友。但遇到运管处的人盘问时，客人却出尔反尔不吭声。客人不吭声，于师傅再吭声都没有用。客人不吭声，等于默认彼此不认识，彼此不认识就是违规拉客开黑车。客人扔下他拍拍屁股走了，他却倒了霉，扣车一个月，罚款五千元。我一时厘不清个中的道理，哼哼哈哈不痛不痒劝慰他：有些事看似合理却不合法，有些事看似合法却不合理，总之我已享受到坐你车的益处。出于对他的关心，我劝诫他以后接生意要机灵些，看准人，不能拉着黄牛就是马，见了客人都往车里拉。

时间长了我发现，于师傅出车有拖沓爽约的现象。约定的时间到了老是不见他踪影，急性子的我只能心焦心慌地等待。见了面我免不了埋怨他，责怪他。他红着脸，默默低头不作声。再三盘问，他支支吾吾辩说，接我电话时他在送客的路上，他面子薄怯人情，不好意思回绝，又想多揽生意，便承诺我出车。但遇到路上堵，他就无法准时来接我。我苦笑着，对他说实话：你若有客人生意忙，理应回绝我，千万不要讲情面，我不会计较的；你若开车赶时间容易出车祸，不能死要面子活受罪。

春节前我问于师傅要不要回老家去过年。他说：要的，顺路带个客户回老家。好几个月没见到父母，心里老惦记着。父母拉扯我长大不容易，至今我没好好回报，心里老是觉得有愧疚。春节时彼此能见面，陪父母吃吃饭，唠唠家常嗑嗑话，心里有一种说不出的安慰与踏实。谈到他父母，他好似打开了话匣子，絮絮叨叨的，话特别多，舌头像机器加了润滑剂，转动起来轻盈又灵活。

春节过后于师傅来电话问我晚上在不在家，他带了些土产要送我。我一阵紧张，怎么好意思拿他的东西？我赶紧回绝他：老于，别客气。我家里什么都有，你还是留给自己吧。晚饭后于师傅还是开车兴冲冲送过来。他拎着一只老母鸡、一大扎粉丝、10斤菜籽油，神情腼腆地对我说：谢谢你，一直照顾我生意。这些都是老家的土产，你吃着放心。母鸡是我母亲养的，粉丝是用老家的山芋粉制成，菜油是自家的油菜籽榨。说完话，他显得很满足，傻傻地站着，憨厚朴实得像田野站立的一棵红高粱。

去年5月，我接到于师傅的电话。他平时很少给我通电话，见他的电话，我心里猜测准有事。果不其然，电话里于师傅着急地对我说：我家小子马上小学要毕业。我想让他念本地的初中。但我一个外地人，人生地不熟，两眼一抹黑。只得找你来帮忙，请你想想法子，帮助解决小子读书的困难。电话中他还告诉我，附近的学校他都去询问过，他们的回答都一致，都说外地小孩进本地学校读书，要符合几个条件：要有公安局出具的暂住证，父母与用工单位签订的合同，父母交的社保基金等凭证。这些条件虽然人性化，但他和妻子都是单干户，一个开黑车，一个卖早餐，都不在厂里打工，明显不符合入学的条件。

我曾听他说，他家男孩小学五年级时从安徽转入本地，读的是民办的小学，成绩在年级里属中等。但民办学校的教育质量差，比公办学校差了一大截。我曾与他探讨，建议让他小孩回老家读初中，初中毕业后不一定上高中考大学，让他考个职业类高中，日后就业容易，方便找工作。但他说，小孩学习成绩是其次，当下关键是小孩不能走歪路、走邪路。听学校老师讲小孩就像车间里的产品，品德好、成绩好是正品，品德好、成绩不好是次品，品德不好、成绩不好就成了废品。男孩放在老家没人管，一旦沾染不良习气或轧坏道犯了什么事，那将毁掉孩子的终生。我想想也是，这个年龄段的孩子属于人生的青春期、叛逆期，他们的人生观、价值观还未定型，容易偏激走极端，一旦误入歧途将是生命不可承受之重，对小孩、对于于师傅一家无疑是灾难，万劫不复的灾难。

帮，还是不帮，我陷入了矛盾和纠结中。帮他吧，学校班级名额有限制，他的小孩获得了学籍就得挤掉别人家的小孩，既违反政策又助长不公平。不帮吧，自己情感上过不去。那时正好读到一段文字，说因为富裕阻止了我们向下的想象力；因为贫困阻止了我们向上的想象力。对于老百姓的苦处、难处，要不是与于师傅交往接触，我坐在办公室是想象不出的。也许别人不了解于师傅，但他的处境、他的底细我最清楚，最明了。要不是他陷入绝望的境地，他也不会来找我帮忙。

那阵子于师傅苦兮兮满含焦愁的脸孔一直在我眼前晃动，于师傅的事仿佛成了我的事，他的心病好像植入我体内，成了我的心病。他频频来电话，发短消息，苦苦求我，催我去见校长。有次饭桌上我遇见了校长，我赶忙走过去打招呼，套近乎。觥筹交错酒过三巡后，桌上的气氛顿时活跃了许多。我端着酒杯来到校长身旁敬酒，校长一口干掉杯中的红酒。趁着酒兴我挽住他的手一同走到角落处，附耳将于师傅儿子上学的事告诉他，请他通融通融收下师傅的孩子。校长没犹豫，爽快地对我说：你将小孩的情况编个短信发给我。到时学校电话通知他，让他去教务处报到。听了校长的话，我缓了一口气，浑身上下轻松了许多。我仿佛为自己的小孩解决了上学的困难，心里别提有多高兴。校长与我相识已多年，看来往日的交情还不浅，彼此的情义尚存，我一时感到自己特别有面子。

开学后又遇见校长，我再次向他表达内心的感激。校长笑眯眯地告诉我，小孩的班主任向他汇报，那小孩不是于师傅家的，是另一个女人的……

沧浪之水

1

夜幕下的操场，退去了白日的喧哗，悄然静谧。墙外黄晕的路灯光斜照在跑道，留下黑影幢幢，斑斑驳驳。一个矫健的身影在狂奔，由远而近，又由近渐远。

她，罗嘉懿，本校的英语老师。都知道，她每晚第一节自习课结束，照例来操场跑步。她给自己立了规矩，每天跑20圈。

今晚她一口气跑了22圈，但还没有停歇的念头。虽然白天搁下一大堆学生的作业还待批阅，明天的课还没准备。而眼下的她像一台不会衰竭的永动机，体内噌噌不断滋生着新的能量，两手前后奋力挥动，双腿蹬蹬有劲道，节奏轻松明快。不知疲倦地奔跑，向前，向前。

她在倾诉、发泄，为他，也为进校两年来所有的别扭、委屈、困惑、焦虑、矛盾。今晚她似乎得借助跑步，要将一切的不愉快，所有的烦恼，统统踩在脚下，让它们消亡，将它们埋葬。就像儿时的恶作剧，将伙伴家的青菜割下扔地上，用脚使劲蹬几蹬，旋几下，菜叶成稀巴烂，足底洇出一坨青泥。

白天她和他——她的男朋友林梓涵——大吵了一通。

她和林梓涵是省城师范大学外语系的同学。两年前大学毕业，他随她一起来滨湖中学执教高中英语，担任班主任。上周末，他率领班里 45 名学生去杭州春游。他邀请了学校的吕校长，以及他班上几个任课老师一同前往。

他们参观了杭州湿地公园、浙江大学等地，然后在西湖、灵隐寺一带游览。一路上他围着吕校长转，形影不离，为他点烟、递茶，饭桌上还不停为他搛菜、盛饭。

那晚他们下榻在市里的桔子酒店。安排住宿时，林梓涵让老师学生都住一楼、二楼的房间，吕校长住五楼，单间；化学老师单小琴也住五楼，单间。

吕校长平时对单小琴呵护有加，眉来眼去，两人的关系暗戳戳——这是公开的秘密。

见林梓涵如此这般，几个老师便凑在一起嘀咕、揶揄：他虽是外地人，年纪轻轻，处事老到，八面玲珑，日后定是做领导的料。教语文的韩老师年过半百，看似懵里懵懂，于事分外敏感，在旁不冷不热阴了一句："如此露骨，简直寡廉鲜耻。"

气氛变了味，众人默不作声。一位老教师忙圆场："哎，世风日下，到处都一样。阿谀奉承的人永远吃得开。校园已非净土，源头浑浊，已无清水……"

春游结束，此事便在校园传开。罗嘉懿闻后，一阵恶心。吕校长黏糊糊、色眯眯的神情仿佛挂在眼前。她羞赧不已，脑中直冒金星。

"听说你穿针引线，在为校长做大媒。长本事了！"见了他，她火着脸，劈头质问。

"啥事？好端端的，发什么火。"他迷糊着，摸不着头脑。

她将杭州春游时的事点破，问他有没有这回事。

"我一个外地人，人生地不熟。不这样，我能怎样？"他有点尴尬，窘着脸。

"你能否长点出息，将心思好好用在教育上。放着正门不走，却偏要钻狗洞。"

"不要说得这么难听。我还不是为了咱俩。时下谁不讨好领导？"

"别人都这样便正确？我看你变了，变得我都认不得了。"

2

依稀记得，来校后的第一个寒假。下午四点，学生结束最后一场考试，开始放寒假。校门口泊满车辆，马路上熙熙攘攘。家长成双成对来接孩子回家，手里提着沉甸甸的被褥、行李箱、塑料袋。学生脸上洋溢着欢愉的神情，迈着轻盈的步姿跨出校门。假期意味着学生的自由和释放。

林梓涵教的是强化班，家长中不乏家境富裕的。时近年关，家长有的赠他两瓶名酒，有的奉送两条好烟，有的干脆塞他几张购物卡。他着实亢奋，乐滋滋的，脸上漾满笑容。罗嘉懿内心清楚，他来自苏北农村，自小过着苦楚的日子。他上大学的费用，都是父母向社会、亲戚赊借的，他至今还要每月寄钱回老家还债。再说，男人对烟酒有嗜好也在情理之中。

"你别沾沾自喜，这是家长的一片心意，也意味着你身肩的责任。"她提醒他。

"是他们主动给的，不是我开口要的。"他理直气壮回答。

那晚他用报纸包了两条中华烟，装入资料袋，夹在腋间，悄悄去了校长室。

她浑身不自在，起了鸡皮疙瘩，讥讽他：

"你什么时候学会了这一套？"

"入乡随俗。"他满不在乎地回答。

"你入的什么乡，随的什么俗？"

"今后我们评职称，评先进，分配住房都得由校长做主。"

"看来我们以后的幸福，都得凭这些？"她快快不悦。

寒假之后，他对学生的态度起了变化。

对那些家长送礼的学生，他笑意盈盈，嘘寒问暖，关爱倍加。其中几个调皮捣蛋的男生自修课常迟到早退，晚上进了宿舍，时常吵闹，不好好休息。他却显得特别有耐心，温情脉脉，只作轻描淡写的批评。类似的错误发生在其他同学身上，他则暴跳如雷，横眉竖目，严加呵斥，丝毫不留情面。

她看在眼里，急在心里。吃人家嘴短，拿人家手软。个中道理，她旁观者清。他身陷其中，不识庐山。

她旁敲侧击，善意相劝：高中生心智发育健全，他们见多识广，通晓事理。若处事不公，一碗水端不平，他们会对你产生看法，怀疑你的为人。在班级制度前，该人人平等，才有说服力，否则日后管理定有麻烦。再说，对学生的容忍宽恕，是害他们，无益于他们的成长。甚至她还旁征博引：前几年，有位老师热衷收受家长好处，疏于班级管理，最后班级被几个差生控制，班级大乱，高考成绩一败涂地……

他踌躇满志，淡淡一笑，说：我懂的，你放心。

他依然我行我素。

他班里的几个男生，胆子越来越大。他们曾为邻班的班花争风吃醋，聚在操场争吵斗殴，被值班老师发现后，扭到政教处。因事态没有蔓延，考虑初犯，学校给予他们书面警告处分。

有次，晚自习结束后，其中的两位悄悄翻墙出校，去街上大排档喝啤酒、吃夜宵。闹至半夜，他们趁着酒兴，又去乡里管计划用电、节约用电、安全用电的三电办的院子，偷偷把停泊的奔驰、宝马轿车的标牌撬下，拿走当玩物。

第二天失主报了案。派出所同志几经调查核实，是他的学生所为。他只得请来家长协助处理。最后，学校对两人作出留校察看的处分。

3

有一阵子，学校推荐申报特级教师，校长的大名赫然在列。老师们在办公室私下叽咕，校长平时不上课、不搞教育科研，没有学科论文，对照条件不应参评。前两次评定时，因照顾校长参评，学校将其他老师筛下，只呈了校长的材料。结果校长两次都落选，白白浪费了学校的名额。

"这样做，有失公允。"罗嘉懿不经意中附和。她觉得既然是评特级教师，不是评特级干部，应推荐一线的优秀老师。

但，最终学校还是推荐了校长。半年后，校长榜上有名，终于评上特级教师。

有人打了小报告，将她的话添油加醋汇报给校长。

校长屡次在公开场合数落："个别年轻教师不用心工作，却热衷议论校园是非、领导长短，像个长舌妇。"

她隐隐觉察，校园内充斥着凛凛的目光，领导、周围教师对她的态度有了微妙的变化。似乎一股阴气从地底冒出，拂面而来，看不见，摸不着，时隐时现。她陷入了无物之阵。

她常怀念自己的大学时光。那些日子简单，纯粹，充实，满含憧憬。

大学四年，他们共读师范专业。他在 1 班，她在 2 班。他虽然家境贫寒，但人聪颖、勤谨、刻苦。他是班里的佼佼者，成绩优秀，几乎年年获一等奖学金。

大二时，他们两情相悦，双双坠入爱河。大三伊始，他们准备报考研究生，希望毕业后留在省城，施展自己的抱负，实现人生宏业。他们常去图书馆查阅资料。谁先到，多占一个座位，为另一个。吃饭时，一个买菜，一个打饭，同桌吃饭，相濡以沫。他买菜时，买得最多的是糖醋鳊鱼，她喜欢。而她打菜时，不忘打一份土豆炖肉，他爱吃。

阅读间隙，两人沿着湖边的鹅卵石径漫步。微风习习，杨柳依依。他们手挽手，肩并肩。他涉猎面广，广泛阅读哲学、历史、心理学、美学方面的著作。他尤其喜欢心理学，日后准备报考本校心理学研究生。导师是他的同乡，教授，在国内心理学方面享有盛誉。她准备报考日本语言文学研究生。平素她喜欢日本文学，钟爱村上春树的小说，对作品中抒发的青春的懵懂、成长中无可捉摸的惆怅、人生苦短的淡淡哀伤，她入迷，流连忘返。

大三的那年夏季，全国高校突发狂飙……事后高校调整了研究生招生政策，招生数量急剧下降，并削去不少的专业。他们各自挑选的专业，都停止了招生。

考研之路，骤然停歇；人生的琴音，戛然而止。他们跌入了情绪的低谷。好在他们都还年轻，可以期待，期待从头再来的机会。好在他们彼此心怀爱情，在神圣的爱情面前，一切都显得渺小，微不足道。毕业时，他们选择去她的家乡——江南小镇——滨湖中学任教。

重点高中事务繁冗，备课、上课、批改作业；早自修、晚办公，晨钟暮灯，披星戴月。升学压力大，每月要月考。考学生，就是考老师。每次考试过后，学校要做统计，横向班级间的成绩作比较。成绩相差不大，教师相安无事。但成绩一旦落下，年级组长、教研组长、教务处主任、校长，各级领导会找他谈话，帮他找问题，查原因。成绩差的教师惶惶不可终日。

她还是不忘初衷，不忘考研，企望有朝一日能通过读研离开学校，去大学或研究机构工作，从事自己喜爱的日本文学研究。她有静气，有定力，暗暗使劲潜心复习。教学之余，她悄悄找来考研的有关书籍，《日本文学教程》《日本文学史》《日本国家概况》等等。一人静坐，挑灯夜读。她难得与他人闲聊，除了教学，就是看书阅读。其他一切，事不关己，高高挂起。同事眼中，她是个另类，天马行空，个性孤傲，脾气古怪，与环境格格不入。她秉持着"不失其所者久"的理念，坚定守住自己的"其所"，守住自己的本性、本心。她鹤立鸡群，她的存在仿佛在质疑以"和为贵"为标准的传统理念。

她曾和他商量，去向校长提出申请报考研究生。他反对，不同意。他说，为时尚早，眼下脚根未稳，领导会认为他们不安心教学，留下负面印象；再说当下学校师资紧缺，肯定不准许，还是待两年再说。

言之凿凿，无可辩驳。他似乎代表着周边的大多数，执掌着校园的真理或权威。

她心里隐隐感觉，这是他的遁词，他的缓兵之计，他已无心考研。

他头脑聪颖，极有慧根。他对教学很投入，班级工作专注负责，深得老师、领导赞赏。这些，她觉得应该、必须，这是老师应尽的职责、义务。但日子变得安逸，他如鱼得水似的融入周边环境。教学之余，他浸淫于身边的人事，习惯和同事无聊吹牛，抽烟，酗酒，唱卡拉 OK，甚至还学会了麻将，将大把大把的时光挥霍在麻将桌上。不思进取，不进则退，渐渐，他对自己的学习开始懈怠，昔日的追求、心系的事业渐行渐忘。

稍有空暇，他们悄然邀赌，聚在体育设备管理员包老师的家里。那天夜深了，同台玩牌的谢老师和姜老师吵嚷起来。谢老师欠了姜老师的钱，一个说欠 150 元，一个说欠 200 元。记忆模糊，口说无凭，两人吵得面红耳赤。墙体简陋隔音差，吵闹声影响到隔壁老师休息。次日，隔壁老师去校长室做了汇报。校长把四人唤去，严加训斥。在大会上校长向全体老师提出告诫，以后发现谁打麻将，扣除全年奖金，不得参与职称评定。

她心怀，难过。他大学考研时狠巴巴拼命学习的劲头，去哪儿了？他的所作所为，无疑在堕落沉沦。他已慢慢与生活握手言欢，开始向现实妥协让步。她以为，他不该失去自己的"其所"，不该丢失自己的本性、禀赋。一度，在她心目中，他犹如流落人间的凤凰，她曾百鸟朝凤般地膜拜他，欣赏他。而今，他日复一日浸淫于庸常，他在悄悄被同化，意志、激情被时间蚕食销蚀，凤凰终将沦为乌鸡。她唏嘘不已，深深惋惜。她无法原谅：他过早地向现实缴械、投降。

<h2 style="text-align:center">4</h2>

一直以来，她感激他，对他感恩不尽。

大学毕业前，选择分配趋向。林梓涵本可以回苏北县城中学教书。他父母屡次三番去信，要求儿子，不，是恳求儿子，回老家工作，日后可陪伴他们颐养天年。但为了罗嘉懿，为了爱情，最后他毫不迟疑放弃回家乡，而是别离父老，随她奔赴江南。

为此她心有戚戚，常怀惴惴。

她认定这辈子要与他白头齐眉，同船共渡。旁人眼里他俩同窗共学，郎才女貌，如同天造地设。

刚来滨湖中学，她甚至主动暗示，去民政局婚姻登记。要不是他说不急，先立业再成家，也许他们早已步入婚姻的殿堂。

她彷徨、踌躇。才两年多的光阴，时间之刀已把他切割得面目全非。她已无法辨清他的面容——昔日那个雄心勃勃，时刻梦想成就一番伟业的林梓涵，已渐行渐远——他俨然一介老教师面目呈现在众人前——一个世俗的成熟的教师形象。

自己也会变吗？无数个夜晚，她扪心自问。无法确证，也许要不了多时，她也会与他殊途同归，沦为同类。她害怕、恐惧。生活的平庸总是和恐惧合谋，一起杀死卓越，这在罗嘉懿熟悉的外国文学里并不少见。

她对老师职业没有敌意，相反有一种发自肺腑的敬意。她的父亲一辈子在小学做老师，耳濡目染，她熟悉教师，了解教师，但让她毕生从事教师职业，她实在做不到，心里一千个不答应，一万个不愿意。

她不愿意循着教师的轨道度过一生。在讲台上今天重复昨天，明天重复今天。日复一日重复过去，年复一年复制自己。千篇一律，缺乏冒险，缺少挑战。站在今日，将来一览无遗，父亲一生的轨迹就是她的人生道路。人各有志，她的兴趣不在于此。她立誓要离开讲台，跳出中学校园，为此她得具备超乎常人的毅力，付出沉重的代价。

最近她曾想报考研究生的大学的导师来信告知，明年他将恢复研究生招生，征询她是否准备报考。

有一次她走在校园的林荫小道，远远瞥见校长。她走过去微笑招呼他，试探地问："校长，老师能不能报考研究生？我想报考研究生。"

"不行。教育局有规定。再说学校眼下正缺教师，大家都想走，学校教学咋办？"

"研究生毕业，回本校教学，可以吗？"

"也不行。"

仿佛一盆冷水，从头浇到脚。冷，寒冷彻骨。多年来，矻矻不懈、孜孜以求的人生目标，都成了空花佛事，水月道场。她懊怅了，像挫败的公鸡，蔫头蔫脑回到办公室。

他闻后，如同教诲学生一样开导她：我早和你说，心急吃不了热豆腐，慢慢来，要见机行事。一副颇有先见之明的神态。

他反而提出："听说学校要分房子。领结婚证的教师才有资格。我们还是先领了结婚证，拿了房子，安顿下来。"

"没心情，以后再说吧。"

她的话，令他扫兴。他闷闷不乐。

她也想有个温馨的窝，和美的港湾。这些年，他们住的是集体宿舍。只能趁同室老师不在，或去外面开个钟点房，两人卿卿我我，亲热一番，小猫偷食似的。自对他心存芥蒂，产生隔膜后，就连这样的次数也很少。

她是个完美的理想主义者，眼中容不了沙粒。随遇而安，她做不到。

爱的堤岸现出罅隙，流水汩汩，日冲夜刷，岸堤岌岌危殆。

5

她一时迷失了方向。

日子恹恹地往下滑去，漫漫浩浩，一切尽在其然之中。时间成了一条无际无岸的河流，没有来路，没有去处，她深淹其间，一任在河面漂泊，沉浮……

她多想有个知己陪伴，说说话，聊聊天。说什么呢，面对芸芸众生。自己关心的，感兴趣的，诸如存在、自由、选择、价值、文学之类，别人听后，呵呵一笑，嗤之以鼻。别人热心的话题都是上课、备课、作业、成绩、工资、奖金、住房，乃至油盐酱醋柴米茶，等等。

很多时候，她孵在办公室，不出门。白天校园吵吵嚷嚷，迷迷沌沌，一晃而过。清寂的夜晚，她的脑子出奇的清醒，她虚坐着，玄想缕缕，思绪斑驳。夜色茫茫，她孑然一人，咀嚼着夜的黑暗，心的凄凉。

他呢，已是形同虚设，话不投机。先前他俩心有灵犀，融洽默契。她只要说出话音，他就能识透她的心思，旋即附和她，道出话外音。

　　学校将迎接省教育厅教育现代化的验收。按照要求得建立电脑室，每个教室得配置现代化设施，安装空调、彩电、投影机。但学校穷，经费没着落。校长室决定，由班主任出面宣传，向每个学生借款 300 元，待学生毕业时归还。许多老教师提出异议，这无形中在加重学生的经济负担。不少家庭的年收入仅几千元，300 元毕竟不是小数目。不少班主任，特别是老教师都拖着不交，软顶。可，他倒好，首个去班里发动，不几天便完成交款任务。领导在会上还表扬了他。

　　她闻讯，五味杂陈。他的思维很精致，也很完美。但，他也是寒门之子，学生家庭的负担，坊间的疾苦，他不该不知。他为什么老是站在学校的立场、校长的思维角度行事，独独对学生缺根筋，少点同情？她对他失望，甚至鄙夷。她觉得还是那些老教师可敬可佩，处事公正，心头时时装着学生，时刻替学生着想。这一点，恰恰就像她父亲。

　　她懒得说他。她心里明白，说了他准会反驳，什么胳膊拗不过大腿啦，迟早要做，不如早做啦……上次学校美化环境，在校园东南角的空地营造一片小森林。学校倡议学生捐款买树，少则 50 元，多则 100 元、200 元。那次他也是这么做的，也是这么说的。

　　她想起家乡先贤的话：人生不向道理上去，总是虚生；道理不向身心上去，总是虚语。在她眼里，他理想的翅膀已经折断，肉体在污泥浊水中爬行。他既不肯牺牲世俗的虚荣心，又不舍弃生活的实利心。虚荣入骨，又实利成癖，算盘实在太精。他满身俗气，似一尊俗物。俗，世俗之俗，庸俗之俗，俗不可耐。

错，错，错。

她对当初的选择，选择与他恋爱，瞬间有了明晰的判断。起心动念的霎时，她吓了一跳。多年营造的感情大厦一念之间行将坍塌，随之而来的必将是伤筋动骨般的痛楚，刺心锥骨。<u>丝丝悲凉扑面而来</u>。

她开始隔离他，疏远他。

在校园发现他，她悄悄远离。平时食堂吃饭，她只身前往。他找她有事，她以种种理由推辞，不见。她要借时日慢慢冷却彼此的情感。

她也是个有情有义之人。她想，彼此恋爱一场，即使今生成不了夫妻，或许日后还能做好友。直截了当与他提出分手，伤害忒重，怕他受不了。

夜深人静，独自面对两人的关系，她内心纠结不安。她与他共在一所学校，又同处一个教研组，低头不见抬头见，日日相见，处不好关系，多尴尬。学校人人皆知，他们是一对恋人，他冲她而来。一旦摊牌，分手，可以想象背后有多少人会指指戳戳，指责她无情，斥她负心，她将承负所有的骂名，身背沉重的十字架……她不寒而栗，虚汗直冒。

他也是个心细之人，天生一副敏锐的触角。他似乎嗅出了异味，察觉到她的心迹。他怪自己粗心，对她疏忽。他要努力挽回，挽回一时的过失。他主动迎奉她，凑近她。他常去听她的课，和她探讨课堂的有关问题。他发现有价值的教学资料，递送她，供她参考。她感冒了，他主动送药端水。甚至她母亲生病住院，他整晚整晚去陪伴，仿如恋爱之初，他狂热追求她一般。

恍惚间，她好像重返初恋时光。但细细辨识，犹如新鲜的食物隔了夜，终觉有了异味。对他种种的举动，她显得麻木而迟钝。她隐约觉得，爱的肌体患了绝症，已病入膏肓。一切似回光返照。

6

晚饭后，办公室就他俩。

他笑嘻嘻走到她桌前，神秘兮兮，轻言细语告知，英语教研组长暑假后到龄退休。校长找他谈话，下学期让他接替，出任教研组长。

她微微一怵，一时竟说不上是喜悦还是悲哀。人都要面子，都怀虚荣心，要是自己心爱的男人升了职，获了荣誉，应该为之庆贺，道喜。但她却丝毫没有这样的感觉。听闻的瞬间，她觉得反胃，恶心。甚至脑中闪过一念，他动用了什么手段，或使了什么阴招？毕竟英语教研组人才济济，论资排辈，暂时还轮不到他，尽管他有才华，教学水平、教学能力都出类拔萃。

她从鼻子里发出"哼"的一声。随后漠然，淡然坐着，一言不发……

夜晚九点半，教室人去楼空，办公室老师陆续回寝室歇息，一切归于宁静。

她枯坐案前，虚寂悄然降临。她如置身荒漠，呼天天不应，叫地地不灵。她多想抖抖身子，离开这儿，换个时空，变种活法。但自己似笼中困兽，张牙舞爪，纵有洪荒之力，也无法冲出围栏。前途杳杳渺渺。

她想起白天在宣传栏中见到的支教启事。教育局要选派一批青年教师去青海支教，时间两年。学校动员，凡是有志青年都可报名参加。

辽阔的草原，一望无际。嫩绿的草丛中，一撮撮野花点缀其间，如天上星星闪烁。牛羊三五成群低头啃草，马儿在原野上欢腾跳跃……

遥远的青海，令她神往。也许，那儿可以赐她一块乐土，将一切遗忘——眼前的烦恼、痛苦、焦灼，还有他如影随形地追随。也许，那儿将赐予她一片纯净的空间，她可以获得再生，在那里静静念书，愉快地教学，无忧无虑，度过一段美好时光。

她铺开纸笔，奋笔疾书，向组织表达愿意去青海支教的决心。

第二天，她将申请书呈到校长的桌上。

天无绝人之路。青海，成了她孤独绝望里的一棵稻草。她感激涕零。感谢上苍，感谢命运，赏赐她撤离幽暗的转机，赠与她重拾生活的希望。

她默默期待，日夜祈盼，等待那一刻的到来。

6月底，教育局公布了赴青海支教的名单。她不在其列。

如一尾羽毛随风扬起，在空中兜转一番，旋即坠落地面。命运拨弄，造化欺人。她又一次被摔入绝望的深渊。

事后知道，派往支教的都是有培养前途的教师，这是一种政治的考量。支教回来，他们都将提拔到领导岗位。他们必须政治上可靠，业务上过硬。

暑假前，他盛情邀她一起回苏北老家。那儿小河弯弯，天朗水清，可作逍遥游，共度一段佳期。

她只说，这个假期她已有安排。以后吧。

她婉拒他。

7

8 月时，她回了趟学校。她拾掇好宿舍的日常用品、衣物、书籍，一一装箱打包，准备改天喊辆车，运回家。然后，她子身去了操场。

盛夏酷暑，江南的天空瓦蓝瓦蓝，没有一丝云彩。炎炎的日光炙烤着操场，跑道上热气漫腾。

久违的跑道，熟悉又陌生。跨入跑道，她迈出欢快的步子，不由自主地奔跑起来。没几步，脸上、脊背汗涔涔。她跑一会，用毛巾擦拭汗滴，然后继续跑，不停跑，抑制不住。

在滨湖中学的数百天里，夜晚满天繁星，笙歌月夜，跑道与她相随作伴，彼此结下挚情厚谊。跑道上每一颗沙砾都凝结着她的汗迹，跑道的每一寸都成了她的心路。仿佛，校园的一切，除了跑道，她已无所挂牵。跑道是她昔日的伙伴，患难中的知己。多少次，有了委屈，有了怨气，有了困难，只要一踏上跑道，一口气跑上几十圈，她便畅快淋漓，人变得轻松自在，心中充满活力。跑道成了她的出气筒，是她发泄怨愤的对象，更是她永葆勃勃生命之源泉。

她放大步子奔跑，死命跑。今天，她专程来拜望它，与它叙旧，跟它作别。也许，往后的日子，她再不会光顾校园，再不会与它相见。

她依依不舍，缠绵缱绻之余，淡淡的失落，悄悄爬上心头……

暑假伊始，她去了深圳，见了父亲的学生奚小红。

还是上小学时，父亲的学生们都喜欢来她家。他们来拜望老师，笑语晏晏，向父亲汇报各自的生活、工作现状。来得最多的是奚小红。奚小红比她大10多岁，一头短发，精气神十足。她小巧玲珑，一介地道的江南女子。她喜欢她，奚小红一来她家，她常绕她膝上玩耍，口里不停唤着"小红姐姐""小红姐姐"。

小红姐大学毕业后去了深圳，多年的打拼，已在一家德国公司担任人事部部长。她多次邀请罗嘉懿，有机会去深圳玩。

奚小红驱车去车站接了她。别时容易见时难。难得相见，两人热烈拥抱。相拥紧抱的刹那，罗嘉懿抑制不住的泪水从眼中涌淌出来，种种的憋屈、苦闷、焦虑一齐涌上喉间，酸酸楚楚，她伏在小红姐的肩上呜呜哽咽。

小红用手轻轻摩挲她的肩膀。她从信中得知，老师的女儿正经历着情感的煎迫。她对她耳语，安慰着："别这样，别这样。一切终将过去，一切都会好起来的。"

她用餐巾纸揩干泪水，久久盯着小红姐看。她还是一头短发，白色的短袖衬衫，黑色的休闲裤，简洁的着装显得干练青春，轻盈而矜持。

小红姐带上她，直接去了东门町美食街。

她们觅一处僻静的角落，安顿下来。每人一杯奶茶，外加一盆叉烧拼盘、一份沙朗牛肉、一盘包菜丝、一锅蟹膏粥。边吃，边聊。

她向小红姐述说了恋爱的经过，叙说着工作后的情感历程。

"有没有挽回的希望?"

"不可能。除非重返大学时光。"

"确定?"

"肯定!"

"以后有什么打算?"

"暂时还没。"

女人最懂女人心。从她的叙述中,小红知道她心念已定。再说,感情的裂缝修修补补,究竟没多大意思。强扭一起,勉强撮合,痛苦多于甜蜜,都不是她们的做派。她支持她,让她早做了断,长痛不如短痛。

"最近,我们公司将招聘两名员工,条件是懂外语,本科文凭。你愿不愿意来深圳?"小红试探着问。

"哦?!"

真是念念不忘,必有回响。

来深圳工作,摆脱困境,自然求之不得。但父母年事已高,远离他们,怎么开口。他们养育、栽培她多年,她有着安稳的职业却要放弃,去企业当合同制工人。他们会同意吗?她矛盾团团,怔怔忡忡,望着小红姐。

"老师和师母那里,我来沟通。你先在我公司做。边干,边复习迎考。届时公司出具证明,你去参加研究生考试,争取考回母校。"小红心思缜密,似乎一切运筹帷幄。

拨开云翳,她见到了希望之光,精神为之一振,脸上的阴霾一扫而尽,久违的阳光呈现在年轻而漂亮的脸颊上。

远行客

1

江南初夏，日光稀里哗啦泼洒大地。雨季留下的潮湿与夏的炽热混沌交织，让人觉得浑身不适、难熬。梅荆小学的教师乔光耀是外地人，尤其忌怕这样的燠热。走在校园，他的脊背渗出湿漉漉、滑腻腻的东西，胸口像被什么东西堵住，呼吸加重，气喘吁吁，不时还生出莫名的焦灼与烦躁。他甚至觉得，连校园的钟声都变了调，回荡在湿漉凝重的空气中，显得浑重含糊，令人无法忍受。

乔光耀驻足校园的宣传廊，玻璃的反光令他炫目。他努力透视窗内，目光被新展示的一份粉红色通知吸引。他眯眼盯望，眉宇间突然一个豁亮，他的右脚尖开始踮起，橄榄似的脑颅随右脚的节奏不住点头，酷似孩童的点头玩具。通知上说，校长室向全校老师倡议，凡有志支持延安教育事业的老师，近日可向校长室报名申请，赴延安某县支教两年。他喜出望外，眼前消息如一阵凉风拂面，他的体内涌过一泓清泉，筋脉疏通，舒心爽骨。

离家别乡支援贫困山区，对经济发达地区的老师而言，既不稀罕又不情愿，可乔光耀却十二分地乐意。他懂得个中蹊跷，那些被选去的都是学校认可的骨干老师，又是政治素养高、思想成熟的对象。在他眼里，支教是一种政治待遇，更是一次人生的契机。机会常常垂青那些有远见、时刻准备的人。天赐良机，他得抓住，不能放弃。

乔光耀直接去了校长室。他侃侃而谈，向朱校长陈述愿去支教的理由：他是共产党员，应该起先锋模范作用。他三十多岁，年富力强。他平时喜好运动，体魄强健。他来自四川山区，熟悉山区生活，有很强的适应力……

上课之余，他端坐沉思，在脑中拟好志愿书的腹稿。放学后他去总务处领一张红纸，夹在腋窝回家。晚饭时，一碟花生、一盘凉拌豆腐、几个炒菜，酒盅斟满白酒，独自悠然品酌。几盏落肚，腿脚发热，血脉加快，顿觉天下大定。他欢快地迈进书房，取出"一得阁"墨汁倒入砚台，铺开红纸，手执狼毫。他朝笔尖哈口气，酒的醇香弥溢室内。他泼墨挥写"志愿书"三个大字。魏碑体的字迹金钩铁划，遒劲刚健，墨痕缕缕散发出浓厚的金石味。

乔光耀酷爱书法，自幼练过"童子功"。他的童年记忆憋屈、苦寒。家里的两间破屋搭在大山深处，半是石头半是木头。清晨，啁啾鸟语、嘶嘶虫鸣将他从梦里唤醒。推门见山，满眼是杂草荆棘、苍翠的树木、无际的崖石。他的叔叔是当地的小学老师，擅长书法。乔光耀懂事伊始，叔叔便指导他练习书法。叔叔扔给他几本书法帖子，一叠旧报纸，让他在报纸上书写。他循规蹈矩，依葫芦画瓢，日日苦练……从此，书法陪伴他的生活，也改变了他的人生。

初中毕业，他以优异成绩考取了本地的中师。中师毕业后，他被分配到山区的小学任教，执教数学。可他不愿一辈子窝在山沟，一如他的父亲、叔叔们。他身在山隅，心系远方。他的床头悬挂着他的书法作品——"燕雀安知鸿鹄之志"——作品曾获得省青年书法比赛一等奖。"燕雀安知鸿鹄之志"成了他生活的座右铭。他跃跃欲飞，时刻准备振翅远飞，飞向遥远的天空。

他在网上读到一则消息，江南吴地的梅荆小学在校园开展"百项技能比赛"。活动轰轰烈烈，项目繁多，如书法、绘画、剪纸、钢琴、二胡、黑管、竹笛……众多的学生在活动中一展才能，小荷才露尖尖角……阅罢消息，他心旌摇曳。当夜他修书一封，用毛笔在信笺上倾述自己赴梅荆小学就职的心声。他告知朱校长他的特长是书法，他愿意发挥他的一技之长，为梅荆小学的教育大业添砖加瓦。次日他将所有的书法获奖证书、省书法协会会员的证书复印后，连同书信邮寄给梅荆小学朱校长。

爱才心切的朱校长捧读书信，心情十分激动。他深为乔光耀漂亮的书法，更为他甘愿献身梅荆小学的决心和精神打动。他答应了乔光耀的请求。

2

清晨，校园的走廊墙壁贴上了鲜红的"志愿书"。阳光下红纸黑字，耀眼醒目。乔光耀要去延安支教，成了校园的新闻，成了老师热议的对象。

两周后，教育局批准了乔光耀的请求。校长在办公室通知他，周三下午 2 点，去教育局参加"欢送赴延安支教老师座谈会"。那天朱校长早早来到校门口，抬眼瞥见，校门上方一条赤红的横幅标语，赫然醒目："热烈欢送乔光耀老师赴延安支教。"他感觉蹊跷，询问传达室门卫老吴。老吴说，是乔老师挂的。他早晨六点不到就进校门。

朱校长皱着眉，不吭声。心里在叽咕，上进心忒强了吧。作为年轻人，上进心强，本是好事，无可厚非。但如此高调行事，他感觉不适。他想起了小时候家里养的母鸡。母鸡一下蛋，"咯咯咯、咯咯咯"，嚷嚷半天，唯恐村里人不知晓，惹得人人对它生厌。又像家里的那辆破脚踏车——一骑车就响，车到哪响声就到哪——"叽叽嘎嘎，嘎嘎叽叽"。

延安某县教育局会议室，支教老师欢迎会召开。韩局长坐正中，两位副局长一左一右，几位科长和 8 位支教老师挨次相坐。韩局长捧着一包延安烟，分发给在座抽烟的老师。韩局长先开讲，激情洋溢地为支教老师致欢迎辞。韩局长讲罢，让支教老师自由发言。乔光耀争先第一个发言，他说："踏上延安革命圣地，我内心有一种敬仰和神圣的感觉。能够在这里锻炼两年，既是一种荣耀，更是人生的洗礼。我将以革命年代的延安精神来指导自己的教学教育，不折不扣完成教育局指派的任务……"接着，其他各位老师相继表态发言。

会后，乔光耀独自去了教育局秘书科，让科长叫来局里的小车司机。司机驾车随他去了招待所。他将携带的礼品（四件套的床上用品、江南的碧螺春茶叶）塞进小车后备箱，并吩咐秘书科长、局长、副局长、秘书科长、司机各一份。另外，他为韩局长准备了两条中华牌香烟。

乔光耀被安排在李家坪镇的李家坪中心小学，执教五年级 1 班、2 班的数学。山区的孩子苦，他深有感触。自己虽然离开四川老家三年，但眼前的孩子和家乡的没两样，他们日子清寒，衣衫褴褛，不少孩子中午都啃红薯南瓜代饭。夜晚他给朱校长去信，向他汇报自己的工作、生活，以及山区孩子的穷困情况。信末情真意切地恳求朱校长鼎力帮忙，让他在梅荆小学三千多师生中倡议，为山区的孩子捐赠，有钱的出钱，有物的出物——鞋子、衣服、书包、练习本、旧书籍等都可。朱校长是个富有教育情怀的人。读罢乔光耀来信，他心起涟漪，心里牵挂着山区的孩子，当天便在全校发起募捐活动。两周后十几箱物品、5万元的人民币汇到乔光耀任教的学校。物品由班主任分发给穷苦学生。5万元人民币，他悄悄送到教育局，由韩局长做主支派。

两个月后，发生了一件意想不到的事。李家坪镇另一所小学延秀小学的校长患了肝癌，必须住院治疗。校长是一校之魂，学校不能没有灵魂。教育局召开局务会议，商讨接替校长人选。一位副局长提议，让乔光耀出任。理由是，乔光耀政治素养好，教育理念先进，工作能力强，水平高。他的建议得到与会者的认同和首肯。

第二天上午，韩局长带上乔光耀，奔赴延秀小学。小车颠簸在蜿蜒曲折的山路上，望着窗外连绵的群山，乔光耀心潮起伏，他暗暗感喟命运之神的光顾和青睐。40分钟后，车子抵达延秀小学。韩局长立马召集学校中层以上领导开会。当场宣布人事任命，乔光耀出任延秀小学校长，任期到他支教结束。

3

异地当官，担任一把手校长，年轻的乔光耀既喜又忧。喜的是，新来不久，自己的价值这么快就被认可、被赏识。学校舞台虽说不大，但自己可以尽情施展拳脚，显山露水，为日后人生奠基铺石，拓展空间。忧的是，自己能否胜任校长职务。在延安人生地不熟，自己又没有任职的经验。若干得好当数应该，一旦搞砸，无疑自毁长城。坍自己的台不算，还得辜负韩局长一片厚望。

连日来乔光耀夜夜失眠，躺在床上，辗转反侧。梅荆小学朱校长的话时时萦绕脑海。朱校长曾反复向老师阐述，学校的生命在于教育质量。学校生源固定之后，起关键作用的是教师的课堂教学质量。乔光耀认定，眼下应以课堂教学为抓手，深入课堂，听老师授课，以此提高延秀小学的教育质量。他谙熟老师心理，他们脸皮薄，视名声为羽毛。校长借听课既能掌握课堂教学动态，又无形中给老师传递压力。校长坐在课堂，若教师教学马虎，甚至出现破绽、谬误，那多尴尬，多失颜面。他为自己寻到一条倒逼教师提高课堂教学效益的途径，暗自庆幸，无比激动。

乔光耀给自己规定，每天听课不少于三节，语文、数学、英语、音乐、美术等，所有学科都听。几周下来，他几乎听遍了所有老师的课。他时时将延秀小学的课堂教学和梅荆小学比照。他发现这儿老师的敬业精神、备课认真程度并不比梅荆小学差。但这里环境闭塞，老师与外界接触、交流机会少，因而教学理念、教学方法、教学手段等显得相对陈旧、落后。怎么改进、提高，如何破解教学瓶颈，他绞尽脑汁。

思虑再三，乔光耀觉得应该借鸡生蛋，借势发力。他得紧紧依赖朱校长，借力于梅荆小学。他草拟了延秀小学老师培训计划。暑假时，他准备安排全校 80 多位老师分三批去江南培训，聘请梅荆小学的领导、优秀老师作讲座、上示范课。

暑假前，乔光耀回了趟梅荆小学。这是他去延安后第一次回校。踏进校园，面貌依然。昔日同事见面，倍感亲切。朱校长邀了几位同事，专门陪他吃饭。饭桌上，乔光耀屡屡诉说对朱校长感恩、感激的话。最后向朱校长敞开心扉，倾诉他工作中遇到的棘手问题。出于对延安圣地的真挚情感，更是出于他对教育的崇高情怀，朱校长爽快应诺，为延秀小学老师免费做教育培训。

乔光耀马不停蹄，又拜访了房地产老板葛总。他和葛总有一段交谊。葛总的儿子葛鹏飞曾是他的学生。当初葛鹏飞数学基础薄弱，葛总找到乔光耀，要他多费心、多关心儿子的数学，乔光耀当场允诺。事后他利用空余时间，为葛鹏飞开小灶，耐心开导、点拨。一学期后葛鹏飞的数学不仅追上了同学，而且成绩位居班级上游。葛总为此念念不忘，对他满含感激。乔光耀赴延安前，葛总对乔光耀许诺，若遇到什么困难，他一定出手相助。乔光耀提出培训教师经济上遇到困难。葛总是识事理之人，毫不迟疑表态："支持延安革命老区，是企业义不容辞的职责。暑假培训的交通费、住宿费、用膳费，全由公司承担。"

次日清晨，乔光耀不辞辛劳赶赴苏南机场，搭上回延安的飞机。

4

始料不及的是，自乔光耀带头听课，学校老师的精力渐渐聚焦在教学上。以前教师常为琐屑的事闹纠结，明里暗里争斗。现在他们忙于备课，热心探索课堂教学，矛盾明显少了，争吵随之消失。延秀小学的教学成绩，原来一直在全县同类学校中垫底。

这次期末考试时，该校成绩竟挤入了全县中等行列……

支教的日子即将结束，乔光耀面临新的选择。韩局长找他交心，对他两年的工作给予全面充分的肯定。韩局长坦言，要是他愿意留下，教育局一位副局长行将退休，今后由他接替。

留在延安，前程似锦。但全家一辈子将扎根山区，无法回到鱼米之乡的江南。这是人生一等一的大事，他不能自作主张，得与妻子商量。他去信向妻子如实汇报，话里话外却透出自己滞留延安的愿望。

妻子陆婉洁和乔光耀是四川老乡。初到江南，她在一家宾馆打工。乔光耀赴延安支教后，朱校长为照顾他家庭，将她安排在本校文印室工作。乔光耀支教两年，说长不长，但说短也不短。700多个日日夜夜，妻子一人带着孩子，没有旁人的帮助照顾，日子沉重而单调。丈夫支教结束将回家团圆，全家可以过上融融泄泄的生活，她祈盼已久。可他，竟想留下不归，她实在想不通，也不愿多想。她似乎已出离愤怒，在回信中胁逼他："要是你留在延安，我和儿子一起喝农药，自杀。"妻子毫无余地的通牒，彻底斩断他扎根延安的念想。

乔光耀荣归梅荆小学，朱校长和教育局却遭遇了麻烦：他的工作如何安排？局党委书记心有戚戚。乔光耀去延安，人事档案留在本地。按规矩，对方无权擢升他的职务。可他们竟一下子将他从教师提拔为校长，事先没招呼一声，也不作任何沟通。按组织原则，老师的晋升一般都得有台阶，逐级上升。局里和朱校长反复研究，再三商量，觉得要是越级提拔乔光耀，比他资历深的干部肯定不服，会衍生麻烦。不能为他一人，坏了规矩；更不能为他，破坏稳定的大好局面。综合考虑后决定，暂时任命乔光耀为教务处副主任。

乔光耀闻后，无疑当头一棒。他怏怏悼悼，神情沮丧。在延安当校长，且是一把手校长，回来后只担任教务处副主任，如此反差令他心里极度不平衡、不舒坦。曾经沧海难为水啊。他想起了《晏子春秋》中的那段话，"橘生淮南则为橘，生于淮北则为枳。"

严重的挫败感笼罩着乔光耀，他的周身散着失落和惆怅的情绪。白日里，他浑浑噩噩，无所事事。除了上课，其余时间枯坐桌前，喝茶、抽烟，消磨时光。教务处主任是位女教师，见他闷闷不乐，倒蛮识趣，她极少安排他行政事务。她怕招惹他，落个自取其辱的尴尬。他回到家中，妻子陆婉洁招呼他，主动套近乎。乔光耀却冷目以对，很少搭理。他愤愤不平，恨不得将胸中的怨怼发泄在她身上。夜深人寂，书房内灯火通明。他重拾爱好，挥笔练写书法。点横撇捺，一勾一画，他沉浸在笔墨里。他书写最多的还是那句话：燕雀安知鸿鹄之志？仿佛在昭示，怀才不遇的他持有一腔抱负，志向宏大。他在为自己加油、鼓气。路在脚下，来日方长，人生总有日出云开时……

乔光耀似乎对延安一往情深。月底领了工资，总要寄钱去延安，一千二千不等。妻子问他为何，他说，在延秀小学他领养了十多个孤儿，他们需要资助。妻子心生疑惑，内心戚戚，却不便也不敢发作。

5

乔光耀参加了老乡聚会。运河公园内，"江南人家"饭店。

老乡见老乡，两眼泪汪汪。远离故乡，异地相见，十多位老乡聚在酒桌，氛围分外热烈。先喝白酒——家乡的泸州老窖，喝了六瓶。白酒过后，说是要漱漱口，再喝啤酒。接着又喝三箱啤酒。推杯换盏，觥筹交错，聚会延至晚上十点。

乔光耀新结识了姜黎平。那次聚会他们倾心长谈，彼此趣味投契，大有酒逢知己、相见恨晚之感。姜黎平专做学生辅导培训，在市区经营着一家大型的教育培训机构。对乔光耀小学老师、教务处副主任的身份，姜黎平有着浓烈的兴趣。而乔光耀呢，得知姜黎平培训学生赚得盆满钵满后，顿时动心起念，跃跃欲试。他很庆幸，苍天有眼，赐他结识财神爷——姜黎平。真是东方不亮西方亮，官场失意，商场得意。

他们频频相约会面，谋划合作事宜。两人商定，在梅荆小学附近开办一家培训机构。筹备工作紧锣密鼓。乔光耀负责宣传、招生、招师；姜黎平负责申领执照、寻房租屋、装修布置。往日的萎靡、慵懒一扫而光，乔光耀容光焕发，精神抖擞。他将机构取名为"格致新教育"，用魏碑体写在宣纸上，拓下来制成招牌。"格致新教育"的招牌竖在机构门口，白底红字，蓬荜生辉，引人注目。他鼓动如簧之舌，在老师中发动宣传，让老师动员学生报名，并承诺，凡推荐报名一名学生，机构奖励老师一百元。

格致新教育一时门庭若市，生意红火。学生踊跃报名，语文、数学、英语、书法、画画各学科爆满。乔光耀为格致新教育奔波、操心，却疏忽了自己的教学。期中考试时，他执教的班级的数学考得一塌糊涂，比最好的班级低五分，八个平行班中他的班成绩倒数第一。学校行政会议上，朱校长严肃指出，个别老师精力涣散，忙于干与学校教学无关的事，教学成绩大幅下降，班主任、家长、学生意见纷纷……校长敲山震虎不点名的批评，让乔光耀尴尬羞赧。他脸色陡变，一阵红一阵白，后脊渗出虚汗……

数月过后，期末考试。那天阅完卷子，乔光耀长长缓了一口气，他扬眉吐气，满脸喜色。他的班的数学成绩遥遥领先，一半以上学生得满分，班级平均成绩 98 分。老师们感觉蹊跷，私下嘀咕，这不合常理呀。他平日常往校外跑，不在教学用心，备课、上课、批改作业马虎草率，竟能取得如此成绩？分管副校长亦有耳闻，他悄悄暗示班主任，让他查问班级学生。一问，出乎意料，学生普遍反映，试卷所有题目考前都做过。莫非泄露考题？副校长陷入纳闷，出卷人是保密的，试卷也藏在保险柜。咋回事？排查诸多环节，他将怀疑的目光指向了文印室，乔光耀的妻子陆婉洁。

下学期期中考试，副校长使了心眼。他把乔光耀所在年级的数学样卷藏在抽屉，迟迟不交付打印。临近考试的一个晚上，他让教务处的干事来校加班，打印试题，完后他亲自保管。考试结束，阅完卷子，乔光耀顿时蔫了。他垂头丧气，像斗败的公鸡。他的成绩低于年级平均分 6 分，三分之一的学生考试不及格。在父母眼里数学是关键学科，在日后中考、高考中至关重要。如此糟糕的成绩，令家长愤愤不平。他们围住校长，叽叽喳喳，吵嚷不休。有人提出要撤换乔光耀。不换，就让学生罢课。有人甚至扬言，要将情况捅至教育局。

事情尴尬、棘手。校长和几个副校长紧急碰头，商量对策。为息事宁人，避免事态扩大，学校作出决定，暂停乔光耀原有的课务，让他去梅荆小学下属的一所小学任教，保留教务处副主任的职务。

6

"乔老师，你好。有空吗？好久不见，来我公司喝茶。"

"葛总好。我正闲着，马上过去。"

下午四点，乔光耀被葛总打电话邀去。说是喝茶，其实是葛总来了客人，让他晚宴作陪。乔光耀刚步入大厅，葛总忙起身迎接。他们握手言欢，说应酬的客套话。他牵乔光耀来到客厅中央的沙盘前，滔滔不绝作推介："这是我公司倾力打造的商品房楼盘——'梅荆花苑'。该楼盘楼与楼间距大，采光充足，房型合理，每户至少有两间朝南卧室，拥有一个以上停车位，小区配套设施齐全，附近有梅荆小学、梅荆幼儿园、梅荆社区医院等。商品房预售价为每平方米 6000 元。时下新一轮涨价已悄然启动，预计年底要涨到每平方米 8000 元。你若有闲置资金，赶紧买一套。我按最便宜价格给你。"

葛总的话，正中乔光耀下怀，乔光耀立刻喜形于色。格致新教育开办至今，他分得三十多万元红利。钞票存银行，一天天在贬值。他正寻找投资渠道。餐桌上葛总竭力撺掇乔光耀，让他发动学校老师购买，满十人可视为团购，公司以九五折优惠出售。

乔光耀将"梅荆花苑"小区商品房信息编成一个段子，每天发至梅荆小学教师微信群。他在老师中不断炫夸，梅荆花苑风水好，南面开阔，东面小河潺潺；它紧靠地铁，位置优越；房屋性价比高，有很大的升值空间。云云。不少老师被他的游说打动。一周后，十多位老师提出要购房。于是他带领大伙去房产公司交了订金，签下意向书。三个月后，他们正式交款签约，房屋两年后交付。乔光耀购置的是大套，129平方米，除了三个向阳房间，还可布置18平方米的书房。拥有一间宽敞豁亮的书房，是他平生朝朝暮暮的祈盼。他设想，今后购置一张老板台——超长实木的办公桌，安置在书房。恍惚间，眼前呈现一幕：一支香烟，一盏清茶，他端坐书屋，日子悠哉悠哉。偌大的书桌，他心无旁骛，挥毫泼墨，沉醉在书墨里，人生岂不美哉乐哉！

岁末年初，江南的天空灰漠漠，阴冷潮湿。那天乔光耀起床后，发觉眼皮不停跳眨。他感觉不踏实，预感有事将发生。他边用早餐，边看电视。新闻联播说，全国"两会"正在北京召开。会上中央领导严正指出，房子不是用来炒的，是用来住的。中央将下大力气遏住日益上涨的房价，严格控制银行资金进入房地产行业炒作。乔光耀闻后，倒抽一口冷气。敏感的神经告诉他，房地产的冬季即将来临。当日他去葛总的公司，想探听有关的信息。工作人员笑吟吟告知，葛总有事去深圳出差，隔日回公司。隔天他又去找葛总，服务员还是热情接待，并说着敷衍的客套话，但始终不见葛总的影子。他直接拨打葛总手机，手机里葛总告诉他在外地办事，过些天回公司。以后他再去电话，对方要么"无法接通"，要么传来"嘟嘟嘟"的忙音。他的心里隐隐有一种不祥的预感，出事了，准是大事！仿佛一股凛凛的北风朝他迎面袭来。

7

葛总如人间蒸发，一直没露面。有关他的消息漫天飞舞。一会儿说，他去澳门赌钱输了几千万，资金亏空，项目难以为继。一会儿说，他携房款潜逃，他在国外早已购置好房产。一会儿说，银行不给贷款，梅荆花苑楼盘资金链断裂，工程无法竣工。最确凿的消息是，售楼中心已关门歇业，工作人员三个月没拿到工资。

这些日子，乔光耀和所有买房者一样，情绪起伏波动很大。他们起初担忧、焦灼，转而烦躁、埋怨，最后怨怼、愤怒。冤有头债有主，怨怼、愤怒的对象自然是葛总和他的公司。见不到葛总，他们将矛头转向政府。他们自发建立"梅荆花苑购房户微信群"，交流信息，出谋划策，寻找解决途径。如何讨钱，如何维权，成了群里共同关注的话题。乔光耀本不想抛头露面，尽量秉持低调，毕竟他是公职人员。但转而又觉不妥，自己躲在背后，缩头藏尾，那些被自己游说购房的老师会怎么想，怎样看？何况他也是受害者，应该理直气壮申辩和维护自己的权利。

乔光耀带上几十个客户去了区政府信访局。局长是个老江湖，他让手下将他们的情况做好登记，然后劝他们回去，说相信政府一定会给出满意的答复。他们回家好多天，还是迟迟不见回音。乔光耀又纠集人员屡屡去信访局。局长却保持一贯的和颜悦色，哼哼哈哈，敷衍搪塞，令人觉得他在捣糨糊。义愤之至，他们失却了耐心。于是乔光耀邀上数十人，径直去了市政府。他们高呼口号，手里举着"惩治奸商，还我血汗钱""人民政府爱人民，反对政府不作为"等横幅标语，围堵在市政府门前。市维稳办同志和保安将他们劝至会议室，一方面安抚他们，指出不能意气用事，遇事应好好商谈，按政策行事；围堵市政府影响日常秩序，妨碍正常公务，属违法行为。一方面通知区里：梅荆花苑的客户在市政府闹事，速速派人领回。

这一招确实灵。梅荆花苑小区的事，立马引起了区委、区政府的重视。区维稳办通知，派 5 名购房代表进行座谈对话。

维稳办夏主任正襟危坐。他戴着金丝眼镜，看似斯斯文文，一开口嗓门却特别高，拖着乡音，像个土豪。他让大家畅所欲言，发表意见。

"老百姓买房容易吗？我们倾一生积蓄购房，有的为子女结婚，有的为小孩上学。现在开发商逃之夭夭，我们的血汗钱都打了水漂，不找政府，找谁？"一个女子含泪诉说。

"购房置屋，一个愿卖，一个愿买，两相情愿，属市场行为。你们不能事事依赖政府。现在是法治社会，一切得按法律行事，你们应去法院控告房地产公司。"夏主任居高临下，推诿的言辞充斥江湖气。

"房产公司在相关手续不齐备的情况下，提前售房，套用客户现金，属于政府监管不力。政府卖地收钱，收了钱不作为，不管控，出了事理应担当责任……"乔光耀据理力争，声音平静温和，却掷地有声。

双方站在各自的立场辩驳。政府想一推了之，购房者缠住政府，要政府担当解决。公说公有理，婆说婆有理，对话不欢而散。

8

拉锯战持续上演。乔光耀和购房者们一次次申诉，被一次次推诿扯皮。合同承诺的交房期一天天迫近，小孩到龄上学的购房者更是忧心忡忡，焦躁不安。他们似乎彻底失望，陷于绝望。他们决计，若政府再不解决，中央开"两会"时将相约进京。

区委、区政府高度重视，由政府办牵头，联合发改委、财政局、建设局、房管局等单位成立临时工作组，商讨解决事宜，并责令区维稳办加大工作力度，防止事态再度扩大。夏主任曾担任信访局局长，半辈子与上访人员打交道——过手，交锋，因而积累了丰富的应对经验。他懂得知己知彼的重要性。他对上访人员逐个排查摸底，对其家庭组成、社会背景、职业、兴趣、爱好都了如指掌。他似乎对乔光耀产生了浓厚兴趣。乔光耀是上访的领头羊，阅历丰富，识人无数，对政策吃得透、摸得准，能说会道，说话极富逻辑。他虽为老师，表面温文尔雅，但他入世很深，骨子里沾染着尘世的烟火味、江湖的匪气。夏主任对他另眼相看，甚至暗生欣赏。擒贼先擒王，只要先将乔光耀拿下，一切都将迎刃而解。

夏主任吩咐手下人，通知乔光耀来维稳办谈话。领导召见，乔光耀顿觉受宠若惊，飘飘然起来，一种与众不同、凌驾他人之上的感觉油然而生。当天他泰然自若，大摇大摆走进维稳办。夏主任热情接待，为他沏茶、递烟，然后两人促膝长谈。夏主任粗犷率真，乔光耀世故老到，彼此心有灵犀，话语不多却直抵心坎。夏主任请乔光耀转告，政府把梅荆花苑之事，已列入议事日程，正在酝酿一劳永逸的解决方案，让他回去多做解释、劝说工作，不要再吵、再闹、再上访，区里一定会妥善处理，协调解决此事。他暗示乔光耀："你现在的岗位，对你的能力水平是一种糟蹋浪费。政府缺像你这样能干的人。你要好自为之。"

夏主任一席谈话，似清晨一缕阳光荡涤了乔光耀心中的阴霾。乔光耀接了圣旨一般，喜滋滋奉命而归。他开始像一个出色的外交家，在维稳办和购房者之间斡旋，他一方面将政府的意图转达购房者，竭力劝说他们得忍住气，耐心等待，心急吃不了热豆腐，一方面将购房户的心理、心态、思想动态汇报给夏主任。他几乎天天往夏主任办公室跑，好似夏主任的忠实助手。当得知夏主任的住址后，他隔三差五拎着伴手礼去造访——他成了夏主任家的座上客。

区法院将梅荆花苑小区的纠纷正式立案。葛总被法院多次传唤，要求出席梅荆花苑房产开发案的审理。但他一次都没露面。法院照章办事，对他进行缺席审判，宣告其公司破产，由区政府财政托底，区城投公司收购梅荆花苑烂尾楼。区城投公司接管后，调拨大笔资金，重新启动后期建设。已出售的房屋，按合同条款延期交付；没有售出的房屋，由区城投公司负责销售，收益归其所得。消息如捷报传来，购房者奔走相告，欢呼雀跃。他们燃放鞭炮，聚在饭店举杯共庆。一位外地购房女士闻讯，惊喜得呜呜啼泣，为曾经的艰难与心酸掬一捧泪水。

夏主任亲自去教育局，协商借调乔光耀去维稳办工作。教育局听取朱校长意见。朱校长顺水推舟，同意放行，还替乔光耀说了不少溢美之词。几天后乔光耀正式到维稳办报到上班。

梅荆花苑结顶完工，正式向购房户交付使用。接到通知，住户纷纷去售楼中心领取钥匙。售楼处经理办公室里，乔光耀头发笔顺，西装革履，白色的衬衣外佩戴着鲜红的领带，正襟危坐，满面春风，不住向住户微笑颔首，一副热情欢迎的姿态。当住户得知乔光耀担任梅荆花苑售楼处经理，兼梅荆花苑物业公司总经理时，他们面面相觑，心里酸酸楚楚，五味杂陈。

9

春日暖阳，小区门头上"梅荆花苑"四个魏碑金字，在日光下熠熠生辉，威严端庄。新一波经济热潮如期而至，买房人络绎不绝，人潮如涌。梅荆花苑的房价一下超过每平方米8000元。乔光耀的手机、电话铃声整日响个不停，有向他咨询房价的，有打招呼购房的，他成了炙手可热的香饽饽。

午后四时，乔光耀送走几个客户。刚落座桌前，他还没来得及喘气，急促的敲门声响起。打开门，面前站着一位妙龄女子，她一手牵着一个四五岁的男孩，一手提着旅行包。她风尘仆仆，略带倦意。

"你，你怎么来了？"乔光耀一眼认出女子，窘迫地说。

"喊爸爸。"女子让男孩称呼乔光耀，并对他说，"这是你儿子。"

母子俩千里迢迢从延安赶来，寻夫找父。乔光耀一时失措，惊恐万状。他浑然不知，迎接他的是朗朗乾坤还是狂风骤雨？

蝶舞沧海

1

像每个女孩一样，凌蕙芸也有欢快、明丽的童年。在那些时光，她眼中的一切是那样的美好。春花的妍丽，夏夜的星星，秋日的蝴蝶，冬季的皑雪，树上鸟鸣蝉嘶，地上蚂蚁搬食、蟋蟀吵架，无不激起她的童心——好奇而遐思，神往而痴迷。

上苍赐予她一张漂亮的脸蛋，清澈的大眼，挺括的鼻梁，嫩白的肌肤。她鹤立鸡群，凤凰一般。父亲是化工厂的厂长，平素不用下地劳作。父亲青发溜顺，皮鞋锃亮，提上皮包去上班。年底分红，父亲的钞票比村里男人多好几倍，因而家境宽裕，衣食不愁。她如父母的掌上明珠——父亲宠她，母亲溺她。小伙伴都围她转，她的童年如花绚烂，似蜜甜润。

幸福的日子总是那么短暂。那年秋天，父亲突然消瘦，没了食欲，脸色蜡黄，浑身无力。母亲陪着父亲四处寻医看病，但无法查出病灶。叔叔陪他去上海瑞金医院诊治，查实患了肝癌，晚期。母亲竭力隐瞒父亲的病情，她想保持家庭的平静，更想让女儿多一些无忧无虑的日子。放学归来，她发现母亲向隅啼泣。她惊怵，诚惶诚恐。敏感的她隐隐觉得，大祸行将临头。数月之后，33 岁的父亲撒手而去。那年，她 10 岁，小学三年级，弟弟 5 岁。

父亲的早逝令她懵里懵懂发觉，苦难并非遥远，厄运会随时降临。家中顶梁柱訇然倒塌，温馨之家一片狼藉，欢愉的日子戛然停顿。父亲的死如一股汹涌的浪潮，呛得她喘不过气。昔日尚在母亲面前撒欢的她，心灵急遽成熟，她早早体味到人间的冷暖、世事的炎凉。

她瞪大眼睛，默然注视周边世界——日出日落，世事万物。因为给父亲治病，母亲几乎倾尽所有积蓄，一家的生活一下子陷入困顿，苦巴巴，局促拮据。邻里亲戚曾经言笑晏晏的面孔，渐渐疏离。旁人冷漠的眼神、鄙薄的神态，令她心寒。走在上学的乡路，先前骑车的熟人遇见她，总是热情呼她上车，载她去学校。现在遇见，自行车呼地从她身旁一晃而过，她眼巴巴望着熟悉的背影渐行渐远……

漫漫春夜，弟弟的哭声将她从梦中吵醒。弟弟上吐下泻，肚子疼痛痉挛，在床上翻滚，哇哇哭叫，却不见母亲的影踪。"妈妈，妈妈。"她呼寻着，夹着哭腔的声音在夜空回响，扰动了隔壁邻居。好久好久，母亲从后门悄然回来，一脸酡颜羞愧。她满心疑惑打量着母亲……村里人窃窃私语，讥嘲母亲不正经、骚货，狐狸精。唾沫星子像黄梅天的一场雷雨，噼里啪啦劈面而来，不分青红皂白。她隐隐猜到，母亲在外面有了男人。为此她伤心失落，心里生着母亲的气，但敢怒不敢言。哀愁、惶惑笼在她心头，她害怕再失去母亲。渐渐地，她对母亲的情感起了异样，对她的爱掺进了杂质。

很多时候她沉默不语，像灶仓的地鳖虫白天藏匿灰埃中，生怕人踩着它软弱的躯体；又似胆小的刺猬蜷缩一团，竖起根根针刺呵护自己的皮囊。一切都谨小慎微，小心翼翼，她努力使自己变得乖巧，不惹人厌。在学校，她用心专一，专注地沉浸在课堂和功课中，她的成绩一下子蹿到班级的前列。回到家，放下书包，她割草、喂猪、扫地、洗菜、做饭，样样家务都干，她尽力替母亲多承担一点。她小小年纪就变得心思缜密，条理清晰，做事都仿如打好腹稿，滴水不漏。

2

进入初中，凌蕙芸的身体日渐丰润，肢体轮廓线条分明，沉睡的女性细胞开始苏醒、绽露。她相貌出众，成绩优异，赢得周围男生的青睐。但日子清苦、寒酸，让她心里滋生出自卑，特别在那些优秀的男生跟前。她暗暗咬定主意，日后要考上大学，脱离乡村，过像模像样的生活。究竟什么是像模像样的生活？她朦朦胧胧，以为像城里人那样生活，便是这辈子的至高境界。

母亲带她的男人回家。他是邻村的李新初，夫妻离异，带个男孩。他在街上水产市场做批发和零卖海蜇生意。母亲得空时吭哧吭哧踩着自行车，去帮衬他，替他蹲守摊子，吆喝买卖。母亲一去，他就腾出身子去附近饭店、南北货商店兜售货品。初次见面，母亲让凌蕙芸喊他伯伯。女孩子腼腆羞涩，朝他嫣然一笑，算是招呼。母亲嗔怪她："死丫头，没出息。"她心里嘀咕，呼一声伯伯，就算有出息？

凌蕙芸不时地将他与父亲比对，李新初脑颅两头小，中间大，像枚橄榄；一副小眼睛，说话操着公鸭嗓，一点没男人的雄浑与气度。他脖颈上挂着粗大的金链子，分明似一只斑驳的蜈蚣，肉麻兮兮，令她不舒服。他油腻腻的衣裤晃来晃去，满屋子洋溢着湿嗒嗒的海腥味，还有汗水发酵后的醪糟味。浸淫其间，她恶心，想吐。但她知道，母亲在依赖他，家里日常开销靠他支撑，日后自己和弟弟上高中、大学的费用全得仗他。可她心在抵抗、排斥，甚至鄙夷。她替母亲难过，母亲怪可怜的，怎么摊上这么个男人？

晚饭时，母亲做了一大桌好菜。他坐她对面，一边拖着袖管，用筷子搛了荤腥，送到她饭碗，一边用滴溜溜的小眼盯住她，劝她："小蕙，多吃点。你长身体，需要好好补充营养。"成长的心事仿佛被点破，她脸上涌出红云，好像一条毛毛虫游到手臂，窸窸窣窣，肌肤爬满鸡皮疙瘩……

去卫生间时，路过母亲的房门，喁喁私语从门缝飘入耳朵。

"她和小昊是天然一对。"

"他们才几岁？"

"嘿嘿。这叫肥水不流外人田。亲上加亲，稳如泰山。"

"嗤，嗤。别急。心急吃不了热豆腐。"

她听出他们在说她和他儿子。她脸上辣豁豁的。小昊是他儿子李昊，比她大2岁，人小样，几乎和他从一个模子里刻出。

"呸，想得美。什么肥水不外流，做你的春秋大头梦。"她翘起嘴巴，心里毛躁地骂了一句。

两人的话扰她烦恼。她心烦意乱，无法入眠……夜阑人寂，"吱吱嘎嘎"，"嗯呀，嗯呀"，母亲的房间闹出动静。顿时一股海

腥味、汗酸臭味淌溢在鼻翼间，她反胃，倒腾。恍惚间，高强和
席懿鹏的身影在她脑海交替出现……

3

高强是个小混混，比她高一级，他初三，她初二。他见了凌
蕙芸，涎着脸皮，贼嘻嘻笑，向她招呼致意。走廊擦肩而过，他
竟用肩膀亲昵地搡搡她身子……她不经意，不解风情。次数多
了，逐渐明白，他对她有意。可她不喜欢——他吊儿郎当，混世
魔王的样子——尽管他长得不赖，外表有几分英俊、洒脱。她还
是喜爱那些成绩出色，日后能上大学的男孩。她见了他影子，如
同闻见了海腥味、汗酸味，躲得远远的……

那次，数学老师上平面几何课，讲的是圆和三角形的综合证
明。内容抽象、深奥，大多数同学听后云里雾里。当天的数学作
业难住了大部分同学。放学前只有几位同学交了作业本。

数学老师雷霆震怒，咆哮着，将课代表席懿鹏唤到走廊，一
阵痛斥。席懿鹏是班里的尖子生，数学成绩尤其突出，深得老师
宠爱。首次挨老师骂，他垂头，憋屈，泪汪汪，傻傻地望着
老师……

席懿鹏满心委屈走进教室。他当着全班同学，对坐他前排的
凌蕙芸呼斥："你为啥不交数学作业？"

这么多人没交作业，单单朝凌蕙芸发火。凌蕙芸感到冤枉、
憋屈，莫非自己软弱，好欺负？

"我没听懂，不会做。抄袭作业的事，我从不做！"一向懦弱
的她竟狠巴巴地冷冷回怼他。

席懿鹏被凌蕙芸的回怼呛住，脸窘得通红，尴尬地望着她……

寒假前，席懿鹏怯怯地问凌蕙芸："春节后回校，能否请我吃肯德基的冰淇淋？"

"我没钱。"凌蕙芸直截了当地回答。

她确实没钱。她更没猜懂席懿鹏的心思。

寒假过后，席懿鹏塞给她一张纸条，隐隐约约，或明或暗，透出对她的爱慕。

阅看纸条，她的心湖起了褶皱，涟漪一片。他家在外乡，是借读生。老师常夸赞他，说他的成绩日后能上清华、北大。他爸妈都是老师，爸爸还是当地的校长。比照自己的家境，她黯然，自惭形秽，心里空落落的……

高强仍常骚扰、纠缠凌蕙芸。凌蕙芸态度决然，对他虎着脸，始终不搭理。似乎女生越反感，男生越觉珍贵，好似吊出了胃口，他追得愈起劲。他放出狠话，凌蕙芸是属于他的，整个初二的男生都不许碰她。

屡次三番，高强约她私下聊聊。她一概拒绝。软的不行，他就玩阴的。放学前，他用水果刀悄悄将她的自行车胎戳破。

她推着车去学校对面的修车铺。车胎有了长长的一截口子，无法修补，只得换胎。同学都回家了，自己还要换胎，花费20元。她沮丧、懊恼，孤独感、无助感渐上心头。

那次凌蕙芸推车去修理铺，撞见席懿鹏。他知道原委，主动帮她推车，陪她修车。她去小卖部买了一支冰棍，递给他，以示感谢。

第二天放学后，席懿鹏守候在凌蕙芸的自行车旁，并要陪她走回家。

"不行。你得参加晚自修，来不及的。"

"来得及，我可以跑回学校。"

"会吃不上晚饭的。"

"买个面包，应付下。"

他们比肩行走，踩着坑洼凹凸的乡路。夕阳西坠，灰蓝色的天幕飘着几抹云彩。几只蛾子在眼前轻盈飞转缭绕。蟋蟀在唧唧弹唱，仿佛述说着少女纷纭的心事……

席懿鹏晚自修常迟到。他俩的事在班里悄然传开。班主任老师闻后，分别找两人谈话。

"什么季节，开什么花。眼下的任务是念书学习。初恋是美好的，也是珍贵的。等以后心智成熟了，上了大学，你们再交往，好吗?"班主任老师笑吟吟对凌蕙芸说。

"嗯。"凌蕙芸颔首应诺。

席懿鹏很倔，矢口否认。他告诉老师，他们只是同学间的互相帮助。且都是他主动找她，跟她没关系。

他我行我素，仍主动和她交往，甚至在公开场合处处护着她。

凌蕙芸为他的不离不弃感动。她知道自己家庭条件配不上他，班上不少女生甚至生出妒忌，讥笑她勾引了他。席懿鹏却对凌蕙芸说："无所谓，只要我内心喜欢就好。别人怎么说我不管。"她心暖暖的。诚挚的话语令她铭心刻骨，终生难忘。此时她对爱有了初步认知:不管全世界怎么说，只要他喜欢她就好。在她寂寞的心灵里，这就是爱的内涵、爱的诠释。

学习之余，席懿鹏偷偷写了好多书信。他把平时的兴趣、爱好，孤独、苦闷，日后的理想、抱负都形诸文字，将少年的情怀抒发在纸上。有次，凌蕙芸送他一串钥匙圈，他视为宝物，每天佩在皮带上。他在信中说："我每天都戴腰间，见物如睹人。这样我做任何事都会有分寸……"

他常给她送吃的，她喜欢的，面包、牛奶、冰淇淋。节日时，他给她买水晶摆件、布艺娃娃……他借小诗一首，向她表白："你是我的心，你是我的肝，你是我的肺，你是我的胃，你是我生命的四分之三……"

凌蕙芸浸淫在蜜蜜润润之中，缺少父爱的她，浅尝着被人宠着爱着掖着护着的滋味。心儿在空中驰飞，她梦幻着，日后能与他携手共进大学，比翼双飞。

暑期过后，凌蕙芸懵了。她没见到席懿鹏。原来，放假前班主任和席懿鹏父亲通了电话，说他正和班里女生恋爱，念书分心，成绩退步……父亲为儿子的学业计，将他转回家乡的初中学习。

4

李新初带着儿子来她家。母亲撺掇她和李昊一起剥毛豆、拣菜，安排坐一凳吃饭。她有意无意将她俩撮合一道。她搁着脸，噘着小嘴，心里别扭反感。她竭力回避、疏远。她懂母亲的心思。但她压根儿不喜欢他，在她眼里，他畏畏缩缩，小样，猥琐，如他父亲。

母亲向李新初提出，要去民政局登记结婚。两人没名没分久住一起，招闲话，对双方小孩有影响。

"嗯，蛮好。还是那句话，小蕙今后跟小昊成亲，"李新初虽答应，但附加了条件，并承诺，"今后小蕙弟弟的人生大事，我会负责。"

母亲皱紧眉头。她心疼女儿，了解女儿，知道她心气高，脾气犟，不会轻易答应。若霸王硬上弓，会遇麻烦。领结婚证的事，只得暂时搁置。他快快不悦，橄榄似的脸拉得老长老长。

凌蕙芸隐隐觉得，他们闹过架，在冷战。一段时间，家里少了他的影子。偶尔遇见，他强装笑靥，言不由衷对她说着客套话。母亲问他，小昊怎么好久不来？他自在地说，他和班上女生在一起。母亲清楚，那是气话。他在敲山震虎。

临近中考。学校要求父母依据学习成绩，填报考生志愿。李新初主张，让小蕙报考职业学校。女孩子学个技术，日后就业方便。母亲唉声叹气。她知道女儿的成绩，考上重点高中没问题。她的志向是上大学，远离乡村，去大都市生活。而他的用意明显，女孩上了大学，翅膀硬了，将远走高飞，瞧不上自己的儿子，岂不竹篮打水一场空？母亲哼哼哈哈，折中调和，说得听女儿的意见。

凌蕙芸似乎早有自己的盘算。念高中、上大学是她的夙愿，但七年的费用太昂贵。她不想拖累母亲，她操持这个家够难的；更不想亏欠李新初太多，经济债得用一生的情感去抵偿，实在残忍而严酷。她听老师说就读师范学校，国家月月发放津贴，不用家里掏钱；并且毕业后政府包分配，可立地赚钱贴补家里。她跟母亲说，她要报考中师，毕业后当小学老师，工作稳定，旱涝保收。女儿的话在理，冠冕堂皇。母亲猛然发觉女儿已长大成熟，眼泪禁不住扑落落掉下。她想起了丈夫。他临终前托付，将两个小孩照应好，培养成才。她自觉委屈了女儿，对不起丈夫。凌蕙芸见母亲落泪，用手巾轻轻为她拭泪。她望见母亲脸上细密的鱼纹、零星的雀斑，鼻子一酸，泪水啪嗒啪嗒往下淌……

夜晚，她倚窗仰望。天空星星点点，一闪一眨，发出微光。星与星疏离，对峙，孤独而寂冷。她努力寻觅那颗属于自己的星座。乌云翻涌而来，星星躲进云层，天空倏地没入漆黑……眼前浮现出席懿鹏的影子。她无以得知他的消息。她牵念他——他曾给她的温存与煦暖。他们在一起时总有说不完的悄悄话，道不尽的人生梦。他曾给她描摹诸多灿烂、绚丽的梦，浪花朵朵，如今回忆还是那般青涩而炫目，神往而诗意。他一定会报考重点高中吧？要是他在身边，多好，可以听听他的意见，甚至可以请他拿主意……

5

她考入本市的铁道中等师范学院，就读中文专业。学习忙碌而紧凑，日子清静又充实。也有恼人的时候。节假日，同学们兴高采烈，嚷嚷着回家，假期结束带着一大堆水果、零食满满而归。她很少回家。她白天端坐教室阅读，温习功课；晚上孑然斜卧铁床，望着空荡荡的五张床铺发呆虚想。她羡慕同学，内心陡地生出酸滋滋、苦涩涩的味道，淡淡的惆怅、落寞渐上心头。母亲思念她，盼她回去，她寻找各种理由搪塞、推诿。她怕见到母亲委曲求全的模样，更讨厌身后李新初父子如影随形地追随。

凌蕙芸徜徉在园林般清丽的校园，沉浸在浩瀚的书海，浸淫于琴棋书画，她出落得楚楚动人，雍容优雅。毕业后她分配到本乡的中心小学教书。她如仙女下凡，公主驾到。逼仄的校园，充斥着对她啧啧的夸赞和灼灼的眼神。单身男教师见了她怦然心动，欣欣然，嗡嗡嘤嘤围她转。她似乎很有定力，以多年养成的一贯做派——矜持，微笑，不卑不亢，同每个人保持等距离外交。

读师范时，母亲和李新初的关系时好时坏。母亲善良、老实，念着他的情。女儿一毕业，她便开始在她耳边唠叨，要她和李昊发展关系。母亲以这些年李新初对她家的鼎力相助，弟弟以后成家立业得靠他为说辞，恳求她，哀求她。她秉持己见，不答应，不同意。她说要是逼她和李昊结合，她宁愿这辈子独身。母亲固执、糊涂，甚至一度以喝农药寻死要挟、胁迫她。她遇事沉着，有静气，咬咬牙说，再逼，她与家里一刀两断，老死不相往来。语气凛凛，一如磐石般坚硬。母亲心灰意冷，心冰凉冰凉……

母亲向李新初摊牌，他们终于分手，两人的关系像无疾而终的老人走到了生命尽头。凌蕙芸的直觉真灵——李新初小样、猥琐、下作。他竟去她的学校散布种种流言，朝她身上泼洒脏水。她一时尴尬、难堪，默默吞咽苦水。但她暗自庆幸，幸亏及早认清他真实的面目……

男大当婚，女大当嫁。周围不乏热心人，包括她的小学、初中老师，都替她穿针引线，引荐朋友。男生们都很优秀，有教师、医生、律师、机关公务员，但都没能进入她的法眼，她婉言谢绝。她似乎对恋爱、婚姻有牢固的见解，那是她洞悉世事、饱览文学作品所成。"婚前睁开眼，婚后闭只眼""女人有两次生命，一次是她的出生，一次是她的婚姻"……她得紧紧攥住自己的第二次生命，等待命运的转机。毫无疑义，她的命运携着母亲和弟弟，她得拽上他们一起腾达。

寻寻觅觅，千淘万漉。两年后，凌蕙芸终于遇到知音范筱明。两人相识，源于一段奇缘。他妹妹范筱英上小学五年级，在凌蕙芸执教的班里就读。她发现范筱英作业拖拉，成绩下降，为了弄明缘由，她骑车去她家家访。范筱英家住红树湾别墅区，两层三开间欧式的楼宇显赫气派。轩敞的院子内，小桥流水，花香扑鼻，后屋的车库歇着豪华的奔驰轿车。那天范筱英父母外出有事，迎候她的是哥哥范筱明。小伙子小麦色的国字脸上长着乌青的须髯，散发出成熟男人的气息。他比她小两岁，一米七八的个子，幽蓝深邃的眼神里透出特殊的魅力。他热情招呼她入座，殷勤地为她沏茶、削水果。才坐一会儿，凌蕙芸感觉臀部湿腻，不适。她猛然记起，特殊的日子到了。她匆忙起身，眼睛回视沙发，奶白色的皮套上洇出几缕血痕。她脸色绯红，快步去了卫生间。她回到客厅，一眼瞥见沙发已擦拭干净。他悄然候立，神色安静，好似什么都没发生……

那晚，她方寸大乱，定力消失。她内心怪怼埋怨，平日一向心思缜密的自己，竟如此粗心草率，在他幽蓝、深邃的眼皮底下暴露隐私，如同泄漏春光，令她窘迫尴尬，无地自容。而他虽然比她年轻，话不多却沉着老道，敏锐的触觉里有着可贵的共情心、同理心。她似乎有了某种幻觉，他就是那个感同身受的人，他厚实的肩膀似大山般可倚可靠……他呢，初见她，为她的天生丽质、温柔大方摄住。惊鸿一瞥，百世沦陷。于是以妹妹范筱英为使者，两人开始接触交往，直至坠入爱河。彼此情投意合，惬意，如愿以偿，一如某位名人所言：遇到你之前，我没想过结婚；遇到你之后，我没想过和别的人结婚。一年后她光鲜体面地嫁进了朱门豪户，过上了优渥幸福的生活。

6

凌蕙芸天生是做老师的料。站立讲台，她像一位统率千军万马的将士，举重若轻，所向披靡。她亭亭玉立、婀娜的身姿出现在讲台，浑身就散发出强烈的气场、震慑学生的气度——她温柔可亲的外表下发散出凛然不可冒犯的威严。她带的班级、所教的语文学科成绩遥遥领先，她赢得老师、家长、学生的信赖和爱戴。

校长器重她，在各种公开场合赞扬她有上进心、责任心、事业心。校长提供种种机会为她搭建平台，让她发挥才华，展露风采。她代表学校为施教区上公开课，代表青年教师参加教育局"青年教师演讲"。年终时，还给她"区优秀青年教师""区教学新秀""学校十佳德才兼备好教师"等荣誉……

她飘飘然，沾沾自喜。她似乎坚信，凭个人的能力与作为，日后终将犁出一片璀璨的天地、似锦的前程。但有一天她隐约发觉，周边的眼神满含猜疑、嘲讽、鄙夷。她开始警觉、反思。她觉出了苗头。信任、奖掖的背后晃动着校长浑浊、欲望的眼光：他常发些荤段子逗她，得空去她办公室聊天，有意无意亲近她，偶尔做出亲昵、暧昧的举动……他有非分的企图、卑琐的念头！她吓出一身冷汗。忆起母亲在乡人面前的窘态，她心有余悸。她不想闹出幺蛾子的事弄脏自己洁净的羽毛，毁坏自身美好的声誉，更不想自掘坟墓将婚姻埋葬。

太湖畔有一处私人会所，名曰"筑居小院"。小院四间平屋，黛瓦青砖；屋外小院，竹篱笆围拦而成；太湖石垒砌的假山旁有一小池，泉水叮咚；平屋四周古木翠竹掩映，花香四溢。范筱明和父亲在这里大摆宴席，邀上教育局局长、副局长和她学校的校长。傍晚时分，汽车载着客人来到会所。他们先是牌桌就座，酝酿情感。牌过三局，客人情绪高涨，跃跃欲试。进入酒席，众人红口白牙，狼吞虎咽，杯来盏去，不时高潮迭起。临近尾声，范筱明悄悄给每人塞了一个大红包……

小小的酒宴，四两拨千斤。她发现校长变得正经许多。校园见面彼此招呼，他温情里含着严肃，微笑里不乏尊重。年底时她升了官，被提拔为教务处副主任。校长找她就职谈话。他一副公事公办的神态，对她说："你政治素养高，事业心强，工作大胆泼辣，成绩出众，学校提拔你是顺从民意，水到渠成……"

教书没几年，却意外升职。按资历辈分算，多少人排在她前面，一时半会儿还轮不到她。她心里味道杂陈，欣喜之中，夹杂悲凉——悲欣交集。暗自思忖，莫非是如《圣经》上所说，上帝为你关闭一扇门，就一定会为你打开一扇窗？

哎！……

7

江南六月，淫雨霏霏。凌蕙芸所带的第二届学生即将毕业。多年的师生情、同学情缱绻难舍，仿如眼前的绵绵雨脚。午后，十多位学生叽叽喳喳，捧着毕业留言簿涌入她办公室，请她留言签名。她很专注、投入，没有半点敷衍懈怠之意。他们毕竟是自己一手带大的学生，这些年她倾注了太多的情感，付出了太多的心血！望着一张张熟悉而稚气的脸，她绞尽脑汁，依据学生的脾性、爱好、习惯，一一为他们送上临别赠言："只会在水泥地上行走的人，永远不会留下深深浅浅的履痕。""不要嘲笑铁树。为了开一次花，它付出了比别的树更耐久的努力。""思念是一季的花香，漫过山谷，笼罩你我。而祝福是无边的关注，溢出眼睛，直抵心底。"……一句句富有诗意、哲理的话语感动学生，更感动她自己。

最后一个递上签名簿的是女孩黎丽。凌蕙芸给她的留言是："拒绝火中的淬炼，矿石并不比在地下更有价值。"在她印象里，黎丽内向，喜欢涂涂画画，课余爱在簿本上描涂花草美人、虫鸟鱼虾。有次黎丽母亲找她反映，女儿迷上了武侠小说。晚上 11 点后，她还钻在被窝偷偷阅读金庸的小说。凌蕙芸将她唤到操场，边散步边与她交流。黎丽喜爱文学，近些年阅读了许多中外名著，她日后的理想要成为作家。前些时候黎丽读了金庸小说《笑傲江湖》后便一发不可收拾，她找来《飞狐外传》《雪山飞狐》《天龙八部》《射雕英雄传》《鹿鼎记》《书剑恩仇录》《神雕侠侣》《倚天屠龙记》等小说，读得如醉如痴，如云似雾，她沉溺在小说营造的江湖恩仇中。凌蕙芸耐心开导她、启发她，要她处理好课外阅读和学校功课的关系，影响功课和休息。她还给她分析金庸作品的语言魅力，鼓励她多读古诗文，夯实文字基础。黎丽乖巧玲珑，在她循循善诱的教诲下，慢慢从"武侠梦"中走出。

黎丽收好留言簿，附在凌蕙芸耳旁轻言细语："凌老师，我妈有事找你。让你有空去一趟她办公室。"

黎丽的捎话，让凌蕙芸讶异，忐忑不安。她记得，黎丽的母亲叫汤曼，每次家长会她都准时参加。见面时，汤曼总褒赞凌蕙芸格局大，聪慧能干，工作细致踏实，可以干一番大事，赞美之辞溢于言表。几次接触才了解，汤曼在凌蕙芸学校所在区的东林区区委组织部上班，任干部科科长。最近又听说她擢升为区组织部副部长。

她去了区政府。门卫指点她，组织部在一号楼七楼。走进机关大院，她眼睛一亮，顿觉豁然开朗。机关大院似一座精致的公园，四周古木苍翠，枝茂叶盛。东西两边栽种草坪，绿草如茵。北面花圃香气氤氲，绽放着月季、紫薇、杜鹃、茉莉、白兰花。南面广场开阔，有几个足球场大。广场中央是人造的喷水池，悠扬音乐声中 18 个喷泉向高空喷射出条形的水柱，水雾袅袅……踟躇其间，她流连忘返，像刘姥姥进了大观园，为眼前美景陶醉、倾倒。

汤曼笑吟吟迎接她。两人坐在沙发促膝谈心。汤曼告诉她，东林区经济迅猛发展，外事接待任务繁重。区接待办人手紧缺，区委让她物色一位女同志，充实到接待办。依照接待工作特点，汤曼认为凌蕙芸是最佳人选。她人漂亮，气质优雅，形象好；擅长琴棋书画，能歌善舞；聪慧识理，应变能力强。汤曼让凌蕙芸回去和家人商量后给个回复。如若同意，她派人去教育局办理借调手续。

8

凌蕙芸借调至区接待办，首次接待的是由 5 位台商组成的投资考察团。多年的教学生涯，让她养成了凡事追求完美的个性。接待前，她像在学校备课一样，认真做好攻略。她不厌其烦，从百度查阅台商企业的相关情况，如成长背景、投资领域、产品种类、企业规模、在海外投资情况，等等，将其打印装订成册，分送给参加接待的人员。她反复与对方联络人沟通，详细了解每位客商的兴趣、爱好、生活习性。她得知一位塑料企业的台商喜食羊肉，便在宴会上策划一道大餐——烤全羊。两位服务员将整只山羊热气腾腾端上，"哇，哇"，全场一阵惊呼。那位台商如临饕餮盛宴，激动兴奋，手舞足蹈，边咀嚼边啧啧称赞。其中一位从事面包机械的女台商多年信佛，不食荤腥，宴席上凌蕙芸为她专门备了六道精致的素肴……热情、周到、人性化的服务，赢得了台商的心。考察活动期间，台商当场签下三个投资项目意向书。首战告捷，凌蕙芸似乎找到了感觉，工作的存在感、成就感油然而生。

旁人看来接待工作仅需按部就班，循规蹈矩，无须独出心裁，别开生面。但凌蕙芸觉得接待工作是个动态过程，情况千变万化，需要接待人员因地制宜，激活思维，不断创新。她曾接待过一批新疆客人。东林区的惠龙钢管股份有限公司是一家大型民营企业，它与新疆瑞星股份有限公司合作，承揽西气东输的部分管道铺排工程。项目合作签约仪式安设在本地的湖滨饭店。区委让凌蕙芸协助企业负责接待。在安排主席台就座人员名单时，她遭遇了难题。新疆方出席的有自治州、自治县的领导，职务级别都比东林区的领导高。按照惯例，须以职务高低从中间向左右岔开挨次排座，但如此一来东林区领导只得在边缘席位就座，主席台重心向一方倾斜，显得突兀不对称。怎么办？聪颖的她摒弃旧有思维，大胆将主席台一分为二，左边按职位高低坐新疆领导，右边按职位高低坐本地领导。如此排座无可挑剔。她将复杂的问题简单化，轻而易举化解了难题，起到了点铁成金、叱石成羊的效果。

凌蕙芸在机关得心应手，接待工作如鱼得水。三年后，她凭借出色的工作和显赫的实绩，晋升为区接待办副主任。

那次市委书记前来东林区进行经济转型调研。凌蕙芸负责接待事务并全程陪同。出乎意料的是，她竟遇见了他——她的初中同学席懿鹏。相忘江湖二十年，而今重逢，彼此会心一笑，相见如初。世事变迁，岁月如歌，两人念初中时的情景纷涌眼前。彼此交流心有灵犀，仿佛有说不尽的知心话，道不完的往日情。她悄悄朝他觑望，发现他少年时的稚气莽撞消失殆尽，脸上尽显男性成熟气质——沉稳，坚毅。他告诉她，高中毕业他以优异的成绩，考入浙江大学金融学专业。大学四年他都任班长，其间历练了他的组织能力、社交能力、活动能力。大学毕业后进入市委办公室工作。仕途一路飙升，副处长、处长、办公室主任，一直到副秘书长兼办公室主任……

9

市委办、市委组织部在市级机关选拔优秀青年干部下基层锻炼。席懿鹏作为优秀青年干部典型榜上有名，被甄选到东林区担任区委副书记。

有些相遇，似乎冥冥中注定。席懿鹏、凌蕙芸这一对昔日的初恋情人，如今成了上下级同事。同在一个屋檐下，他还分管接待办，彼此见面接触的机会增多。每次见面，他笑眯眯地向她发出邀请，请她有空去他那儿做客、喝茶。她也真想去坐坐，多少回，睡里梦里，渴望与他共诉衷肠，聊聊彼此生活、日后人生。但她识趣，不好意思惊扰他——她知道他新来不久，副书记分管条线多，头绪杂，事情忙。那次外地有一个党政代表团将来东林区参观考察，她一早捧着接待方案去向他汇报。他像医生坐诊，好几拨人在门口等候。一个时辰后，轮到她汇报工作。他正襟危坐，见了她，深情地颔首致意，然后低首研读接待方案。审阅结束，她望着门口长长的人群——他们都是机关的局长、街道的书记主任，只好取消滞留的念头，怏怏步出办公室……

那天上午席懿鹏去了她办公室。领导首次大驾光临，彼此藏有昔日的情愫，他又是自己的顶头上司，她局促、不自在，心直跳。他一脸笑容，神情自若向她嘘寒问暖，一会儿问起她的家庭状况，一会儿关心她的分管事务。温情的话语似暖风拂吹，她晕晕乎乎，被动地答着他的问话。一番铺垫打底后，他转入正题：本周五下午，市委邹副书记要来检查、督促东林区的人才工作。他让她先做预案，再商讨决定。届时他们一起陪同接待。话至末了，他着意强调本次接待的重要性——邹副书记分管全市组织工作，干部的提拔重用他都一言九鼎。

市委邹副书记一行实地考察了东林区的清华创业园、石墨烯产业发展示范区、中智科技园等地的人才工作。座谈会上，席懿鹏代表东林区区委，向邹副书记一行汇报了人才建设工作的情况。邹副书记做总结性讲话，对东林区的人才工作给予充分肯定和表扬，并勉励东林区区委进一步解放思想，开拓创新，争做人才发展的聚集区，争创人才建设的高新区。

会议近6点结束。席懿鹏、政府办副主任、接待办主任、凌蕙芸等几位陪同邹副书记在一家企业的餐厅用膳。便餐后，席懿鹏邀请邹副书记去隔壁卡拉 OK 室高歌一曲。邹副书记面呈勉强的神色，嘴上不停推却。但席懿鹏熟知他是市级机关出名的男高音，嗓音好，音乐天赋高。席懿鹏再三挽留，当众对他说："平时大家难得见邹副书记一面，今日您得为我们传播正能量，让我们领略您的风采，接受音乐艺术的熏陶。"得体的话，博得邹副书记满脸灿笑，心花怒放。邹副书记盛情难却，半推半就步入卡拉 OK 室。

卡拉 OK 室里，霓虹闪烁，鲜花簇拥。桌几上摆满小瓶的德国啤酒、时鲜水果、零食和点心。

席懿鹏为邹副书记点上一曲刘欢唱的《情怨》。开腔首句"每一次无眠，你都浮现"，他便进入角色，将刘欢的声腔、调门模仿得惟妙惟肖。他情感饱满，将爱、恨，伤痛、怨愤都倾诉在每一句唱词中。曲终，席懿鹏捧上鲜花，送到邹副书记手中。室内掌声雷动，叫好声不绝。在场各人手握酒杯，上前与邹副书记碰杯，一饮而尽，祝贺他演唱成功。

席懿鹏献上一曲《千万次的问》。他歌喉婉转悠扬，情意浓浓，处处彰显男人的洒脱与豪迈，让一旁的凌蕙芸心扉叩动，泪花婆娑。唱毕，众人纵情鼓掌，端起美酒干杯。

凌蕙芸唱的是毛阿敏的《思念》。凌蕙芸就读师范时学过音乐，对乐曲拿捏自如。她唱得清欢悠扬，爱意绵绵。当她唱至"不知能作几日停留，我们已经分别太久太久"时，她悄然动容，两颊泪痕点点……

邹副书记和凌蕙芸合唱一首《心雨》。歌曲走心，优美的旋律中，飘着淡淡的伤感，那种不能嫁给心仪的男子，只能委身于他人为妇的痛苦而决绝的心境在两人的演绎下，韵味渐渐展露……

几杯啤酒落肚，凌蕙芸晕晕乎乎，走路摇摇晃晃。她去了卫生间，用冷水擦了把脸，她得努力使自己保持清醒、矜持，不失态。回到大厅，她惊讶地发现，偌大的歌厅只剩下邹副书记一人，其他人都不见了踪影。他含情脉脉候着她，眼中绽放暧昧的光芒。他斟满酒，递给她。她伸手去接，他借机攥住她的手指。她一阵紧张、羞赧，血脉偾张。她使劲挣脱他的手，酒水泼洒一地。她尴尬不已，慌乱中为稳定情绪，她对他说："唱，唱歌，继续唱歌。"

他走到音响前，点上一曲男女合唱的《美丽的神话》。当他唱及"星星坠落，风在吹动，终于再将你拥入怀中"时，他抵近她，想拥她入怀。她竭力推开，紧退几步。她心大乱，手持话筒，唱得荒腔走板。乐曲终结，她快步去卫生间，掏出手机，拨通司机的电话，唤他过来。她对镜理鬓，整饬衣饰，然后步回大厅。司机已站立门口。她吩咐司机："时间不早了，送领导回家。"语气沉着淡定，却透出不可置疑的威严……

清寂的夜晚，星星点点。夜风频吹，寒意阵阵。她满腔委屈、伤心，一种被背叛和出卖的感觉在心里淌过。她内心似乎在告诫自己，美好的记忆如同一尊佛像不能触摸，一旦触摸上面，金粉会噗噗掉落，所有的美好将化为乌有……恍惚间，邹副书记那双充满欲火的眼睛在面前晃动，顿时鼻翼间充溢着海腥味、汗酸臭味，胃里翻江倒海，恶心，想呕吐……

她耳鼓响起那句话：上帝为你关闭一扇门，就一定会为你打开一扇窗。对，她得关上那扇窗。必须！马上！一念既起，万念俱灭。

两小无猜

1

下午5点，方芸汐将手机钥匙塞入坤包，准备下班。手机铃声急遽响起，她一眼瞥见是好闺密夏语晨打来的。语晨很兴奋，告诉她初中班主任李妍通知，原初中1班、8班的同学周末将举行首次同学聚会。

同学会定在湖边龙寺生态园的二泉茶室。那天秋日暖阳，江南的天空碧澄如洗，湛蓝湛蓝。群山环抱，山峦逶迤。生态园内，树木郁郁苍苍，小鸟啁啁啾啾。路边的木槿花、山茶花，山坡上的野菊花、牵牛花斗丽绽放，暗香浮动。二泉茶室筑在山腰的一畴平地，老板娘将茶室的茶几、椅子、茶具、热水壶都搬至露天。屋前绿草茵茵，草坪尽头是汪汪的一泓蓝水，微风涟漪，几枚野鸭在水面悠然凫水；池水的南端和北端是青葱的茶圃，匝密的枝叶上，蜻蜓、蛱蝶飞旋打转，盈盈起舞。

上午10点，方芸汐驾车抵达。许多同学先她而至，两两三三围坐在日光里，品茶叙聊，谈笑自如。她的到来似乎没引起同学的注意。她一眼望见被同学围坐的班主任老师李妍，她明亮的大眼仍激灵灵、亮闪闪；原先矮胖的身子更见臃肿，窝在椅子里，厚厚实实的一堆。

方芸汐姗姗步至老师跟前，亲昵招呼："李老师，您好！"

李老师眯眼端详，无法认出面前的学生，她有点窘迫，微笑着问："你是？"

"我是方芸汐。您的学生。"

"啊？！"

李老师扑闪着双眼，将信将疑。她难以相信自己的眼力和直觉。记忆中的方芸汐长得小样，单眼皮，肌肤黄中沾灰，鼻梁扁塌，周身散发出乡野之气。眼下她竟出落得如此楚楚动人：双眼皮，高鼻梁，如雪的肌肤透出瓷晃晃的釉光，话语羞涩而款款，显得大气而温润，一股大家闺秀的静气汩汩泻出。

在校时李老师满心喜欢方芸汐。她各科成绩中等，而英语成绩突出，是她的英语课代表。见老师生疏的神态，芸汐乖巧地俯下身子，右手挽着老师的肩膀，笑吟吟对她耳语："李老师，前些年我做了脸部整容。"

"难怪。"李老师暗自诧异，将身子从椅子里拔出，站起来，把方芸汐推介给众人："这是方芸汐同学，1班的英语课代表。"

"啊！"在场同学圆睁着眼睛，发出惊叹。偏僻处的语晨，不惊不叹，坐着窃笑。语晨左侧的李少杰望见昔日的恋人竟变得如此美丽大方，他怔怔地望着方芸汐，半天回不过神来……

语晨向芸汐挥手示意，唤她过来，让她坐右旁的空位。见了李少杰，方芸汐嫣然一笑，内心泛出涟漪，脸上洇出几朵红云。

方芸汐、李少杰同坐一桌，各自显得尴尬、不安，他们有一搭没一搭说着应酬的话。此刻的方芸汐，思绪飞到 20 年前与他相识的日子……

2

1995 年，方芸汐上小学四年级。漫漫暑期，孑身在家，寂寥无绪。只有村上同龄女孩语晨常找她，陪她玩耍。

午后，她俩骑着自行车，在通往街镇的村路狂奔。炎阳当头，路边稻田水雾弥腾；路旁的杨柳垂摆着青绿的丝绦，仿佛在向她俩招手示好；附枝的蝉儿嘶鸣鼓噪，似乎在给夏热添着温度。自行车吭哧吭哧，颠簸在乱石间。少年贪欢，不知疲倦。两人一口气骑到街上，脸颊通红，汗水晶莹，衣服湿漉漉淌出滴水。炙烫的大街人烟稀少，商店门可罗雀。两人推着自行车，漫无目的在街头转悠。不久感觉口里着火，喉咙冒烟。语晨提议，去她姑姑家喝水消渴。姑姑家在街的南头——跨过大船桥的第一个村子——李巷村。

到姑姑家，两人已是气喘吁吁，蔫蔫不振。姑姑家的堂屋中央，"噼啪，噼啪"，四位长者沉浸在麻将里。两个小丫头光顾，竟无人搭理。只有一旁的小男孩蹦跳着上前，伸出小手拉着语晨，高兴招呼。小男孩叫李少杰，是语晨的表哥，大她俩数月，个儿却比她们高出一截。他方中带圆的脸庞，眉清目秀，细皮嫩肉，虎虎的双眼显得英俊而水灵。他从水缸舀了两碗井水，递给她俩……

语晨的暑假，总有那么几天在少杰家度过。五年级暑假，语晨邀上云汐，住到姑姑家。姑姑是爽脆之人，喜人多热闹。见了语晨，将她搂在怀里，亲昵如自己的女儿。语晨和云汐上门，她热情好客，不厌其烦地烧煮一大堆好菜招待她们。

姑姑家的后门有一处院子，三面用短木围成篱笆。顺着篱笆栽着手臂粗的蔷薇花，枝叶攀缠篱笆，缀成重重叠叠、密密实实的高墙。蔷薇花盛开，粉红色的花冠一朵朵，一簇簇，恣意绽放。近看似一堵重叠密实的粉红花墙，远望似一帘花瀑飞泻而来。蜜蜂嗡嗡嘤嘤，在花丛间绕来缠去，溅得花香四溢。方芸汐陶醉其间，微醺着。

三个小孩相伴，似乎有扯不完的话题，玩不尽的游戏。少杰是她们的"小老大"，他率她们爬山、网鱼，挖野菜、捉蜻蜓，粘知了，抓田鸡……他还带上她们，徒步到三里外的张塘河边。张塘河河面开阔，湍水潺潺；南风徐徐，逸出丝丝凉气。河面漂浮着成片的圆木，半浮水面的圆木比人还粗，挨次用铅丝、蚂蟥铁配捆系一堆，连缀成巨大的木筏。少杰、语晨见后，噌噌跃上木筏。眼尖的少杰紧呼："两只大乌龟，扑通扑通，从木筏跳到水里！"

少杰和语晨自在地奔走在圆木上，偌大的木筏开始缓缓摇晃……

云汐蹲在岸上，眼巴巴望着，胆小又歆羡。少杰见状，上岸牵住她的手，扶她怯怯步上木筏。他鼓励她：别怕，慢慢走，很快会适应……捏着少杰肉嘟嘟、汗渍渍的小手，云汐的心里无端滋生出蔷薇花一样的芬芳。

白天喧嚣而过，长夜如期而至。他们同睡一室。少杰蜷睡沙发，云汐、语晨相拥竹榻。夜晚清寂，少杰、语晨伴着白天的疲乏进入梦乡。云汐朦朦胧胧，迷迷糊糊。隔壁房间传来姑姑"嗯啊、嗯啊"的叫唤声，"咯吱、咯吱，咯吱咯吱"的木床摇动声。声响急促、清亮。她懵懵懂懂，肢体内隐隐约约似虫子在啃啮，淡淡的忧愁悄然爬上心壁，神往而青涩，甜润而酸苦……

那年年底，语晨告诉云汐，少杰家起了变故。

少杰父亲是个"街皮头"，没有正经的职业，以赌为生。他脑瓜子灵，记性好，麻将桌上的每张牌都能过目不忘；他料牌如神，从不出错，滴溜溜飞转的眼睛好似戴着透视镜。他几乎场场赢，数年下来，手头积攒了两三万的赢钱，成了出名的"万元户"。少杰如阔人家的少爷，饭来张口，衣来伸手，无忧无虑。

男人有钱就使坏，少杰的父亲在外边有了姘妇。隔三差五，他彻夜不归，和女人厮混。那晚，姑姑带上村里几个男女，将姑父、姘妇堵在旅馆，将两人从床上拽住。他们将姘妇衣服撕烂，拳打脚踢，暴打一顿，然后拽上姑父回家。

黎明时分，姑父悄悄从家潜出，带上姘妇，远走他方，从此下落不明，杳无音信。姑姑原想警告姑父，逼他回心转意。殊不料，"赔了夫人又折兵"。一年后，姑姑守不住寂寞，丢下少杰，远嫁他乡。

夜晚云汐躺在床上，脑海中浮现出比她大几月的小哥哥少杰的身影——那个大眼闪烁、满含灵气的男孩。父母弃他而去，他与奶奶相依为命，饥一餐，饱一顿，日子凄然。每每念及，丝丝苦涩、缕缕忧伤如棉线从她敏感的心底抻出，少女单纯明快的心灵染上惆怅沧桑的底色。"少年不识愁滋味"，少杰的身世让她早早识得了愁的滋味。

3

同学会上，少杰为云汐的美貌、气质深深打动，昔日甜蜜的情感带着岁月的气息，使他心底的火星遽然点燃、燎原。他主动和她套近乎，与她加微信，要手机号。喝酒聚餐、唱卡拉 OK 时，他与她亦步亦趋，形影不离。聚会之后，他频频给她发信息，说着软话，对先前的行为露出悔意，有意无意透出想与她重修旧情的意思。可她待他不温不火，若即若离。他已有了妻室，她也有了丈夫、女儿，她无法跨越情感的嫌隙，无法忘怀昔日痛楚的伤口……

她记得，小学毕业，三人进入同一所初中。云汐和语晨分在 1 班，少杰在 8 班。

那天云汐去李老师办公室，交班级的英语作业。她远远瞥见少杰站在班主任廉老师面前。廉老师长着铁青的"包公脸"，一米八的个子，人高马大。他正咆哮着训斥李少杰。

云汐走近时，少杰羞愧窘迫，脸涨得通红。她满含温情，朝他粲然一笑。他内心微微一颤……有娘的孩子是块宝，没娘的孩子是棵草。自从失去父母，他一下子从煦暖的晴天跌入阴冷的雨天，他习惯了村里人的白眼，饱受了同学的讥讽、嘲笑。他自暴自弃，无心念书。他已不想上学，要不是奶奶逼迫，他早辍学回家。他沦为差生，老师常叱骂他、惩罚他，手背、手心、手臂都是明晃晃的教鞭留下的印痕。

眼前云汐的笑容，明亮，暖和。笑的瞬间，他的心陡地豁亮，热乎乎，暖遍全身。他鼻子一酸，两眼润湿、模糊……

语晨的爸爸，也就是少杰的舅舅，一直疼爱着少杰。每年他都为少杰过生日。初三那次，语晨邀了云汐，一同参加。

放学后，他们相约，推着自行车去语晨家。长空落日余晖，垄间阡陌，暮霭缭绕。坑坑洼洼的石子路上，留下三人斑驳的身影。他们哼着歌——当时的校园流行歌曲——《笨小孩》《我是女生》《你快回来》《对面的女孩看过来》。青涩的嗓音附着悠扬的曲调，淡淡的忧愁烟雾似弥漫在夕阳村道，少年的憧憬在脚下延伸……

那晚，烛光莹莹，言笑盈盈。语晨的妈妈备了一桌子的好菜。语晨端上生日蛋糕。云汐捧出生日礼物：一双球鞋。少杰喜欢运动，云汐用平时省下的 88 元零花钱，买了一双流行的球鞋——帆布鞋面、橡胶鞋底的白色运动鞋。她们为他欢快吟唱着《生日快乐》的歌曲。14 岁的少杰脸长得愈发像明星张智霖，只是皮肤稍黑，一米七八的个子，唇边髭须茬茬。他站立蛋糕前，合目许愿的刹那，世态的炎凉、人间的冷暖一齐纷涌眼前，一股酸滋滋、苦涩涩的味道堵在喉间，他泪水汪汪……

圣诞节到了，校园里流行送新年贺卡。少杰赠送云汐一张精美的贺卡：白雪皑皑，雪橇奔跑，慈祥的圣诞老人降临人间……贺卡上嵌着舒同体的祝福语："雪花飘，驯鹿跑，我的心儿跳上雪橇，奔到你身旁。愿你的快乐像城堡一样越垒越高，愿我的祝福伴随你今生今世。"

云汐局促不安，红着脸推辞。少杰说：收下吧，你和语晨一人一份。

4

中考结束，云汐考上高中，语晨考取职校。少杰成绩差，没考上，快快悻悻回了家。

不知使了什么手段，少杰获取了云汐高中宿舍的电话号码。初次通话，他声音颤抖，结巴着，话不连贯。他告诉云汐，他去了一家电焊厂工作，师傅待他好，毫无保留地将焊接中的过门关节教给他，他已能独立操作。

晚上九点，他常给云汐打去电话，将生活的点滴向她汇报。话里话外，闪烁其词，折射出绵绵情意。那次他领了 600 元薪酬，要请她吃饭。云汐婉言相谢。她叮嘱他注意安全，照顾好身体。

同寝室的女生接听电话，一听是同一个男生找云汐，戏谑地喊："云汐，接电话。你男朋友的。"

起始她莞尔一笑，说是她表哥。次数多了她默不作声，懒得解释。

繁重紧张的高中学业，刻板枯燥的庸常之余，耳鼓逸来少杰的喃喃私语——糯黏的情愫，温馨的勉励。她的心窝暖暖的。有了少杰——他的电话，她似乎比周围女生多了炫夸的资本，她的虚荣心如花盛开。晚上拽着疲惫的身子回到寝室，她闪出的第一个念头就是电话。她似吸毒上瘾带来幻觉和麻醉，对电话有了某种依赖，某种期待和渴念。要是某个晚上没他的电话，她内心会滋生出丝丝的失落和惆怅，怔怔忡忡，望着红色的电话机发呆……

她似乎头脑清醒，她的目标是大学，她的未来在城市，在高楼大厦。她隐隐觉得，他和她不是同一条绳上的蚂蚱，不会殊途同归，只有开端没有结局，犹如庭前复瓣的樱花幽香艳丽，只开花不结果……眼下算什么，似乎只是两人人生中类似过渡性的时光，安然静谧，朝朝暮暮。无数个夜晚，她卧在双层铁床的上铺，望着窗外繁星点点，在虚妄和怅惘中悄然入梦。

不知何时起，他开始给她钱。起先她似乎很有定力，红着脸，竭力推辞。无端受禄，她受之有愧，心怀惴惴。不知为何，她最终还是稀里糊涂地收受了。接下来便一发不可收拾，他给，她笑纳，三百五百元不等。一切顺理成章，天经地义，她心安理得。

　　在云汐的脑里，钱原先只是一个模糊的概念，几近可有可无。进入高中，她寄宿在校，打开水、洗澡、理发，买牙膏、牙刷、卫生巾、洗衣粉，购书、订复习资料都得花钱，缺钱寸步难行。校园在市场化，精明的校长将食堂承包给私人老板，一日三餐的价格翻番地上涨。她日渐对钱有了感觉和趣味——感受到了钱的迫切和重要。随着时间的延展，她对钱的欲望渐渐膨胀，一张张粉红的钞票成了湿漉漉有温度、有情感的生命体，成了她精神的部分慰藉。少杰的襄助，对家境贫困、囊中羞涩的她犹如雪天送炭，久旱降甘霖。手头渐渐宽裕，她变得滋润、风光。

　　他呢，一心讨她欢欣，见到她收钱的样子——如沐春风，脸上花瓣朵朵，他显得威风而神圣，如坐皇位，皇恩浩荡。他的所作所为仿似在演绎古时千金一笑的佳话。可他每月仅 600 元的薪酬，他得努力挣钱。他似乎遗传了父亲聪明的基因，小小年纪，乖巧玲珑。他花 110 元，去日杂店买一条南京烟，隔几天扔一包给师傅。师傅喝酒应酬，他"师傅、师傅"挂在唇边，给他搛菜，递烟，倒酒。

　　师傅有 3 个徒弟，内心最喜欢少杰。当时乡镇企业电焊工紧缺，不少单位请师傅去帮忙。师傅悄悄喊上少杰，利用晚间、周日外出"打野鸡"（干私活），每次能赚上三五百元。赚了钱，少杰知恩图报，将分得的钱匀出部分，孝敬他。那时，流行洗澡汆浴。师傅空时，他掏钱请客，让他去"西海岸浴室"享受。为了钱，也为了她，他立地变得成熟，俨然有了担当，有了责任。他不再贪玩，而是玩命干活。他常连续烧电焊七八个小时，几次患了电光性眼炎，眼睛肿胀似金鱼眼，不住淌泪，疼痛。他心里盛满了云汐，只要想起她，人就变得沉沉实实，浑身有使不尽的劲，用不完的力。

5

市面流行小灵通。少杰去街上电信公司分店，花 500 元钱给云汐买了一款，粉红色的。云汐满心喜欢，脸上露出无可言喻的喜悦。她爱不释手，将小灵通揣在衣袋，得暇时掏出来拨弄一番。白天她将它调至振动状态，她不想让老师发现。回到宿舍她不避寝室女生，打电话时故意嚷嚷，极尽显摆和炫耀。

有了小灵通，联系简捷、紧密。可她和少杰的心却没有拽近。他们彼此的话题不多，电话里他除了通报自己的工作，就是告知与师傅在一起喝酒、吹牛、洗澡。她觉得他的人生似乎就是赚钱、喝酒、吹牛。想着这些，她内心空落落的，淡淡的失意、落寞笼在心头。

少杰用积攒的钱，买了一辆崭新的雅马哈摩托车。

高考结束，少杰捎上云汐，去市里的后西溪、崇安寺、南禅寺商业中心兜风、闲逛。她坐在后座抱住他。摩托车 120 码的时速，风驰电掣。凉风习习，夏热全无。她风光，惬意，舒坦。

高考期间，她状态良好，超水平发挥，高考成绩预估不错。

繁忙的高考业已结束，紧张的神经得以松弛，她悠然自在，无拘无束。思前忖后，三年寂寞的高中生涯，多亏少杰长期的陪伴、援助，点点滴滴，相濡以沫。皑皑白雪被炽烈的阳光融化，有形的物质已幻化成丝丝情愫。她感激、感恩，心里的天平已向眼前满含成熟气质的男子倾斜。他有着张智霖似的脸，帅气挺拔的身姿，壮实的体格，发达的肌肉——块状的胸肌和腹肌，浑身散发出雄性特殊的魅力。她心旌摇曳，春心荡漾。

那晚，他俩在夜公园乘凉，漫步。夜风阵阵，花前月下，两人依偎在一起，满耳的呢喃情语。夜晚岑寂，两颗滚烫的心渐渐融为一体。他们相拥在一起，狂烈亲吻。激情深处，她耳语他：你要了我吧……突兀的话，如巨大的电流击中他，他有点不能自已。但他克制、冷静。他说，等你上了大学，考虑清楚后，再跟他说。

云汐心里一沉，眼前的他，很男人，也很坦诚，是她这辈子可以依赖托付之人……

高考揭晓，云汐的分数进入二本线。她填报了润州大学英语系——润州大学是本省的一所综合性大学。8月底，云汐接到了大学入学通知书。凝望着烫金耀眼的入学通知书，她沉浸在无比的激动和巨大的幸福中。

少杰载她去城里后西溪的商铺。他说要为她挑选礼物。云汐相中了一件淡蓝色的连衣裙，一只蝴蝶状的发夹。她翻看着标牌上的价钱，衣服260元，发夹60元。她嫌太贵，不舍得买。暑假伊始，父母为筹措昂贵的学费而整日愁眉苦脸，她似乎骤然明白了生活的艰难和辛苦。她清楚，少杰的钱来之不易。两人在街上逛悠一圈，最后去"王兴记小吃店"，各自吃上一碗开洋馄饨，欢欢喜喜打道回府。

入学前，少杰找了云汐。他捧着鲜花，怀抱上次相中没买的衣服、发夹，还包了一个 600 元的大红包，奉送给她。他真诚祝贺她，梦想成真，开启新的人生航程。捧着少杰沉甸甸的礼物，云汐心湖起潮，湿漉漉，泪花婆娑……

6

9 月的江南，还是赤日炎炎。云汐的父亲穿着新衣像过年似的，送她去学校。云汐携上行囊，揣着多年的梦想，和父亲一起踏上北往的列车，去大学报到。

学校安排，新生首月军训。年轻的教官威武严肃，一丝不苟，正规正矩率领学生操练。烈日当头，云汐反复做立正、稍息、行进、齐步走、正步走、跑步走、踏步走、立定、蹲下、起立……军体拳、匍匐前进、紧急集合、队列会操、编方队、合练……几天下来，她腰酸背疼，疲乏不堪。暴晒在紫外线下，她的皮肤患了皮疹，身上肿红，点点斑斑。痒了挠，挠了痛，满身难过。

云汐在电话里向少杰诉苦。才说几句，泪水哗哗淌流，她哽咽着，泣不成声。

少杰听后，搁下手机，二话没说便招手打车去了火车站，买了当次的车票，直奔云汐的校园。3 个小时后，他见到了日夜思念的她。

"你黑了，瘦了。"

"嗯。"

"受苦了。"

"见到你，一切都好了。"

他们去了校园附近的小饭馆，点上一份蛋炒饭，云汐喜爱的，又点了一份小炒腊肉，一条红烧鲫鱼，一盆冬瓜排骨汤。饭后云汐将少杰领至金色年华宾馆。宾馆在学校对面，云汐用自己的身份证开了房间。

房间宽敞亮堂，实木的双人床，雪白的床单。心，陡地豁亮；人，放松自在。在私密的空间，两位相思成疾的年轻人忍不住狂热拥抱接吻……

结束战事，清理战场，少杰脸上掠过一丝不易觉察的阴翳。细心的他发现，初次她没流红。他表面镇静，若无其事，心里却懊恼、别扭、疑云重重。

休息片刻，他又要了她。一次，两次……他像吃了春药，公牛发疯似爬到她身上，狂轰滥炸。痛，并快乐着，云汐记着，那夜，断断续续，不下 10 次。直到云汐苦苦哀求，他才歇住……

到周末，或少杰去大学，或云汐回来住少杰家。他们似新婚宴尔，共浴爱河。可他粗鲁野蛮，一改初次的温情柔意。每次过后，云汐都痛苦不堪，得花上一周静养休息。痛楚消失，过几日再添新痛。他变得心理扭曲、变态。他心存疑惑——猜疑她不贞——没给他初次。他野兽似发泄，让她疼，让她记住，记住他的存在……

无数次的肉身交欢后，彼此无所不谈。他终于将藏匿已久的疑问托出，忍不住问她，初次为啥不是处女身？她闻后，脸色作变，傻懵着……她严正告知他，除了他，没有和任何男人有肌体接触。语气坚定，不容置疑。

"你和徐志毅什么关系?"他质问她。

"不是和你说过,我和他没有任何关系?!"她凛凛作答。

徐志毅是她高中的同班同学。高三时,他曾狂热地追求她,为她打饭、洗盆,殷勤地送她酸奶、面包、巧克力、夜宵。他围着她,呵护她,像她的男保姆。可她始终没松口接纳他。他相貌平平,行为散漫懒惰,不肯吃苦用功,像个浪荡子。再说身边有少杰如影随形地追随,她提不起兴趣,对他。

"下次不准再提他。否则我们一刀两断。"云汐满怀怨怼,发出警告。

"嗯——"他缺少有力的证据反驳,低头默认。

7

逼仄昏暗的房间里,少杰播放着黄带,让云汐一起观看。赤条条的浪荡男女如畜生一般,口交、身交……淫荡的画面,起始她觉得龌龊,龌龊到要作呕,但慢慢渐觉适应,心生品咂鉴赏的意味。激情四溢时,两人模仿录像中的式样、姿势、动作,花样繁多地交欢,寻图肉欲刺激。

少杰带上她,去了师傅常去的"西海岸浴室"。初次进浴室,她感觉新鲜、好奇。一楼是男女浴室。男浴室除了浴池,另设四五个冲澡的水龙头。女浴室只有冲澡处,七八个水龙头。二楼是休息大厅,两个教室大,几十张躺椅,男男女女穿着蓝灰色的浴衣,伸长脚,嗑着零食,看电视,闲谈,休憩。气氛嘈杂,乱哄哄,浑浊不堪。三楼为休息小包厢,包厢茶水费10元,挨次有十多间。包厢内灯光稀薄,影影绰绰;门扉紧闭,走廊内悄然静谧。

洗澡后，少杰要了一间三楼的包间。两人躺着，扯聊。不久，"笃、笃、笃"，门口有女生轻轻的叩门声，随后推门进来，轻言细语询问，要不要服务？按摩，敲背，修剪指甲……

"按摩是指正宗的敲腿、捏脚、捶背等。敲背是暗语，指干大活，提供女性服务……"少杰似乎谙熟这里的一切，像称职的讲解员在推介浴室的"服务指南"。

他去了卫生间，回包厢时鬼道道，神兮兮，眨巴着眼睛，淫笑。他拽她去走廊，在角落的包厢前停下。包厢木门的中央嵌着一道狭长的长方形玻璃，室内黄晕的光线透过玻璃泛出。他轻按她的头，示意她朝内看。云汐探头低望，望见了尴尬一幕：一对男女，女在上，男在下，光赤着身子，吭哧吭哧在肉搏交媾。

她心跳加剧，呼吸急促，赶忙缩头，快步返回自己的包厢。

少杰竟对她说："书读得再多，没用。你要读懂男人这部书，人生才够完美。"言之凿凿，语气老到，一如人生的启蒙老师。

云汐听后不解，怔怔忡忡，望着他，脑中一片狼藉……

那次少杰陪师傅喝酒。酒至半巡，他道出了和云汐的恋爱。一来给师傅一个惊喜，分享他的快乐；一来征询师傅，想听听他的意见。

他的所作所为，师傅尽收眼里。他和云汐的关系，师傅早已了然。师傅脸色凝重，淡淡地说："先交往交往吧。你们彼此落差太大，做夫妻，不一定合适。"

师傅提醒他，厂里的安徽妹夏丹丹似乎对他倾心。她为人本分，做事勤快，脾气又好，他与她身世相仿，可以接触接触，彼此增进了解。

师傅的话，让热恋中的他多了一份心思，添了一种愁意……

时光匆匆，如白驹过隙。转眼间，云汐已升入大三。有段时间，上英国文学课的老师外出参加学术交流。他的课让研究生刘明翰代上。不知为何，刘明翰课上提问时，竟两次点名云汐回答问题。她答得一知半解，但他对她和颜悦色，温情脉脉。课间休息，他主动走到云汐前搭讪，问她哪里人，上的哪个中学，平时阅读哪些书籍，以后想不想考研，等等。几节课下来，彼此显得十分熟识、友好。

男人的殷勤示好，云汐有戒心。虽说她没有到阅男人无数的地步，但毕竟也是历经男女情感之人。他的热乎劲，她心知肚明。可她始终与他保持正常的社交距离，若即若离，不越雷池半步。与他交往，她隐着私心。她常旷课，对英国文学课的期末考试缺乏底气，担心通不过。她了解到，考试阅卷都是由研究生代劳。日后得请他手下留情，助她过关。

那次她突然发现有了身孕。她惊慌失措，心焦，烦恼。她要少杰来大学，陪她去流产。可他推托有事，不乐意，不愿意，竟还质疑孩子是不是他的。

原来他在怀疑她跟刘明翰有一腿。曾经，她告诉他，系里的研究生刘明翰对她有意，在追求她。但那是她的虚荣、傲慢在作祟——她在向自己的男人撒娇、炫耀和要挟。她和刘明翰分明是普通的朋友，清清白白，无任何瓜葛。

他的猜疑，彻底惹怒了她。她戾气冲天，怒火万丈，在电话里破口大骂，骂他畜生，猪狗不如。她发出威胁："要是不陪她去，她另找他人，就此分道扬镳，各奔东西。"

那是吵嘴时的气话。气话归气话，她却真心盼望他能来。一天、两天……一周后还是不见音讯。她伤心郁闷，悲愤欲绝。困顿绝望中，她只身去医院，做了人流手术……

没了他的音信，她孤燕单飞，落寞惆怅，躲在角落暗自掉泪。她不时盯着手机，希冀能出现他的号码，一如念高中的夜晚在寝室等电话的情景。无数次，她想拨电话主动找他。可她孤傲，年轻气盛，撂不下面子。她以为理在自己，错的是他，他应该主动。踯躅校园，她神思恍惚。空气中四处弥漫着他的气息。望见男生背影似他，她心头一热，赶紧上前细辨，发觉认错，陡地生出长长的懊恼，心里责骂自己，贱，下贱。夜晚，睡里梦里，都是与他一起的情景，缠缠绵绵，如胶似漆。醒来时分，枕衾泪痕点点，贮满春梦无数。一时间，人憔悴、消瘦许多……她真正体验到了古人相思入骨的怨苦："玲珑骰子安红豆，入骨相思知不知。"

到头来她恍然大悟，昔日的铮铮誓言，海枯石烂，全成了水中之月，空花佛事，原来竟是"世间好物不坚牢，彩云易散琉璃脆"。

头脑冷静时，她思忖，与他一起除了身体上的欢愉，还有什么？他的嗜好是喝酒、吹牛、聊天，如此男人大街上比比皆是。为他，值得吗？他虽聪明，乖巧玲珑，但满身沾染世俗的平庸，要是日后与他结合，彼此会幸福，未来会长久？这念头，似乎为自己寻到了割爱的理由，断念离舍的借口，心里找到了某种慰藉与平衡。

可，才下眉头，又上心头。她的面前尽现他魁梧的身影，憨厚的笑颜。她内心嘀咕，幻想着，只要他能回心转意，向他认个错，道个歉，两人便摒弃前嫌，重归于好……

可男人的心肠就是硬，吵架之后他仿如人间蒸发，杳杳渺渺，信息全无。她望眼欲穿，恨爱相随。时光潺潺逝去，日子悠悠向前。对他的爱似手捧沙漏悄然滴滴流失，心头的恨如野草滋生蔓爬，直至怨愤满腹。

其实他还是念念不忘她的初夜，耿耿于怀她的初次。原先他喜欢她，深爱她——视她为温润的碧玉——经他打磨越来越光亮鲜泽。自从有了初次的心病，他遽然改变了看法，她不完整，更不完美。情感疙疙瘩瘩，心里起了芥蒂。他无法跨越那道坎，旷日持久，芥蒂犹如有了生命植入他体内，越长越大，成了厚实的壁障，笼住他心灵。

那次喝酒，师傅的一席教诲，在他心间留下浓浓的阴影。他一向视师傅为人生导师，视他为再生父母。师傅的话语重心长，中肯，实笃笃，完全为他将来计，替他谋幸福。当时听来句句入耳，贴心着肉。后来他约夏丹丹见面，开始有了交往。夏丹丹父母离异，与后妈一道生活，自小在苦水中泡大。类似的际遇，相仿的身世，两人竟产生惺惺相惜、志趣相契的感觉。内心情感渐渐偏向夏丹丹，他慢慢有了疏远、回避云汐的念头……

8

同学聚会，如春风吹皱一泓池水。他动心起念，频频联系她，不断给她发微信，日日给她请安、问候。他挖空心思找一些话题，与她做牵牵拉拉的交谈，还时不时发给她一些幽默的段子、生活的常识、动听的乐曲。出于礼貌，她或回一句"谢谢"，或回一个微笑的表情，不冷不热，不密不疏。

在微信里，他絮絮叨叨，向云汐倾诉衷肠。他憋屈、烦心。老婆夏丹丹常翻阅他手机，谨防他花心。下班归家，她搜他身，掏光他兜里的钱。她不断将钱寄回老家，贴补后妈。后妈自小骂她，揍她，虐她，现今倒好，她竟作贱般孝顺后妈。他呢，心疼钱，自己的辛苦钱都被她掌控，几无半点自由，为此他心心不念，耿耿于怀。她如乡野的泼妇，有次为一点小事，她竟当众抽了他两个耳光，令他颜面尽失。他逆来顺受，忍气吞声，一忍多年。他还说，恋爱时，夏丹丹对他百依百顺，小鸟依依。婚后却变得蛮横凶戾，酷似严厉的"管家婆"。话里话外，尽是她的不是，怨妇一般。

依稀记得，少杰表妹雨晨的婚礼上，云汐与他邂逅。他与夏丹丹携手共赴，成双成对出入婚宴大厅。他们依偎一起，言笑晏晏。云汐孤单一人、落寞失意，他却显出自豪、骄傲、神气得意的表情。

目下的少杰竟如此落魄、不如意，她内心掠过一阵快意。快意的刹那，仿佛以往种种统统释然，一切都得以宽恕，不知不觉她竟牵出恻隐之心，对他竟产生怜悯与惋惜。

有次，他酒后微醺。借着酒兴，他打开了尘封的记忆，如诉如泣，滔滔不绝叙述着从前，从初识、交往到恋爱的点点滴滴，卿卿我我，你侬我侬。相恋总是惊心而甜蜜，逝去的一切转眼成了温馨感伤的回忆。她不觉有了感应，与他遥相呼应，情感脉搏随他起伏波动，情至深处她悄然心动，喁喁哝哝，诉不完的衷肠，道无尽的追悔……

每次聊天，少杰习惯第一时间将聊天记录删除。那次却没有。妻子发现了他们的聊天，方寸大乱，如若洪水猛兽。她视之为昔日的情人重逢，旧情死灰复燃，顿觉醋海滔天，酸意绵绵。她害怕失去他，害怕他同云汐牵手，与她离婚。她揪住此事不放，哭，吵，闹，砸家什，直至同室操戈，挥拳捋臂……随后是长长的冷战。最后她使出"杀手锏"，竟喝农药自杀，被送往医院抢救。

夏丹丹终于找了云汐，苦苦哀求她放弃少杰，还她完整的家。云汐感到滑稽、无奈，内心觉得她可怜、可悲。夏丹丹让云汐转告，只要少杰不离婚，一念归家，今后经济大权由他掌管，家中一切她都言听计从……

他再次从她面前消失，没给她一星半点的信息，就像那次初恋终结。云汐从语晨处了解到，少杰和妻子冰释前嫌，和好如初。又听说，少杰是故意让老婆发现他们的聊天。他略施小计，借力于云汐，敲山震虎。最后他如愿以偿，夺回了家里的财政大权，老婆变得驯服、温顺。他成了家里的大老爷，被老婆伺候得舒舒服服……

云汐感到刺痛。多年的情感被利用，有一种遭人愚弄的不适，不免生出一丝凉意。她惊诧于少杰，他的心智，他聪明的脑袋瓜，要是多读几年书，他绝不是等闲之辈，他的人生必将是风生水起，粲然耀眼。

那段时光，她夜夜做梦。她常梦见少杰家后院的蔷薇花香，张塘河上的木筏，还有那款粉红色的小灵通。她与少年的他梦中际会，他仍是眉清目秀，细皮嫩肉，虎虎的大眼，英俊而水灵，熟悉又陌生；他随父母的照拂，一家人和和美美，融融泄泄，过着少爷般的日子……

她打开手机，将他的手机号、微信号悄悄删除，心里默默许了个愿。

哀矜不喜

1

上班前沈立仁接了个电话，号码似曾相识。听声音他已猜到，是她，于海燕。两年了，他还没忘记她。她也没忘他？她说有事找他。电话约好，他们下班后见面。

沈立仁在市发改局工作。两年前他还是个小科员，当时局里安排他撰写一篇有关产业结构调整的文章，为获取第一手材料，他去了县里的青荡镇。青荡镇是市里的工业重镇，产业特点鲜明，40%的企业生产光纤电缆。以点带面，该镇的数据材料有较强的指导性和说服力。

调研进展顺利，上午便完成。沈立仁先采访了工业公司总经理缪兴度，初步摸清了该镇工业投入情况和发展的思路规划。随后去镇统计站，采集到了本年度的经济数据。中饭安排在机关食堂用膳，党政办的杨主任和吴秘书陪同。说是便餐，六菜一汤。但也不怠慢。盘里套盆，菜里藏肴，一大桌。一个瓷盆里放了四道冷菜，一个大瓦罐里盛着甲鱼炖乌骨鸡汤，等等。杨主任从食品柜取出白酒，瓷瓶装的，瓶壁光溜溜，没有标识。他恭恭敬敬端盏敬沈立仁。沈立仁咕噜一口，一饮而尽。一条直线入喉下肚，立体感强，茅台酒的醇香飘逸，早已耳闻，青荡镇机关喝的是茅台酒厂定制的佳酿。他兴致顿起，恣意纵情，一人竟喝了七八两。

饭后吴秘书领他去了街上的如海超市。在皮鞋柜台，吴秘书让他随意挑选一款。沈立仁心照不宣，挑了一双自己喜欢的橙色尖头皮鞋。他清楚，这是镇里的礼品专柜，间隔时日商店会去镇机关统一结算。

步出商店，一女子款款上前，与吴秘书热情招呼。她是吴秘书唤来的小车司机于海燕，机关车子一时调剂不过来，临时租用她的车，专程送沈立仁。

沈立仁与吴秘书道谢作别，坐进于海燕的白色广本雅阁汽车。他坐副驾座，车内香气氤氲。他轻嗅辨识，这是一款女士喜欢的兰蔻美丽人生花语香水。他眯眼向左侧视，发现她竟似仙女下凡：鹅蛋形的脸上，有着水汪汪的双凤眼和高挺的鼻尖；白嫩透红的肌肤似熟透的水蜜桃可掐出汁水；外面着一袭黑色的休闲西装，里面白色的衬衣相配，饱绽的胸部几乎抻到了方向盘。

美人香车，沈立仁微醺着。他从口袋掏出名片，毕恭毕敬呈上。她眼睛一瞟，随手将名片撂在汽车前台。名片很别致，烫金，阳光下金光闪闪，熠熠生辉。见了美女，他暗生爱慕之情；凭着酒劲，他口若悬河。他说自己毕业于省财经学院，在市发改局工作。发改局是实权单位，她日后有事尽可吩咐，他一定尽力效劳，云云。他献着殷勤。于海燕听着叙说，不时向他斜睨，微笑颔首。面对英俊的年轻官员，她露出歆羡的神色。

驶近市区，马路旁挨着林林总总的小商铺，出售油漆、地板、小五金、墙地砖等装饰材料，间隔还新开出许多浴场。眼下洗澡涔浴正是时尚。沈立仁向她提议，他老酒喝多了，离下班还早，一起去浴室涔浴消闲。她稍作迟疑，最后竟点头同意。

两人去了本市最大的浅水湾浴场。冲完澡，换上浴衣，他们在大厅碰了面，随后去了包厢。起始各自窝在沙发，伸长脚，闭目养神。稍许他躁动不安，走至她背后，替她捶背捏肩。他似乎找到了亲近她的路径。他索性走到她正面，双脚跪地，在她前胸摸捏起来。她合眼，微微呻吟，不反对。如此这般，他如受命胆大起来，一下撩起她的粉红色浴衣，一对巨乳滚落眼前。他急吼吼将唇凑上，疯狂吮吸。她一阵痉挛，抖着身子。荷尔蒙发作，血脉偾张，他迅速褪下自己的裤衩。睁眼的瞬间，她见了赤裸的肉体，她直地立起，用手梳理发丝，整饬衣裤，飞步出了包厢……

2

五点半时，于海燕在机关门口接了他。两人相视一笑，便去了一家偏僻的小饭馆用餐。饭店以骨头煲出名。他手捧棒骨，大口咬嚼，啧啧有声。她却静坐一旁，几乎不动筷箸，默默地注视。菜肴太咸，太腻，她不喜欢。其间她告诉他，她女儿今年初中毕业，成绩平平，要是上高中，肯定没指望考上大学。她决定让她上本地的职校，日后就业方便。苦于没熟人，请他帮忙沟通。美女相求，犹如抛来媚眼，他不加迟疑，欣然应诺。

"这么久不联系，还有我电话？"他发问。

"多亏那张名片。"她告诉他。她闺密在镇上开文印店，经营制作名片。闺密看了他那张烫金名片，觉得制作精良，大气，于是就把烫金名片粘贴上墙，做广告样品。最近要联系沈立仁，她去文印店的墙上取回了名片。如此周折，他悄然哑笑。当初流行名片，印制名片可以单位报销。他去熟人处定制时发现，一般纸质的仅三毛钱一枚，为促成熟人多做生意，他择了最贵的一款的烫金，三元钱一枚，他定制了两盒，100枚。想不到昔日无心插柳，今日竟成了彼此的信使。

"我一直打你电话，你为何不理？"沈立仁低语嗔怪。那时他疯似的联系她，约她。她婉拒，推脱，最后干脆不接他电话，杳无音信。

"哎……"她欲言又止，怔怔坐着。隐隐约约，满腹的心事无以说起，一脸的忧郁充斥心头……

饭后他提出去开房。她无语，默然。仿佛一切水到渠成，彼此有着感应，心心相契。他们去了城西的如意宾馆。美人出浴，静静斜躺。小鸟依人，含情脉脉。白皙的胴体散发出婴儿般的体香，一对硕大的胸乳依然。他肾上腺素一阵汹涌，亢奋不已，激情奔腾似野马长驱直入。狂啸之后，他惬意满足。咂味里，渐觉她有了些微的变化：两年前硬扎的乳房变成絮棉般的柔软，肢体变得生冷。他以硬件插入，她几无应接，就像鞭抽犟牛不吭不嗷，漠然以对。

事后她坦陈，面对他的狂飙突进，她一阵惊怵虚脱，眼前一片眩晕。她已两年没和男人肌肤之亲。他忘不了两年前浴室的那次，问她为何要拒绝。她直白，她有洁癖，喜欢有肌肉之躯。那天看到他腹部隆起的赘肉如猪八戒的肥肚，她胃里犯恶心，一下子索然无味。

3

他们开始频频幽会。下班后她驾车接他，夜深时送他回家。他不会开车，也买不起车。那时他年收入仅 3 万元。他们选择偏远的路边店用餐。大饭店人多眼杂，他们怕有熟眼。他点菜，买单。她静兔似默默咀嚼——挑适合自己口味的菜肴，清淡的，鳊鱼、蔬菜之类——其他不闻不问，悄然安坐。不时，她长吁一声，仿佛在倾泻胸中贮积的郁闷。

饭后两人便去尽欢，共度良宵。或直接开房做爱。或去浴室洗澡，开个包厢，请技师捏脚按摩。技师走后，他在门框的玻璃上泼了茶水，将手纸粘上遮住视线。然后在包厢共浴云雨之情。频频之后，他发现她的肌体有了感觉，沉睡的性欲渐渐苏醒，乳房也变得扎实饱满。他顶入时，她扭动身子主动迎战，彼此绞缠腾挪，癫癫狂狂，在呻吟声中推至峰巅。

他对她，一见倾情。他喜欢她，钟爱她，满脑子都是她的影子。她酷似他大学时代的初恋情人，相貌、言行举止，乃至神态、气息、气韵。感谢上苍恩赐，昔日丢失的宝物今重又捡回。他竭力讨好他，感恩她，博她欢心。但他囊中羞涩。下乡调研时，基层会赠送各式纪念品，时兴的土特产如茶叶、大米、螃蟹、床上用品、厨房用具、保温杯等，左手进右手出，他都赠与她。过节时关系融洽的单位会悄悄塞他电话卡、油卡、购物卡，他收后从不过夜，转送她。她在中学校门口开着一爿书店，兼做开车接送客人的生意。春节前她得请客送礼，疏通生意关节。他厚着颜面向镇里开了尊口，要了八条青鱼，供她拜访客户。他似慷慨仁慈的富翁，广洒爱的雨露，浇灌爱的良田。

她呢，来者不拒，对所有的馈赠一概笑纳，却从不言谢。旷日持久，他便稍稍不满。趁着酒兴他嗔怨她，受人之物，要道以"谢谢"。她面呈羞赧，似乎有所理会，过后又旋即遗忘。他大度地宽宥她，深信某个习惯的养成要假以时日，得有耐心。他知道她仅初中文化，一直生活在狭窄的交际圈，对人情无知纯属小恙，就像美女脸上的小痣无伤大雅。

断断续续，隐隐约约，她叙说她的过往。她的父亲是邻镇供销社的干部，在凭票据生活的年代，别家买不到的食物，她家都能买到。别的孩子吃不到的糖果、饼干、豆腐干、话梅、汽水，她都能享用。她无忧无虑，日子优渥。初中伊始，她随父亲去邻镇的中学就读，晚上寄宿在供销社的职工宿舍。父亲常回家，晚上她独处一室。孤寂时，她开始偷偷阅读琼瑶小说。第一本是《庭院深深》，她为男女主人公缠绵凄美的挚爱深深感动。于是一发不可收，她将所有零花钱，都用来购买琼瑶的书籍：《梅花三弄》《还珠格格》《窗外》《潮声》《水云间》《一帘幽梦》《心有千千结》《海鸥飞处彩云飞》《彩霞满天》，等等。她沉溺在男女主人公纯洁、缠绵悱恻的情爱之中。她的学习成绩一落千丈。最终父亲发现了她学习退步的原因，从她床底下搜出满满两箱琼瑶的小说。

初中毕业，她没有考上高中，回家务农。父母设想，待她年满十八后去父亲单位顶替接班，做个国家工人。那时她满脑子幻想，想入非非。她祈盼，有一天能与心中的白马王子邂逅，彼此携手恩爱，相濡以沫。

17 岁那年，第一个男人赵文兴闯进了她的生活。

有个小姊妹在街上开服装店。闲时，她常去店里玩。那日她与小姊妹挨膝并坐，私语晏晏。"咿呀"一声，玻璃门推开，光影婆娑里步入一男青年。他相貌酷似《上海滩》里的许文强，二十四五岁，一米七八的个头，一袭黑色风衣，配上黑裤子、黑皮鞋，衣冠楚楚，风度不凡。

她暗暗一怵，是他，就是他。无数次雾里梦里，寻他千度百回。与她一起耳鬓厮磨的人，便是眼前的他。她的眼睛定快快勾住他，为他的气度深深吸引。他呢，以看服装为借口，借机与她搭腔，逗她，撩她。言谈幽默风趣，举止温文儒雅。

从此，赵文兴有事无事，隔三差五来店里，邀她看电影、吃饭、散步。很快，他们双双坠入爱河，并偷吃了禁果。母亲发现她有身孕时，已是三个月有余。

那晚母亲将实情告知父亲。父亲听后如同晴天霹雳，眼里喷出火焰，咬牙切齿，攥紧拳头，露出誓将世界砸碎的凶相。他曾一心想让女儿接替她，顶他班。但如今女儿怀孕在身，要是结婚，接班会成为泡影。要是不结婚，只能去堕胎，且有风险，日后女儿怎么嫁人。他自怨自艾，一筹莫展。母亲是地道的农村妇人，没有文化。女儿未婚先孕，村里人风言风语，指指戳戳。母亲觉得女儿有辱家庭颜面，让她在村里丢脸塌台。她将她痛打一顿，以难听的言语训斥她，骂她"小骚货""下贱"。她年轻无知，懵里懵懂，焦虑不安，失魂落魄。面对母亲的不断呵斥，一气之下她住进了赵文兴家。

4

一度机关流行“三会”：会驾车，会操作计算机，会外语。沈立仁对开车生出兴趣。夏天日头长，黑得晚，他打算下班后学习开车。他让于海燕做教练，用她的广奔车代教练车。

沈立仁单位有好几辆公车，其中驾驶员老余与他私交甚好。他悄悄向老余要了油卡。傍晚于海燕接了他，直接去定点的加油站。他用公卡给车子加满油，200 元。发现卡内尚余 2 万多元，他起了贪心，免得以后再借卡加油，他干脆让服务生在卡上再刷 800 元，套了现金递给她。

他们去了新建的开发区。那里马路豁敞空旷，人车稀少。她是本地的第一批驾驶员，技术娴熟。她学驾驶时，驾校规定住宿封闭式学习，从理论、汽车结构、修理，到驾驶技术，整整学了两年。她先给沈立仁普及了一些常识，然后让他亲自驾车。他脑子好使，动手能力却一般。驾车时笨手拙脚，不时将油门和刹车混淆，手足配合不协调，常常顾此失彼。他气喘吁吁，汗涔涔，肥胖的身子趴在方向盘前，像动物园的狗熊。刹车时，用力过猛，“咯噔——”“咯噔——”，都是急刹车，一旁的她颠簸摇晃，前倾后仰。她青脸噘嘴，不悦。几次三番，见他没长进，她便大声嚷嚷：“看你这熊样，笨里笨气的。别开了，下次去驾校学！”

他熄了火，从驾驶室悻悻步出。美人发飙，他的自尊心受挫，垂着头，闷闷不乐。是天生脾气差，还是爱惜自己的车？他自小在村里长大，村上隔三差五发生吵架，女人居多，她们凶巴巴，蹿上跳下。她的模样就像吵架时的村妇。平日温文尔雅的她竟如此凶神恶煞，他见到她怒目的一面，心头窝着火嘀咕：俗，俗不可耐。

于海燕清楚自己脾气不好，性格有点怪僻。过去的岁月，她在冷漠、凄惶中度过。她和赵文兴婚后不久，争吵不断。婆婆势利，嫌她嫁妆少。因为草草结婚，她家里没有筹备嫁妆。婆婆嫌她懒惰，手如生姜不会干家务。后来她生下女儿，更是被冷眼相待。赵文兴开始时视她为掌上明珠，对她恩爱有加，日子久了，就失了先前的兴趣和耐心。他是出名的浪荡子，睁眼不着家门，四处晃荡。直至他把性病传染给她，她才恍然大悟，他在外面寻花问柳。于是夫妻撕破脸，吵、闹，厮打，冷战……

冬天时，沈立仁随市政府组织的团队去浙江考察。他们考察了湖州、萧山的城市建设。考察结束，他们在杭州市附近的景点游玩。他心里装着她，念着她，一路买了许多土特产：萧山萝卜干、西湖藕粉、临安小核桃……他又去了丝绸市场，为她购置了丝绸围巾，真丝披肩。回家前，他通知她，周六晚上去接他。

晚上6点半，大巴车靠停在东门广场。其他人都拖着行李回家去。只剩他，孤零零，伴着一堆行李。北风呼啸，天地凛冽。他将手笼在衣袖，头蜷缩在棉衣里，在瑟瑟寒风中等待。打她手机，她说在做美容，马上结束。他知道，她每周去美容。爱美是女人的本性，女为悦己者容。他极富耐心，不停地原地踏步抵御寒冷。半小时后，还没等来。他又打手机，她说随后便到。他开始失望，心里生出怨气。他想立地打的回家，又不忍，他脸皮嫩，撕不破脸。漫漫的等候里，他咀嚼，咀嚼她的自私，她的恣意任性。足足一小时后，她姗姗而至，嬉皮笑脸解释，美容院人多，周末车多路堵，云云。他蹙眉紧脸，尴尬，皮笑肉不笑。他努力按捺住火势，将火焰一点一点摁灭。最后循着套路，两人开房做爱，驾轻就熟，小别似新婚……

一抹阴影却嵌在他心间。

5

他们开始为小事龃龉，红脸。吃饭时，她嫌饭馆菜肴味差，油腻。他让她点菜，她不干。他刚点了一道，她却抢了菜谱自己点。她点的都是昂贵的，她喜欢的。他找茬，他心疼钱，每次都由他掏钱买单。

一度他曾为她起劲地介绍生意，一次赚个一万二万。赚了，她都落入自己腰包，一毛不拔。蓉湖镇的党委书记闫红兴，是沈立仁党校干部班的同学。有次喝酒时，他提出要做礼品生意。闫书记豪爽，一口承应。他让她托人在香港进了10套雅诗兰黛的化妆品送去，一笔尽赚三万。他以为，她会取出部分，回报闫书记。可她若无其事，默默独占。他匿着怨气，思忖，如此这般都是独笔的生意，日后谁还会给她生意？他心里藏着小九九，由他牵头介绍生意，她具体出面操作，赚了钱，两人应共同分润。但他矜持，脸皮薄，说不出口。他缺钱，巴望着钱。前些年离婚时，机关分到的房子归了前妻。他最近刚买房，贷了款，口袋几无分文。她的收入比他高许多，可她却如此之贪。

他渐渐知道，她染上赌瘾，打麻将，和周边的几个老板。赌资很大，她几乎逢赌必输。他规劝她，小赌怡情，豪赌伤筋动骨，既浪费时光，又耽搁正事。可她视作耳边风。她不听，听不进。她走火入魔，将大把大把的钱扔给赌台。他心疼，心疼那些钞票。他眼里，她似村里的那些"倒头光"——"省吃俭用宽赌博"，挣了钱就赌，输了再挣，挣了又赌——过着"猪活一堆柴，人活一副牌"式的生活。他愈益反感，不满，甚而深恶痛疾，对她的自私、恣意、贪婪。隐隐间，他与她有了隔阂，感情之火逐渐暗淡，就像秋风至落叶飘，气温一日日下降。原以为她是他的另一半，后半生可以幸福相随，为此他矻矻孜孜，营造爱的小筑。但，密封的爱屋现出罅隙，情感已经漏风泄气；甜蜜的长堤有了蚁穴，随时有坍塌的危殆。彼此的爱情犹如海滩上用沙子垒起的城堡，幸福如镜花水月，虚无缥缈。

初识沈立仁时，她和赵文兴已分居多时，闹着离婚。后来法院正式判决，准予离婚。她独自开办书店，携着女儿营生。夜深人静，青灯伴影。漫漫长夜，她似置身浩浩荒漠，虚幻的魂灵渴望充实的陪伴，枯寂的心灵急需雨露浇灌，旺盛的躯体希冀在男人的温柔乡里得以慰藉。

冥冥中，她找他，是前生有冤，还是今生有缘？交往伊始，他依她，顺她，宠她，迁就她，呵护她，入魔一般，飞蛾扑火。面对他的痴情、他的执着、他的殷勤，她觉得可笑，视之为游戏。旷日持久，她渐渐进入他的天地。她发觉，他侠义大方，情感充沛，又细腻敏感。她与他年龄相仿，但他见多识广，比她成熟。他谙熟人情世故，特别是每遇大事自有静气、主见。与他一起，她有种踏实感、安全感。她的情感由冷而热，像冬天煤炉上的一锅冷水，温度不断攀升。她的爱情之树在他精心呵护下，一日日成长，成为坚强挺拔的大树。她开始在意他，离不开他，依赖他。在她眼中，他是她的唯一，她的私有物品。她要他情感专一，更不准他有外插花。

足浴时他的足尖触到女技师的胸脯，她眼见后，就说他花心，撩引女技师，吃她豆腐。跳舞时他和舞伴贴得近，她说他摸捏舞伴的乳房，她醋意绵绵，朝他耍脾气，发火。他打她的电话较以往稀少，她打他的电话却频繁起来。他和朋友玩牌，她电话不绝。他解释，她不信，不断骚扰。他嫌烦，关机。她死命打。他的电话只要一开，就响个不停。她猜疑，多疑，总说他外面有女人。他向天发誓，说没有。她不信。她纠缠着，查他电话，让他自证清白。他带她去移动公司营业厅，用身份证拉了通话的清单，请她勘查。她一无所获。他怒不可遏，赐她一记耳光，转身而去。时隔不久，她又去电话，说着软话，乞他宽恕。他忽然心一软，头一热，彼此和好如初，情意绵绵。

6

发改局进行人事调动。沈立仁科室的科长被提携为副局长，他晋升为科长。任职前，局长找他谈话，既充分肯定他的成绩和优点；同时指出他的不足：工作热情有所懈怠，精力投入不够；最后勉励他，要以事业为重，专心做好本职工作，不断创新，做出佳绩。局长一席话说得不痛不痒，冠冕堂皇，是典型的俗话、套话。可他闻后却火辣辣，脸上发烧，后背冒虚汗。局长的话无意中切中肯綮，戳了他的软肋，点准他穴位。近两年，他很惭愧，在个人情感上耗时太多，恋爱牵扯了他过多的精力，工作着实分心。

　　他曾经是个文艺青年。他高中时爱好文学，想报考中文系。但命运播弄，他读了财经大学。大学时，他一度笃爱弄花赏月、结社吟诗的一点小资情调，他骨子里似乎天赋秉性，宁要美人不要江山。他对她动心起念的瞬间，以为她便是他的"静女其姝"。自局长谈话后，他开始反思和她的交往，回眸审视两人的情感经脉，却发觉：他们一开始就不在同一频道，没循共同的节拍踏走。他处情感巅峰时，她在低谷；她从低谷攀向山顶时，他已从顶峰旋回至山腰。就像两个不同地点射出的炮弹形成两组不同形状的抛物线：一个从飞机上射出，由高而下；一个从地面大炮发射，由低向上。没有交叉，没有汇聚。他时常想起夏末初秋的植物——彼岸花——那血红血红艳丽的花朵盛开时，它的叶子已经枯萎凋谢。有花不见叶，叶生不见花——生生世世，花叶两相错。这念头如肉中的一根刺，藏在柔绵处，一经触碰就发出锐痛，锥心刺骨。黑夜里他常兀自面对，自忏不已，对昔日的孟浪、草率，以及鲁莽。

　　他自以为与她情缘已尽，决计疏远她，淡忘她，将以往种种删除清零。他想以时间换空间，用时光将两人间的沟壑填平，将情感的褶皱熨平，直至彼此遗忘。他开始回避她，疏离她。她呢，情深意切，黏黏糊糊，粘住他，不舍不放。她约他晚上见面，他托辞单位加班。夜晚她静静坐在车里等他，待加班结束后送他回家。他站在窗前，默默注视楼下的她，她竟如此痴心。周末时，她去他赁屋的小区门口，守望他。她关心他的行踪，祈望与他肉身相随。他坐车外出办事，她竟开车尾随，一路相伴。周末他和朋友去湖边钓鱼，他凝神专注盯着鱼浮。不知何时，她却已悄然坐在一旁，他竟还无知觉……

终于爆发了剧烈的争吵。他用最刻薄的话语骂她，说她死不要脸，似狗皮药膏粘在他脸上。他甚至诅咒她不得好死……难听、恶毒的话语，深深刺伤她的自尊，扯碎了女人仅有的颜面。随后她开始不再搭理他，彼此从对方的眼中消失。

一年秋风又起，天气逐渐转冷。早晨八点三刻，他迈步在通向办公室的甬道。院子里，银杏树枯黄的叶子坠落一地，他足踩密密匝匝的树叶，发出"踢嗒踢嗒"的声响。"噗"一声，一枚枯叶从枝丫落到他发顶。他将它攥在手心，细细端详、摩挲，叶子水分蒸发殆尽，叶脉清晰。蓦然间他竟忆起于海燕，眼前闪现她的倩影。好长好长时间，他没有她的音讯，她过得如何、还好吗？他满心酸酸的，楚楚的。一时她的美妙，她的温馨，曾经的卿卿我我，缠缠绵绵，纷至沓来，盛满脑海。藕断丝连，情意缱绻。午休时他不时攥着手机，想联系她，给她发信息。动念的即刻他立地明白，要是联系她，彼此情感必将死灰复燃，以前种种努力都将前功尽弃，一切将打回原形，重蹈前辙。理智提醒他，她不是他的"静女其姝"，更不是他情感的皈依。他快速揿灭心中火星。理性降服了欲望的魔咒，自律将情感的冲动牢牢缚住。

7

沈立仁高中同学得知他单身，向他推荐了丁丽姑娘。丁丽大学毕业，和他年龄相仿，在一家外企上班。几次接触，他对她并不中意。他时时拿她与于海燕做比照，他嫌她长相一般，更不满她的谈吐。她的言行举止脱不了一个"俗"字，比于海燕还俗。

单位的司机老余热心，将自己的表妹介绍给他。老余的表妹刚离婚，在机关工作。但他不喜欢她的做派，个性泼辣干练，办事风风火火。他喜欢小鸟依人、温文尔雅的女子。

与于海燕分手后，他一人独处，竟觉得日子清清净净，自在自洽。他爱好文学，喜欢阅读官场文学。他去图书馆借了黄晓阳的《二号首长》、王跃文的《国画》、于卓的《首长秘书》等长篇小说。寂寥的夜晚，他静坐捧读，沉浸在文字里，一度生出诸多的快感和妙处。

日子悠悠，长夜漫漫。他四十还不到，精力旺盛。渐渐地，单调、刻板、枯寂的生活无法填满他勃勃的生命躯体。那晚，酒足饭饱，他没头没脑游走在街头。霓虹灯暧昧闪烁，丝丝落寞、无聊爬上心间。他去了不远处的夜明珠浴场。洗完澡，他进了包厢。服务生热情推介服务项目。他要了一位东北姑娘。姑娘风姿绰约、美丽可人。长时间没触碰女人，他饥渴难耐。面对暗香盈袖，他狂欢销魂，尽情发泄享受。

回家的路上，一阵凉风吹来，他猛然清醒，羞赧不已。他自忏自悔，鄙夷自己的堕落沉沦。"啪、啪"，他左右开弓，狠狠抽着自己的耳光。他对天发咒，以后绝不踏进浴场。再去，天打雷劈，不得好死。他得珍惜自己的羽毛，守护自己的名声。但数日之后，他把控不住自己，竟又去了浴场。他沉陷在茫茫的欲望沼泽，不能自拔……

那次他躺在浴室包厢，随口点了一个号码，"88号"。房门轻轻摇开，昏黄的灯光下，缓缓步进一女子，发型、脸型、神色、气韵，熟悉又陌生，鼻间浸淫着兰蔻美丽人生花语香水的味道。他怔怔忡忡望着，难道是她？是她！

"你?!"

"你?!"

几乎，沈立仁和于海燕异口同声，脱口而出。四目对视数秒，然后各自垂头，沉默无语。长时间静静对峙着，彼此屏住呼吸，红着脸。窘迫，尴尬。

"书店呢，不开了?"还是他打破了沉默，发问。

"早已关了。"

"为啥?"

"为给女儿治病，已盘给别人。"

于海燕絮絮叨叨，痛苦倾诉。女儿进职校第二年，便开始恋爱。男友在同一个系，比她高一届。两人在学校附近租了房子同吃同住。不久她发觉怀了孩子，不敢告诉母亲，悄悄去了私人诊所堕胎。数月后，发现又怀孕，只得再流产。那次她宫腔感染，只得私下吃药，打点滴。好好坏坏，数月恢复。她病恹恹，身子虚弱。有一阵子，她常发低烧，全身乏力。医院检查发现，竟得了可怕的白血病。医生说，免疫系统崩溃，抵挡不住病毒的入侵。女儿入住的出租屋装修不久，用的是劣质的化学材料。

于海燕获知，不啻晴天霹雳，精神几近崩溃。病势凶险，她赶忙找了熟人，带女儿去上海的瑞金医院治疗。她手头拮据，以15万元将书店卖出……但回天无力。三个月后女儿往生，时年17岁，正是花季。无尽落木萧萧下，浩浩悲凉心底起。她仰天长哭，整日以泪洗面，深深自责和悔恨。她埋怨上苍不公，让厄运降在女儿身上，为何不落在自己头上？她痛恨自己，曾无知以为只要管吃管穿，便尽了母亲的职责。女儿幼小时，自己常晚间外出跳舞、玩牌，扔女儿独自在家。女儿进了职校，她每月支付她的生活费，生活、学习却从不过问。其时的她沉溺在自己的情爱里……

她泪流满面，抽噎不已。若是真情，应哀矜不喜。他含着泪，陷入深深的悲哀痛苦中。他安慰她节哀顺变，振作精神，循循劝告她离开浴场，别再糟蹋自己。他承诺她，为她谋一份稳妥的工作。

想入非非

1

佟大立发现，芭缇雅酒吧有猫腻，准有，百分百。

佟大立是香樟花园小区的保安。值班站岗时，他两眼不时朝芭缇雅酒吧窥觑。酒吧和小区隔一条马路，面积不大，100多平方米。狭长的门堂，门楣、门框、大门都由黄铜制成，远望显得古朴、典雅。走近细看，门面图案却是一幅海滩风景：盛夏烈日，椰树下，金发女郎们光赤着性感的肉身，像一条条美人鱼，仰躺在沙滩，沐浴着日光……整个画面漫漶出浓郁的异国情调和浪漫风情。

他渐渐摸索出酒吧的作息规律。白天，大多时候望去，酒吧的铜门关得紧腾腾，里面黑咕隆咚。午后三点半，服务员陆续上班。门上悬挂的"打烊休息"的牌子翻过来，换成"营业中"。

夜幕降临，霓虹闪烁。晚上10点前，这里人头稀少，门庭冷落。10点一过，空中飘逸着啤酒的小麦香、洋酒的葡萄果香和浓郁的陈酿木香。忽明忽暗的灯光里，人影绰绰，游荡着野猫叫春的气息。男客的年龄参差不齐，有二十多岁的，也有五六十岁的，四十岁上下的居多。他们或是西装革履、器宇轩昂的本国人，或是着装随意、金色卷发、蓝眼幽幽的外国男士。女的呢，却个个是二十出头的妙龄女郎，她们衣着时髦，蛮腰细身，风骚万种，据说，不少还是大学生。

午夜时分，酒吧门前仿佛从地底冒出诸多的轿车，什么劳斯莱斯、法拉利、保时捷、奔驰、宝马，都是豪车。车子泊上不久，男人手挽妙龄女子，亲昵地从酒吧款款步出，双双钻入汽车，“呜”地消失在夜空……

暧昧的画面如同一道奇异的风景呈现在佟大立的眼皮下，撩拨他，刺激他。他的思维急剧跳跃。他暗忖，那帮家伙肯定在进行龌龊的交易。他想入非非，他们或直奔高级宾馆，或私邸豪宅，随后香水沐浴，尽云雨之欢。小说、电视中男女赤露交媾的镜头河泛脑海，一时荷尔蒙发作，他的体内肾上腺素一阵汹涌，血脉偾张，风中直立的身子不由得哆嗦一下，肌体似乎有了某种反应，满身燥热，下体湿黏黏的。这辈子难以忘怀和启齿的一幕又重现眼前：14岁那年，他正在田野割草，下面的鸡鸡突然翘邦邦硬朗起来，不停抖挲着，两腿间胀鼓鼓难受……想到这里，他有些尴尬，想想自己六十好几的人了，还是雄风不减，蠢蠢欲动，黝黑的两颊洇出红晕。

他酸酸的，夹着妒意。他清楚，这些人的勾当政府是明令禁止的，他们总有一天会翻船，政府将收拾他们。他巴望着，幸灾乐祸。

果不其然。某天夜里，嘀呜嘀呜的警笛声起，警灯闪烁，五六名警察去了酒吧，将数名女子和老板带走，并查封了酒吧。随后数日，小区里的人聚在门卫，议论纷纷，说酒吧是淫乱的窝点，老板涉嫌组织卖淫嫖娼，得吃上多年官司。

他窃喜，得意——对自己暗生佩服——佩服自己对事物的敏感性、洞察力。多年的保安工作，练就了他的一双火眼金睛，也强化了他的逻辑思维和推理能力。

2

佟大立今年 68 岁，从乡镇企业退休后来香樟花园已有八年。初到那阵子，小区的住户都喊他"门卫"，有的干脆叫"看门的"，那鄙夷的语气听着刺耳，不舒服，让人感觉门卫就像乡下大户人家看门守院的一条家犬。他自惭形秽，情绪低落。熟人问他在做啥。他支支吾吾回答，在香樟花园的物业混，混日子。

香樟花园是市里的老住区，原先住的都是市里有头有脸的主。不几年，城市的重心挪到了太湖边上。房产商在湖边打造了多个高尚的住宅区。于是一窝蜂，有实力的便腾笼换鸟，将住房或出卖或出租，自己搬到湖边，享受山水风光。这儿的住户变得嘈杂纷乱，原来住市里的有钱人，后来住进的乡下暴发户，还有租住的外来打工者……住户来自四面八方，操着各色乡音，延续各地衣着、饮食习俗。有人谑称，这里像个联合国。

住户发生变化，他的心理也起了微妙的变化。刚来时他底气不足，说话哼哼唧唧，笑意盈盈，给住户留下为人谦和的印象。时间一长，那些老住户和他混熟了，见面露出笑靥，"老佟，老佟"地主动和他招呼，真诚，热情。他感觉忒有颜面、光彩。

大概香樟花园和其他各处一样，也讲究个先来后到，先进山门为大。他不仅是小区的"老人"，还是物业的管理人员。那些新来的住户自然对他分外敬重，套他近乎。3号楼101室的老万随儿子住进小区不久，见了他总乐哈哈掏出整脚的纸烟，敬他一支，同他搭讪、攀谈。遇上喜事办酒宴，他们总惦念他，不忘他，发他一份礼物。婚宴时，呈上一包喜糖、一盒喜烟；宝宝"百日宴"时，递他一盒精美的点心。接受前他总要推却礼让一番，嘴上不停道谢，还说着"恭喜恭喜""祝福祝福"的吉利话。

流行快递伊始，值班室里天天摞着一大堆邮件，方的，圆的，长方体的；牛皮纸包的，硬板纸盒、木盒装的。他每天逐一分发，无形中便多了一份活计。快递到门卫数日，主人不来领取，他瞅准下班辰光，亲自捧了登门送去。有时摸了冷大门，如吃了闭门羹。他就按快递单上提供的手机号码，拨电话去催领。遇到对方心情不好，电话里传来硬呛呛恶声恶气的声音，好像自己的热脸孔贴上别人的冷屁股，坏他心情，败他兴致，自己贴了脚步不说，还倒贴上话费。

恼人的是，他常为快递犯错。巧的是，小区里有两个叫朱建兴的。一个住5号楼602室，一个住3号楼402室。一次他喊住5号楼的朱建兴，让他将妻子的快递带回。朱建兴自作主张把快递拆开。等妻子回家，才知道弄错了，那是3号楼朱建兴家的。3号楼朱建兴家的女人见到自己的快递被拆，蹙眉青脸，气鼓囔囔。那是她从淘宝上购得的一件粉红色半透明的文胸。自己的内衣在男人间传来转去，仿如影星不慎泄了春光露了隐私，她心中满是怨怒。但她隐忍着，不便发作。好长时光，她见了佟大立，人不理狗不睬，如同陌路人。

摊上这窝囊事，佟大立怪自己粗心、潦草，他竟把两个朱建兴的妻子姓名给混淆，将快递投错。他纠结、怨悔，生着闷气。恍惚里，那半透明的粉红奶罩明晃晃，闪悠悠，分明似见了她圆滚滚的两只大白奶子，还有她那白皙的肌肤，浑圆丰满的肩膀……他意淫着，体内神经掠过一丝快意。由痛感转而快感的刹那，他顿觉自己矮了一截，为自己的阴暗、猥琐。

另一次，他错把 5 号楼朱建兴的快递给了 3 号楼的朱建兴。那是阴历年底时分，邮件是一只小木盒，内装 500 克冬虫夏草。5 号楼的朱建兴是政府官员，自己收到价值数万元的滋补品却让别人窥见，心里快快不快。但他表面满不在乎，微笑着说，快递多，难免，难免。一副善解人意的样子。

佟大立却很失落、失意、憋屈。他不能原谅自己，不断自问，为啥要出错？老是出错，犯同一个错！没人时，他张出右手，"啪啪"，对准自己的右脸狠狠地抽了两个耳光，不断骂自己蠢，蠢猪，蠢驴，蠢货一个！

3

那天晴日暖阳，微风和煦。他一眼望见对面的酒吧，几个工人正忙碌装修，酒吧换了主人，改为"熙盛源小吃店"。这时马路上走来一女子，风尘仆仆，右手提着旅行袋，左手拖着拉杆箱，拉杆箱的两道横杆上还驮着厚厚实实的布包。他用贪婪的目光将她全身上下深情抚摸一遍：她 30 出头，一米六左右的个子，蛮腰细身，小麦色的肌肤，脸蛋方中带圆，鼻尖挺拔高耸，淡淡的眉毛下嵌着一对清澈大眼，虽非一览无遗之美，却是经看耐看之姿色。

"您好，找谁？"佟大立询问。

"2号楼601室的。新租的住户。"女子操着北方口音回答。

见是小区新来的住户，又年轻美貌，他绽开笑颜，上前迎接："欢迎，欢迎。"

他顺手接过她手里的旅行袋，送她去2号楼。

女子为他的热忱所动，不住自我介绍，她姓崔，名宫溶，河南驻马店人，经小姊妹召唤，来此地打工。见女子心直口快，是个实在人，他便夸口说，他是这儿的保安，有事尽可吩咐。

回到值班室，他心里起了异样，不觉多了一份心思。她，似乎很面熟，哪儿见过？寻思半日猛然忆起，她的外貌长相与同村的佟莉莉相似。佟莉莉和他同族，比他小一岁，自小青梅竹马。佟莉莉年轻时长得比崔宫溶矮些，肌肤稍黑，多几分乡野之气。他一度喜欢她，暗恋她。她呢，村头遇见他也是脸颊泛红，害羞。看得出，她内心依顺他，钟情他。那段时间，每个晚上他幻想翩翩，春梦连连，尽是与她湿漉漉的交合，他只能在一次次的发泄中自慰满足……后来因双方父母曾为农事争吵，彼此心存龃龉、不睦，最终他和佟莉莉没有遂愿。

隔日崔宫溶在大街小巷转悠，四处寻找工作。可她初来乍到，不知道城里四只脚的畜生难找，两足的动物却比比皆是。她仅有小学文化，技术活干不来，只得选择做苦力。她去过几个月子中心，但都遭婉拒，嫌她文化低，没受过专业培训。她每天一早出小区，日落时怀着失望沮丧归来，满脸愁容，两眼婆娑。

奔波一周，一无所获。她急，他也急，为她。一个女子，两手赤空，在陌生的大街上讨生活，着实不易。他起了恻隐之心，恨不得亲自上阵。他托了几个熟人，帮她打听寻找，但竹篮打水，白忙乎。他甚至动过一念，要是再找不着工作，就去跟物业经理说，让她留在小区干，不是时兴女保安嘛，她壮实的模样，肯定能胜任。

第二周，她告诉他，外面实在找不到合适的活计，她决定先在小姊妹的美容院当个下手，为客人洗洗头，捏捏肩，捶捶背。他闻后有些难过，替她委屈。但转而想，有了落脚处总比满世界空转悠来得强。他悬着的心似乎落了地，心想天无绝人之路，来日方长，日后再作远虑。

那天他上中班。晚上 10 点左右她下班回小区。他主动和她招呼，她也向他致意问好。她吞吞吐吐告诉他，等会可能有个老乡找她，放他进来。说话时，她的脸别扭，不自然。

过了 10 多分钟，一位 30 多岁的男子来到门口，说是去 2 号楼 601 室找崔宫溶。她的客人，更何况她打过招呼，他二话没说，放他入了小区。

这样的次数渐多，且不是同一个男人去她住处。那些男人年纪不一，有的比她小，有的比她大，大的甚至比佟大立还大。太扎眼了。他起了疑心。芭缇雅酒吧的情景闪现眼前，她在做那事？她也是那种人？他感到一阵遗憾和失落，进而醋意大发，充斥嫉妒、厌恶，心想自己看错人了。

4

他几次曾想将她的来客拒之于小区门外。但凭啥理由呢？他没想好，似乎找不出充足的理由。再想想，要是她真做那事，那肯定是被生活逼迫，已沦入万般无奈的境地。男人对弱者，怜悯心作祟，他为她惋惜、同情。何况他觊觎她的姿色，恋慕她的肉身。躺在床上，他眼前会交替浮现佟莉莉和崔宫溶的模样，他常将两人混淆，分辨不清哪个是哪个。

一次他直言问她，是否遇到了啥难事？她知道他人好，平时对她体贴关心，犹豫片刻，她蹙眉相告，家里大女孩上小学了，父亲患重病要医治，开销日增……他坐实了内心的猜想，对，她缺钱。为钱，她干起了那事。

春季时，市里展开"春风行动"。小区里来了两名警察，说是要对出租户进行例行检查。警察刚入小区，他立马反应过来，她有客，得赶快通知。

他快步躲进值班室，拨通了她手机。

挂完电话，他心里"咚咚"直跳，虚汗直冒，仿佛自己在做那见不得人的勾当。稍稍平静，眼前却情不自禁跳出尴尬一幕：接了手机，她和他慌乱中套上衣服，男的破门而出，她紧张地打扫残局……

他后怕，惴惴不安。这样做，自己岂不与她成了共谋？这种事他尽可以高高挂起，视而不见，听而不闻。但他把控不住，情急中只有一个念头，一种勇气，他要帮衬她，助她摆脱困境。如今他真帮了她——自己心仪的女人——心头掠过一丝快意满足。骤然间，他感觉很自豪，俨然自己是有担当的男人，竟有绅士的风度，甘为女人奋不顾身，赴汤蹈火。

几天后他上中班。下班前，她给他发信息，约他去她家，说她煲了鸡汤，请他尝吃。

下班后，他径直从小区北门离去，却又绕道从南门趸进小区，然后悄悄步上楼梯。美人相邀，又是自己渴望的女人，他窃喜，神情激动，内心慌悸，形同做贼一般。他爬楼梯时脚一软，一个趔趄，险些跌倒。

室内装修简陋，陈设布置简单。刚沐浴的她，肩披湿淋淋的长发，淡蓝的半透明浴衣衬托出她清晰的肌体线条，两座巨峰若隐若现……香皂味、鸡汤味、肌体的香味混合在一起，扑鼻而来。他似酒后微醺，下肢漂浮，身子飘忽不定。

她温情脉脉，风姿绰约。她攥住他的手，不停说感激，说那次多亏他照应，要不是他及时通风报信，后果不堪设想。话语间两人已紧紧相拥在一起。他抱住她，跌跌撞撞去了她房间……

多少次，他站在值班室，傻望着 2 号楼 601 室。近在咫尺，却似星星遥遥相对。盈盈一水间，脉脉不得语。无数次，睡里梦里，他谵妄，与她同床共眠，尽享肉体之欢。如今，他梦幻成真，惬意，满足。

他和老婆分睡多年，夫妻生活形同虚设，床笫之欢荒疏日久。他感激上苍开恩，赏赐他年轻貌美的崔宫溶，让他重焕青春，恢复肉体记忆。行事伊始，他拘谨，生疏，甚至辙乱旗靡。但老马识途，不久便轻车熟路，兴风作浪，闹出很大的动静。他事后感喟，自己竟是武功犹在，钢火不退。真是枯木逢春，老树发芽。

金风玉露一相逢，便胜却人间无数。

5

他沾沾自喜，又焦虑不安。借职务之便与她媾合，不仅愧对自己的薪酬，且斯文扫地，人伦尽丧。理智时时提醒他，要识事理辨荣辱，尽快悬崖勒马，与之一刀两断。但只要想起她赐予他的快活，以及她激情四溢的肢体，他就定力顿失，方寸大乱，一任自己在迷茫的沼泽中沉浮，无法自拔。

他对她沉醉、着迷。他默默回报她，效忠她。他将更多的精力倾注在为她保驾护航，安全作业。上班时他提振精气神，全神贯注，盯望着小区内外。一旦有动静，他就将迅捷通报她。他情绪一度亢奋激动，但头脑时时保持清醒——谨慎捕得千秋蝉，小心驶得万年船。不怕一万，只怕万一——他懂的。他知道小区人多眼杂，一旦识出个中玄机，不仅危及她，还波及自己。自己年岁已大，要是让他人识得与她有染，简直羞死人了，自己的老脸往哪儿搁？她来客时，他会上前盘问，故意让客人填写访客单，延宕时间。待她上了楼，才放心允他入内。一男一女前后行走，太招摇，引人眼球。他不在班上时，更是巨细靡遗地反复叮咛，关照她不要恋战，见好就收。客人频繁进出，招人怀疑。要是遇上五一节、国庆节、春节等重大节日，他劝她停歇，去商店逛逛，去风景区转转。这些节点，风声密，公安部门查得严，应谨防翻船。须警钟长鸣，他对她说。

她呢，似乎也识理，知恩图报，投桃报李。她从他炽烈而异样的眼神里，读到了他的欲望，他的攫取欲、占有欲。她隔三差五约他，请他吃饭，然后沐浴同床，巫山云雨，共度春宵一刻。起始她以为他年事已高，会力不从心。结果却恰恰相反，他宝刀不老，功夫堪与那些青壮年媲美，胜过自己温吞水似的丈夫。最如意的是，他肌腱发达，腹部几无赘肉，一副好身子。他身子骨干净，不像有些客人衣衫不整，上下邋遢，还有一股"老人气"——那种隔夜饭菜散出的馊味。和客人做时，她必须让客人戴套子，安全为本。床上她哼哼啊啊，叫唤不停。那是套路，装的——她在伪装，逢场作戏。但和他，感觉不一样。在床笫她和他身心相契，肉体绞缠一体，腾挪跌宕，一次次将性爱推上峰巅，彼此酣畅淋漓，荡气回肠……除了头一回，以后都免他戴套。隔靴搔痒，不舒服。她要享受，尽兴。她的芳龄才三十出头。

他似忠诚的卫士，对她负责，也为自身。他上她那儿，行动尤其谨慎，格外小心翼翼。他先在各楼梯口晃悠几圈，营造一番他在例行检查的假象，塑造他恪尽职守的形象。确准四下无人，他才上楼叩门而入。从她家出来，他总是眯缝着眼，透过猫眼盯看一阵，确保没人时再开门，从门缝里闪出。他不直接回，而是迂回曲折，在小区兜几圈，像训练有素的特工，大摆迷魂阵。

每每肉体满足，他感觉头重脚轻，如履浮云，莫名的虚无和空落游蛇似滑进肌体，淡淡的失落、惆怅在心壁渗出……

有一次客人上楼不久，她给他发微信："快来！"

遇事了！他火急火燎赶去。

进屋时，她衣衫不整，和男子相扭一起。那男的一见便是个小混混，瘦骨伶仃，手如鸡足。他愤怒上前，将他拎起，用力往沙发一甩。小混混窝在沙发，蜷缩着，发抖。

他问清缘由。原来小混混和她事先约定，300元成交。完事后他只付200元。她与他论理。他两手一摊，没钱。两人争执起来……见此状，他只得充和事佬。他凶着脸对小混混说：滚。没钱，别出来混。他生怕闹出动静，衍生事端，吃亏的是她。他从口袋摸捏出100元，给她，贴补她。她哪肯要，坚决推辞。他劝她，以后摊上这类事，别纠缠，吃点小亏算了。小不忍，则乱大谋，云云。言之凿凿。

他为一事纳闷：这么多客人，她如何招徕？憋久难受，他终于忍不住发问。她神情诡秘，说与他听。起先，小姊妹的美容院为她招客。所得的钱和美容院分成，她六成，美容院四成。后来，另一小姊妹授予她一秘诀，在手机上起个性感醒目的聊天软件名，如"红粉知己""咪咪女神""陌路花开"等，挂在聊天软件"附近的人"上。在聊天软件朋友圈中设置一个二维码，写上一些引诱的暗语，比如，"哥哥，要服务吗？靓妹今年 23，身高 1 米 6，腰围 45，胸围 D 杯，臀部 15 弧度"等。男人打开二维码，如有意者，会与她搭腔。她便与他洽谈价钱、告知她的地址。催宫溶闻后，心领神会。她照本宣科，如法炮制，开始微信招客。

"简直是天方夜谭。"想不到大千世界，竟如此神奇。他呲嘴伸舌，感喟不已。

6

五一节前，她告诉他，有事要回老家一趟。她不在的日子，他怅然若失，心里慌乱、躁动，整日似丢了魂魄，恹恹蔫蔫，提不起神。

一周后，他终于盼来了她。她归来时，领回了 5 岁的儿子。男孩淘气、可爱，方面大耳，两只大眼虎虎有神。隐隐约约，他从她嘴里获悉，她和老公正闹着离婚。她丈夫游手好闲，抽烟酗酒。还赌，输光了钱，向她要。拿了钱，又赌，将钱糟蹋在赌桌上。小男孩在家，没人管束。无奈中，她只得将他带在身旁。

她让儿子喊他"伯伯"。他心花怒放，点头应诺。但心里想，论年龄应该喊"爷爷"。但这无妨大碍，不就是一个称呼吗？有客时，她将男孩塞到他处，让他帮忙照应。他买了不少的玩具、零食哄骗男孩，让他待在值班室内，别出门。他怕引人耳目，招来非议。男孩很乖顺听话。他心里喜欢，但害怕。他担心，长此以往会露馅。常在河边走，哪有不湿鞋？

那天上午，天气阴沉，空中飘着淅淅沥沥的细雨。

门外来了一位男子，五大三粗，长得黑咕隆咚，夹着北方口音，说要找崔宫溶。

"哦，2号楼601室的。"佟大立以为是她的客人，便不假思索，脱口而出，随即挥挥手，准他进小区。

客人来时，她会预先把男孩放到门卫处。可这次，没将男孩送来。他感觉蹊跷，不对劲。他心里七上八下的。过了好长时间，没动静。他给她发微信："没事吧。"

半小时后，她依然没回微信。他有些紧张。遇上什么事了？他想。他在小区转悠一圈，放心不下，直接去了她家，2号楼601室。

他轻轻敲门，没回应。再击响点，还是没声响。

怎么回事？她呢？还有孩子，去哪里了？冥冥中，一种不祥的预感陡地腾起，心中乌云笼罩，头不觉一沉。他摸出手机，拨她的电话。奇怪的是，她一直不接电话。再打，还是不接。好像室内传出了她微弱的手机铃声。侧耳谛听，真的从里面传来。准出事了。要不要报警？不行，要是没事，岂不尴尬！出她洋相，也无法向旁人交代。

最后，他决定破门而进。要是没事，让锁匠换把新锁，值不了几个钱。

他后退几步，一个箭步，飞起一脚，朝锁孔处踢去。三下两下，门框裂开，他推门进去。

她仰倒在血泊中，头颅满是血浆。

他一阵眩晕，紧缩几步。他傻了，如惊弓之鸟。闯大祸了！他赶紧报了110。

几分钟后，三位警察一齐赶来。一会，救护车又来了，送她去医院。

因后脑出血过多，抢救无效，她命归黄泉，年仅32岁。

他被请进了派出所，询问，做笔录……

出了大事，小区乱如一锅热粥。人们叽叽喳喳，热论纷纷。3号楼101室的老万说，他老早发现，佟大立和崔宫溶关系暧昧，眉目传神，他还常给她看带小孩，肯定有问题。有人附和，是的，他也常见他去她家。3号楼的朱建兴更是愤愤不已，他说，他早向物业反映过，佟老头色眯眯的，一副猥琐相。那女的打扮得妖形怪状，像只鸡。他俩勾勾搭搭，迟早会出事。这不，出事了。哎，好端端的小区被弄得乌烟瘴气，一团糟。

7

根据佟大立提供的线索，警方查看了摄像，很快厘清思路，控制了嫌疑人。

佟大立一向自视心理素质好，有较强的反侦查能力。平时他想，要是她遇上不测，他绝不出卖她，得全力保护她，要像爱护自己的羽毛一样爱惜她的名声。一进警局，审讯的人个个长着"包公脸"，威严无比，咄咄逼人。其中一个还凶巴巴对他说：

"根据小区居民反映，你和她关系非同寻常，有重大作案嫌疑。"

这话吓坏了他。他两腿战栗，瑟瑟发抖。一旦罪名成立，他岂非成了杀人犯！这是掉脑袋的事。他原本没见过什么风浪，在恐惧、慌乱中，他认定自己不能背这个黑锅。反正她已丢了卿卿小命，自己的命尽管不值钱，但好死不如赖活，保命要紧。他得争取主动交代，交代越彻底，对查实案情越有利。于是他将崔宫溶来小区的前后经历，一五一十，事无巨细，急急巴巴向警方交代。

案情并不复杂。原来，那天来找她的是她的丈夫。他从她小姊妹处打听到老婆住香樟花园小区，但不知道住哪一室。想不到佟大立亲口告知他，还轻易放他入内。

他是来要钱的，向她索要 3 万元钱，以此了断两人的夫妻关系，孩子归她。但她拿不出。他要带男孩走，她不允。双方争夺，僵持着。孩子吓得哇哇大哭。男人的力气终究大，他从她手里抢了孩子，直朝门外跑。激怒之下，她操起地上的木板凳，朝他头上砸去。

他头皮开裂，鲜血汩汩，锥心似的疼痛，顿时恼羞成怒。他放下男孩，一把揪住她的长发，朝墙上撞去。"嗵、嗵、嗵"连续几下，然后用力一搡，她晕乎乎一个后仰，后脑壳重重撞在地砖上……

她丈夫以为她没事，抱着男孩冲出门，直奔火车站，坐车回家。但人刚到河南老家，就被当地警方逮住。

数天后，佟大立出了警局。他躲在家里不敢出门，要么窝床玄想，要么傻站发呆。他惴惴不安，鬼鬼祟祟，似白天过街的小鼠。想着发生的事，他脸上火辣辣燃着，羞赧万分。脑中不时闪现倒在血泊里的她，她的惨状。同时，他还念着她的好，他忘不了她，她那光洁有弹性的肌体，饱绽的乳房，还有云雨时她那股骚情风韵给他带来的快感和妙处。他自责，自忏，懊悔，当时怎么竟没有一丝征兆？要是发现早，自己及时赶去解救，也许……想着，他心似刀剜，心头的痛楚浪涌而来。

小区住户一张张熟悉的脸孔，过电影似浮现在脑海，仿佛他们都在指指戳戳，讥笑他，嘲讽他，鄙视他，叱骂他：下作，下流，老色鬼，老风流，老不正经……糗事一桩，真丑，难为情啊！他无颜见外人，更无法面对自己的老婆、孩子，负疚感、罪恶感似一层厚实的阴翳裹住他。

还有，那凶神恶煞的"包公脸"萦绕眼前，拂之不去。离开警局时，警察严厉地对他说，待在家，不许乱窜，他们随时会找他。他们会放过他吗？案子是否与他有关？他会获罪吗？会坐牢吗？……他的脑袋发胀生疼，崩裂一般。食不香，寝不安，不几天他一下子瘦了十多斤。他两眼枯陷，黄浑的眼珠似冰鱼的冻珠，僵硬呆板，两颊颧骨凸出，皮包着骨，整个人看似霜后田野的植物，干瘪，枯萎，孤零零，弱不禁风……

8

香樟花园小区换了新的物业。现在的保安都受过正规培训，威严整饬，行事规范。小区秩序井然，面目一新。住户聚在一起扯聊，起始还有人提及佟大立，脸上呈现过节似的喜悦，眉飞色舞讲述他的风流韵事。说到痛快处，他们挤眉弄眼，哈哈哈发出会心的笑声。但时隔一久，他们似乎失却了先前的兴趣，没人再谈起他。人们已渐渐将他遗忘。